Im falschen Paradies

YOSEF ŞIMŞEK

IM FALSCHEN PARADIES

Wie mein Leben zwischen den Kulturen zum Albtraum wurde

Riverfield

Dies ist eine autobiografische Erlebnisgeschichte, die auf wahren Ereignissen beruht. Aus Gründen des Persönlichkeitsschutzes wurden die Namen der meisten Protagonisten und der Orte geändert.

1. Auflage 2016

www.riverfield-verlag.ch

Juristisches Lektorat
Dr. jur. Georg Gremmelspacher, Rechtsanwalt
Anwaltskanzlei Gremmelspacher Bürkli Biaggi Wiprächtiger
Basel (CH)

Lektorat
Susanne Dieminger, Friedberg (D)

Korrektorat & Satz
ihleo verlagsbüro – Dr. Oliver Ihle, Husum (D)

Umschlaggestaltung
Hauptmann & Kompanie, Zürich (CH)

Druck und Bindung
CPI Ebner & Spiegel, Ulm (D)

Printed in Germany

ISBN 978-3-9524523-6-3

Für meine Mutter

١

Als meine Eltern in Deutschland angekommen waren, dachten sie, hier sei das Paradies. Viele der heutigen Flüchtlinge denken das wohl ebenfalls, denn den allermeisten von ihnen müssen Deutschland und natürlich auch die anderen Länder Europas in der Tat wie das Paradies selbst vorkommen – verglichen mit dem, was sie hinter sich gelassen haben: Krieg, Hunger, Folter, ein unwürdiges und chancenloses Leben.

Ich bin in Deutschland geboren und aufgewachsen, und ich habe Deutschland geliebt – Deutschland war meine Heimat.

Ob ich augenblicklich und im Rückblick Deutschland und die anderen Länder Europas jedoch als Paradies bezeichnen würde, weiß ich offen gestanden nicht – oder nicht mehr. Ich könnte vieles nennen, was mir an Deutschland und auch an Europa nicht gefällt. Andererseits wüsste ich keinen Kontinent, der mir aus heutiger Sicht der Dinge gerechter, sicherer und toleranter vorkäme.

Dennoch versucht Europa gerade dieser Tage, seine Grenzen so unüberwindlich wie möglich zu machen: modernste Technik, Unmengen an Personal – sogar Soldaten! – und Millionen, ja gar Milliarden an Euros werden eingesetzt, um Flüchtlinge daran zu hindern, über das Mittelmeer bzw. auf der Balkanroute nach Zentraleuropa zu gelangen.

Ich bin nicht naiv und verstehe sehr wohl, dass Europa beim besten Willen nicht alle Menschen, denen es schlecht geht auf dieser Welt, aufnehmen kann. Auch nach all den Jahren, die ich nun in der Türkei lebe, informiere ich mich immer noch regelmäßig über die politischen und gesellschaftlichen Entwicklungen in Europa und halte Kontakt zu Freunden in Deutschland. So weiß ich auch von den Vorfällen: von Flüchtlingen und Menschen aus meiner Kultur, die sich sehr schlecht benehmen, die die Sitten und Regeln der westlichen Welt nicht akzeptieren wollen, die Frauen belästigen oder sogar vergewaltigen. Und dann gibt es auch noch einige wenige, die als Flüchtlinge getarnt nach Europa kommen, um Angst und Terror zu verbreiten.

Aber dennoch: Die meisten der Flüchtlinge sind *nicht* kriminell – sie wollen einfach nur leben. Anders gesagt: Diese Menschen klagen ihr Recht auf Leben ein!

Zu denen aus meiner Religion und Kultur, die in Europa und auf der ganzen Welt im Namen des Islam Angst, Terror und Tod verbreiten, sage ich Folgendes: Terrorismus hat nichts mit dem Islam zu tun. Es ist für mich – und ich glaube, dass ich für viele spreche – in *keiner* Art und Weise tolerierbar, andere Menschen im Namen einer Religion oder Weltanschauung zu ermorden! Dies ist verabscheuungswürdig – ohne jedes Wenn und Aber.

Ich selbst bin sehr senggläubig erzogen geworden und meine Familie richtet ihr Leben nach wie vor stark nach den Glaubenssätzen des Islam aus. Aber keiner von uns käme je auf die Idee, alles stehen und liegen zu lassen, um in den sogenannten »Dschihad«, den Heiligen Krieg, zu ziehen.

Oft sind die »Dschihadisten« wohl sehr junge Menschen mit wenig Lebenserfahrung, auf die permanent eingeredet wurde, die sehr unter Druck gesetzt wurden – mit Aussagen wie: »Wir machen das für Allah! Denk an deine Familie! Willst du denn nicht ins Paradies kommen? Das ist unsere Religion …!«, und so weiter und so fort. Sie bekommen eine Gehirnwäsche und gehen dann den falschen Weg. Wenn Selbstmord wirklich der kürzeste Weg ins Paradies wäre, dann würden die Anführer der Terroristen es selbst tun und nicht ihre jungen und unwissenden »Schüler« in den Tod schicken, indem sich diese in die Luft sprengen und dabei unschuldige Menschen ermorden.

Wie ich schon sagte: Die meisten Menschen, die aus ihrer Heimat flüchten, sind meiner Meinung und Erfahrung nach weder Terroristen noch Kriminelle. Ich glaube jedoch ganz ehrlich, dass eine Integration in die deutsche oder irgendeine andere westliche Kultur bei älteren Menschen unserer Kultur kaum mehr möglich ist. Das mag hart klingen, aber ich sage das wirklich aus eigener Erfahrung.

Bei den jüngeren Menschen unserer Kultur ist es vermutlich etwas leichter. Insbesondere bei den Menschen, die wie ich selbst in westlichen Ländern geboren wurden. Doch bei den meisten Jungen und Männern aus dem muslimischen Kulturkreis bin ich eher skeptisch. Ganz besonders bei denen, die ihren Vätern »gefallen« wollen und denken, dass ein »richtiger Mann« ein Macho zu sein hat – sie werden sich nie freiwillig einer westlichen Kultur anpassen.

Dennoch: Wenn jemand das wirklich will, kann er beide Kulturen oder Glaubensrichtungen verbinden und wird weder in der westlichen, christlich orientierten Kultur noch in der arabisch-islamischen Kultur ein Außenseiter sein – das habe ich selbst auch gelernt.

In meinem Fall jedoch *unter umgekehrten Vorzeichen*, denn ich wurde letztlich und trotz der archaischen Erziehung meines Vaters in Deutschland sozialisiert. Die offene westliche Gesellschaft und die humanistischen Grundsätzen verpflichtete Kultur meines deutschen Umfelds haben mich als Kind und Jugendlicher mehr geprägt als die strenggläubige Erziehung meines Vaters – und dafür bin ich dankbar. Dennoch war es für mich vielleicht noch viel schwieriger, und das meinte ich mit *»unter umgekehrten Vorzeichen«*, mich mit meinem deutschen Hintergrund, mehr noch, ich würde fast sagen, mich als Deutscher fühlend und denkend im fernen Südosten der Türkei in eine völlig andersartige Kultur zu integrieren. Eine Kultur, die meiner Meinung nach viele Rechte des

Menschen, insbesondere die der Frauen, noch immer völlig missachtet.

Es gibt in der deutschen Sprache einen wunderschönen Satz. Er ist kurz und prägnant. Weder wurde er von einem großen Dichter noch von einem berühmten Literaten verfasst. Dennoch sagen diese sechs Worte mehr aus als manches Buch mit tausend Seiten. Es ist der erste Satz im Grundgesetz der Bundesrepublik Deutschland und dieser lautet:

»Die Würde des Menschen ist unantastbar.«

Ich bin kein Jurist und auch kein Gelehrter, aber ich glaube, dass dieser Satz im Wesentlichen Folgendes bedeutet: dass alle Menschen dieser Erde, egal welchen Geschlechts, unabhängig davon, aus welcher Kultur, aus welchem Land oder Kontinent sie auch stammen, was ihre Hautfarbe oder ihr Glauben auch sein mögen – tief im Herzen *eines* gemeinsam haben: das Recht, ein menschenwürdiges Leben in Frieden und Freiheit zu führen.

Dieses Buch enthält meine Lebensgeschichte und ich erzähle darin von meinen persönlichen Erfahrungen. Ich bin erst fünfundzwanzig Jahre alt, dennoch wage ich zu behaupten, dass ich schon sehr viel erlebt habe – mehr als mancher vielleicht in seinem ganzen Leben. Ich erzähle meine Geschichte aus meiner eigenen Perspektive und mit meinen eigenen Worten.

Meine Erfahrungen und Meinungen mögen nicht auf alle Menschen aus der arabisch-islamischen oder türkischen Kultur zutreffen. Dies zu behaupten, würde ich mir nie anmaßen. Meine Lebensgeschichte möchte ich auch nicht als politisches Manifest verstanden wissen, vielmehr als das, was es ist: die wahre Geschichte eines Menschen, der zwischen zwei Kulturen, die konträrer nicht sein könnten, seinen eigenen Weg ins Leben finden musste.

Es ist aber auch die Geschichte meiner geliebten Mutter, die sich gegen die ihr anerzogenen und auferlegten kulturellen und religiösen Traditionen auflehnte, um mich mit allen Mitteln und so gut sie konnte zu schützen.

Und dafür werde ich ihr ewig dankbar sein.

Mein Name ist Yosef, auf Arabisch Yussuf, und ich komme aus einer arabisch-islamischen Familie, die lange Zeit im Libanon gelebt hat. Dort haben meine Eltern in der Hauptstadt Beirut geheiratet und ihre ersten Kinder zur Welt gebracht. Meine Familie war schon damals sehr arm und konnte sich lediglich eine Einzimmerwohnung leisten (wenn man so etwas überhaupt »Wohnung« nennen kann, es war mehr oder weniger die Abstellkammer des Hochhauses, in dem sie lebten). Während mein Vater als Wächter dieses Hochhauses ein wenig Geld verdiente, putzte meine Mutter die Wohnungen von reichen Menschen. Sie ist als Haushaltshilfe aufgewachsen und hat eine Zeit lang sogar beim libanesischen Präsidenten gearbeitet. Bereits mit sechs Jahren wurde sie von ihren Eltern zum Arbeiten geschickt, um die Familie finanziell zu unterstützen; eine Schule durfte sie nie besuchen. Hin und wieder erzählte meine Mutter uns etwas über ihre Kindheit und wie sie groß geworden ist – zum Beispiel die Geschichte, dass sie bei einer ihrer Arbeitsstellen noch so klein war, dass die Hausherren ihr einen Hocker zum Draufstehen gebracht haben. Sie hätte sonst nicht ans Spülbecken zum Geschirrspülen hochgereicht.

Mit 18 Jahren heiratete sie meinen Vater und lebte mit ihm in Beirut, bis Mitte der Siebzigerjahre der Krieg ausbrach. Das war eine furchtbare Zeit für meine Familie, in der viele Verwandte, Freunde und auch Bekannte starben. Meine Mutter hat mir immer wieder Geschichten über diese Zeit erzählt, als ich mit ihr an den Samstagen unterwegs war, um die Wohnung eines Künstlers in Winsen zu putzen.

Da uns das Geld, das wir in Deutschland vom Staat bekamen, nicht ausreichte und mein Vater nichts verdiente, arbeitete meine Mutter auch hier als Putzhilfe. Trotzdem waren und blieben wir eine arme Familie, die finanziell nur mit Müh und Not über die Runden kam. So war es selbstverständlich, dass meine Geschwister und ich immer gebrauchte Kleidung trugen, entweder die jüngeren Geschwister die von den älteren oder, häufiger noch, gespendete Hosen, Shirts und Jacken vom Roten Kreuz. Oft wurde ich deshalb in der

Schule gehänselt, zum Beispiel indem meine Kameraden mir sagten, ich würde mich wie ein alter Mann kleiden oder aussehen wie mein eigener Großvater. Diese Worte kratzten sehr an meinem Selbstbewusstsein, aber ich konnte die Situation nicht ändern. Wir hatten nun mal kein Geld. Trotzdem bin ich immer mit dem Motto durchs Leben gegangen, das meine Mutter mich gelehrt hat: »Das ist zwar unser Schicksal, Yussuf, aber es liegt in deinen Händen, das Beste daraus zu machen.«

Ich glaube, ich war so an die sechs Jahre alt, als alles anfing. Zuerst waren es nur Andeutungen, dann Hänseleien gewesen, die ich vonseiten der männlichen Familienmitglieder über mich ergehen lassen musste. Im Laufe der Zeit wurden aus den Hänseleien kleinere Handgreiflichkeiten, die sich schließlich zu fast täglichen handfesten Schlägen steigerten.

Warum es überhaupt anfing?

Na ja, weil ich hin und wieder meiner Schwester half, die Haare ihrer Barbies zu kämmen, aber vor allem, weil ich mein altes, etwas zerrissenes Hasenkuscheltier, das ich vom Roten Kreuz geschenkt bekommen hatte, so gern bei mir im Arm trug, es voller Liebe drückte und meistens mit ihm auch schlafen ging.

Das war der Auslöser für die Schläge.

An das erste Mal kann ich mich noch ganz genau erinnern: Plötzlich stand er in meinem Zimmer –

Mustafa, einer meiner älteren Brüder. Angsterfüllt schaute ich in seine zu schmalen Schlitzen zusammengezogenen Augen, sah seinen kräftigen Körper, seine starken Arme, spürte seine Hände: die eine Hand, die meinen Oberarm wie ein Schraubstock umfasste, und die andere, die sich wie eine Stahlzange in meine Schultern krallte.

»Das tut so weh, bitte lass mich, Mustafa!«, heulte ich auf, als seine Pranken sich noch stärker in mein Fleisch bohrten und ich gleichzeitig meinen Kuschelhasen fest an mich presste, als müssten wir uns gegenseitig schützen vor dem, was gleich kommen würde.

Ich verstand es nicht. Hatte denn nicht jedes Kind sein Lieblingsspielzeug? Ganz egal, ob es ein Gameboy war, ein Kuscheltier, eine Barbiepuppe oder auch nur ein Fußball? ›Das ist doch kein Grund, mich zu schlagen!‹, dachte ich verzweifelt, ›jedes Kind darf doch sein Lieblingsspielzeug haben!‹ In meinem Fall war es eben ein Kuscheltier – mein Hase, mein einzig richtiger Freund.

Mein Bruder Mustafa sah das gar nicht so. In seinen Augen waren Kuscheltiere nur was für Mädchen – eine Logik, die ich nie verstanden habe. Vor ihm hatte ich immer besonders viel Angst, denn er war, wie schon gesagt, groß und stark gebaut, und für mein Empfinden war er ein Mensch ohne Wärme und Gefühle.

»Bist du ein Mädchen?!«, schrie er mich an.

»Bitte lass mich doch, alle meine Freunde haben eins. Hör bitte auf, mich zu schlagen, ich verspreche auch, ganz brav zu sein«, wimmerte ich in der Hoffnung, er würde dann von mir ablassen. Gleichzeitig drückte ich mein Kuscheltier noch enger an meinen Körper.

Was hatte ich denn getan?

Selbst im Rückblick denke ich das oft: Was hatte ich denn getan? Was war genau das Verbrechen, wofür man mich bestrafte? Damals war ich noch ein Kind. Was kann man als sechs Jahre altes Kind schon denken, wenn man, wie jedes andere Kind auf dieser Erde, doch bloß sein Lieblingsspielzeug nicht hergeben will?

Es nützte nichts. Je mehr ich schrie, desto wütender wurde Mustafa, je öfter ich versicherte, ganz brav zu sein, desto stärker drückte er zu, schüttelte mich und versuchte, mir meinen Hasen aus den Händen zu reißen. Aber ich hielt ihn fest, mit aller Kraft, als hinge mein Leben davon ab. Er war das Wertvollste, was ich hatte, das, was ich wirklich liebte.

Doch das brachte meinen Bruder nur noch mehr in Rage. Und als er es nicht schaffte, mir mein Kuscheltier zu entreißen, schlug er zu. Erbarmungslos und heftig drosch er mit seinen Fäusten auf mich ein.

Die Schmerzen, die er mir zufügte, kann ich nur schwer beschreiben. Ich fühlte mich wie ein Tier ohne Worte, das innerlich litt und die Gefühle nur mit Tränen zeigen konnte. Während seiner Schläge war ich immer mehr zurückgewichen, bis ich in der Zimmerecke eingeengt war und, meinem übermächtigen Gegner ausgeliefert, keinen Ausweg mehr zum Flüchten hatte. Meine Tränen nässten das Fell meines Hasen, den ich immer noch fest umklammert an mich drückte, während ich weinend flehte: »Bitte, bitte ... du tust mir weh ...«

»Ach sooo, jetzt verstehe ich«, höhnte Mustafa, während er kurz seine Schläge unterbrach, »du bist 'ne kleine Schwuchtel, nicht wahr?«

›Schwuchtel? Dieses Wort ... Was bedeutet das?‹, dachte ich immer wieder, wenn er mich so nannte. Damals kannte ich die Bedeutung dieses Begriffes nicht. Ohne zu wissen, als was er mich da bezeichnete, schaute ich ihn nur mit Tränen in den Augen an. Ich konnte ja doch nichts tun, mich nicht wehren, nicht weglaufen, gar nichts.

Ja, es ist wahr, ich liebte mein Kuscheltier, ohne Zweifel, aber das war es offenbar nicht allein: Ich habe damals nicht verstanden, warum mir mein Hase nicht einfach weggenommen und damit alles beendet wurde, diese unbeschreibliche Qual, diese fließenden Tränen und diese Erniedrigungen. Und warum hat niemals eines meiner anderen Familienmitglieder meinen Bruder oder meinen Vater daran gehindert, mich zu schlagen? Doch aus der Perspektive meines Vaters betrachtet, stellte ich vermutlich mit meiner Sensibilität und »Andersartigkeit« eine massive Bedrohung für seine sehr archaischen Wertevorstellungen dar. Und mein Vater hatte nie gelernt, anders als mit Schlägen auf Bedrohungen zu reagieren.

So flehte ich also seitdem fast täglich einen meiner älteren Brüder oder meinen Vater an, mich doch bitte in Ruhe zu lassen. Und Nacht für Nacht drückte ich meinen Hasen ganz fest an meinen schmalen Körper und betete zu Allah, er möge mir jemanden schicken, der mir helfen würde – bis ich einschlief.

Es ist dunkel. Trotz dieser Dunkelheit fühle ich mich so geborgen und wohl, als wäre ich eingehüllt in eine große, weiche Decke, die mich wie ein schützender Mantel umgibt und zart wie Seide meine Haut umspielt.

Ich lausche hinein in diese Dunkelheit. Ein leises Raunen ist zu hören. Es klingt wie das Rascheln von Blättern. Ganz allmählich kommt dieses Rauschen näher, wird lauter. Und noch immer ist es so dunkel, dass ich nicht mal die Hände vor meinen Augen erkennen kann.

Da!

Ich sehe ein schwaches Leuchten. Und nun spüre ich auch etwas. Mit jeder Faser meines Körpers kann ich es spüren, gleich wird etwas geschehen, etwas Schönes, etwas, das …

Meine Brust presst sich zusammen. Ich bekomme keine Luft mehr, jeder Atemzug wird zur Qual … Der Druck wird immer stärker …

Zitternd wachte ich auf, kalter Schweiß stand auf meiner Stirn. Ich war wieder da, in meiner Welt, in meiner Realität, in der ich nicht sein wollte, in einem Umfeld, das mich Tag für Tag quälte und aus dem es kein Entrinnen gab. Den Kuschelhasen fest an meine Brust gedrückt, schloss ich die Augen und wollte weiterträumen, einfach raus aus diesem Leben, mit dem ich nichts zu tun haben wollte, und raus aus dieser Welt.

Ich wusste nicht, was dieser Traum bedeutete oder wie er enden würde, aber ich war mir sicher, dass ich es eines Tages wissen würde, dass ich irgendwann im Leben genügend Selbstbewusstsein und Kraft haben würde, um meinen Traum nicht nur zu träumen, sondern zu leben – die einzige Frage war immer nur: Wann?

2

Wir lebten damals in einem kleinen Ort in der Nähe von Hamburg und jetzt, im Winter, waren die Menschen, die mir morgens auf meinem Schulweg die Hauptstraße entlang begegneten und schnell an mir vorbeihuschten, dick mit Mützen, Schals und Handschuhen vermummt, um sich vor der Kälte zu schützen.

Ich ging meistens allein zur Schule, denn das war mir lieber, als an irgendeiner Ecke auf einen meiner Kameraden zu warten. Wenn ich nicht vom Schaufenster eines Souvenir- oder Bekleidungsgeschäftes abgelenkt wurde, war ich ziemlich schnell in der Schule, etwa in zehn Minuten. Meine Mutter wollte immer, dass ich unterwegs mit niemandem spreche und nie vergesse, dass es ein Geschenk ist, in die Schule gehen und lernen zu dürfen. Oft bot mir mein kleiner Bruder für den Schulweg sein Fahrrad an, das er von unseren deutschen Nachbarn geschenkt bekommen hatte. Da wir aber kein Schloss dazu hatten, konnte ich sein Angebot nie annehmen, denn ich hatte Angst, dass das Fahrrad geklaut wird.

In der Grundschule habe ich mich immer sehr wohlgefühlt. Sie war mitten im Ort, ein altes, aber schönes kastenförmiges Gebäude. In unserer Kultur nennt man die Schule das »zweite Haus der Kinder«, und so habe ich es dort auch empfunden. Auf dem großen Schulhof hatten wir genügend Platz zum Seilspringen, Versteckenspielen, zum Rennen oder einfach nur, um mit Freunden in der Gruppe zu stehen und zu reden. Wir hatten sogar einen kleinen Hügel mit Rutsche auf dem Gelände. Besonders gut haben mir die vielen alten Eichen gefallen, die dem Hof eine ganz besondere Atmosphäre verliehen. Auch unser Klassenzimmer war sehr schön. Der hintere Bereich war der »gemütliche Teil«, ausgestattet mit Teppichboden und Regalen mit Spielen, Büchern, Malsachen und Legoklötzen.

In unserer Klasse waren die meisten Schüler Deutsche. Ich war der einzige Südländer, und dann hatten wir noch einige russische Freunde. Trotzdem wir etwas mehr Mädchen als Jungs waren, haben wir uns alle super verstanden.

An einem Wintermorgen, nach einer weiteren Nacht mit Schlägen, habe ich wie immer so getan, als wenn gestern nichts gewesen wäre. Warum sollte ich denn auch etwas zeigen? Es würde ja nichts daran ändern und es war ja zudem auch nichts Neues, sozusagen fast mein täglicher Ablauf. Und doch war heute etwas anders als sonst.

»Frau Schulz?«, fragte ich nämlich meine Klassenlehrerin ganz schüchtern kurz vor Beginn des Unterrichtes. »Ist es eigentlich etwas Schlimmes, wenn ich ein Kuscheltier habe und damit spiele und schlafen gehe?«

»Aber natürlich nicht, Yosef! Das ist doch schön und wirklich nichts Schlimmes«, sagte sie mit einem warmen Lächeln und strahlenden Augen. »Hast du denn eins?«

»Ja, einen Hasen.«

»Wie heißt er denn?«

Nach langem Überlegen sagte ich ganz verzweifelt: »Ich weiß es nicht. Ich habe mir noch nie einen Namen ausgedacht.«

Mir war das damals etwas peinlich, weil ich ja mein Stofftier so gernhatte. Ich weiß auch nicht, warum ich niemals darauf gekommen war, ihm einen Namen zu geben.

»Pass auf, ich mache dir einen Vorschlag: Morgen bringst du ihn einfach mit, und dann denken wir uns zusammen einen passenden Namen aus, einverstanden?«

Das Lächeln war immer noch in ihrem schönen Gesicht zu sehen. Frau Schulz war seit der ersten Klasse meine Klassenlehrerin. Sie war damals etwa 35 Jahre alt, schlank und hatte eine dynamische, offene Ausstrahlung. Mit ihr habe ich mich immer sehr gut verstanden, sie behandelte mich fast so, als wäre ich ihr eigenes Kind. Warum sie das tat, weiß ich auch nicht. Vielleicht ahnte sie etwas, obwohl ich über die Zustände zu Hause nie etwas erzählt habe. Oder sie hatte Mitleid mit mir, weil ich aus einer ungebildeten Familie kam und sie mir das Gefühl geben wollte, auch dazuzugehören. Sozusagen eine Art Willkommenszeichen. Ich weiß es nicht, aber wie dem auch sei, sie versuchte mich immer voller Liebe bei allem zu unterstützen, egal, in welcher Situation ich gerade war oder welches Problem, welche Frage mich beschäftigte. Und dass sie mir jetzt auch noch helfen wollte, für mein Kuscheltier einen passenden Namen zu finden, machte mir sehr große Freude, so sehr, dass ich erst verlegen auf den Boden starrte und dann plötzlich zu weinen begann. Denn ich war überglücklich in jenem Augenblick: Noch nie hatte jemand wohlwollendes Interesse für meinen Hasen gezeigt.

»Aber Yosef, was ist denn? Warum weinst du auf einmal?«

Ich hätte ihr so gerne erzählt, was ich zu Hause immer erlebte und durchmachen musste, aber ich konnte und durfte einfach nicht. Meine Mutter schärfte uns immer ein, dass das, was im Haus passiert, auch im Haus bleiben muss. Es gilt als das *Geheimnis des Hauses* und keiner darf jemals dieses Geheimnis erfahren. In Deutschland heißt es ja auch, man wäscht nicht seine schmutzige Wäsche in der Öffentlichkeit, das hat wohl eine ähnliche Bedeutung. Ich hatte meine Mutter sehr gerne und ihr bei allem sehr vertraut. Deshalb versuchte ich immer, das zu tun, was sie sagte, um sie nicht traurig zu stimmen.

»Ach nichts, ich bin nur so froh, dass sich jemand um mein Kuscheltier kümmert. Das macht sonst keiner«, antwortete ich leise.

Frau Schulz ging in die Knie, sodass wir auf Augenhöhe waren, nahm mich kurz in den Arm und sagte dann: »Deswegen musst du doch nicht weinen. Du weißt doch, dass ich dir immer gerne helfe und zuhöre, egal bei welchem Thema. Aber nun setz' dich hin, damit wir mit unserem Unterricht beginnen können. Heute gibt es viel Neues zu lernen.«

Mit einem Lächeln streichelte sie mir übers Haar, bevor ich wieder auf meinen Platz lief und aufmerksam dem Mathematikunterricht folgte.

Auf dem Weg nach Hause habe ich meinen damals drei besten Freunden, Thomas, Mike und Janne, erzählt, dass Frau Schulz mir bei der Auswahl für den Namen meines Kuschelhasen helfen wollte. In ihren Blicken meinte ich, Eifersucht zu sehen – wir waren ja noch Kinder und wollten alle die ungeteilte Aufmerksamkeit unserer Lehrerin. Von uns vieren war ich der einzige Ausländer. In meinem engeren Umfeld hatte ich nur deutsche Kinder als Freunde, die anderen waren mir immer etwas zu grob. Unsere kleine Gruppe aber verstand sich super, und so kümmerte mich auch die leichte Eifersucht nicht. Ich dachte nur: ›Hauptsache, jemand hilft mir und zeigt Interesse für meinen Hasen.‹

Als ich zu Hause angekommen war und geklingelt hatte, öffnete mir mein zwei Jahre jüngerer Bruder Ali die Tür und ich betrat, immer noch ganz beglückt, unser Haus. Unser Haus erschien mir damals sehr groß. Der kleine Flur im Eingangsbereich hatte drei Türen: die auf der rechten Seite führte ins Gäste-WC, die linke nach oben, wo das Schlafzimmer meines älteren Bruders Hassan war und das große Wohnzimmer, das wir zum Schlafzimmer von mir, Ali und meinem anderen älteren Bruder, Nebil, umfunktioniert hatten. Die mittlere Tür führte zum großen Wohn- und Esszimmer, von dort aus ging es zur Küche und zu einem länglichen Flur, wo das Badezimmer, das Schlafzimmer meiner Eltern und meiner kleinen Schwester Rima waren, außerdem das Schlafzimmer meiner großen Schwester Leya und das Schlafzimmer von Mustafa und seiner Frau Rüya. Wir waren eine richtige Großfamilie, insgesamt zehn Personen, davon sieben Kinder: zwei Mädchen und fünf Jungs. Mustafa hatte bereits mit 17 Jahren geheiratet, und seitdem lebte auch seine Frau bei uns. Rüya, die bei der Hochzeit 14 gewesen war, war immer wie eine große Schwester zu mir, die ich sehr gernhatte. Rima, meine kleinste Schwester, die fünf Jahre jünger ist als ich, schlief noch bei unseren Eltern mit im Zimmer, da wir keinen anderen Platz hatten. Sie ging damals noch in den Kindergarten.

Ich lief mit meiner Schultasche direkt zur Küche und rannte meiner Mutter gleich in die Arme. Sie hatte wieder etwas Leckeres gekocht, man konnte es schon durchs ganze Haus riechen. Es nennt sich *Maklube*, das ist ein orientalisches Reisgericht mit Hähnchen – eine wahre Delikatesse, die in den arabischen Ländern sehr beliebt ist. Rüya hatte ihr bei allem geholfen, wie es wohl damals ihre Aufgabe war, denn zur Schule ging sie nicht mehr.

Ich wusch mir in der Küche schnell die Hände, setzte mich an den Tisch und freute mich auf das Essen. Doch dann kam mein Vater und schaute mich lange und mit unerklärbarem Blick an. Mein Vater ist ein kleiner Mann mit dickem Bauch. Er ist nicht kräftig, hat aber einen Gesichtsausdruck, der uns allen immer sehr Angst machte. Er trug an diesem Mittag dieses Negative in sich, das man mit Worten nicht gerne erklären möchte.

»Hast du Hunger?«, fragte er schließlich in das Schweigen hinein.

»Ja«, antwortete ich scheu und war sehr überrascht, da mein Vater mich so etwas noch nie gefragt hatte. Als ich ihn verwundert ansah, bemerkte ich, dass er seinen Gürtel nicht mehr um die Hüfte trug, sondern fest in seiner Hand drückte. Schlagartig wurde mir klar, was jetzt schon wieder passieren würde. Man musste dafür nicht lange nachdenken, es war ja eindeutig. ›Warum sollte er denn sonst seinen Gürtel in der Hand halten?‹ Ich wollte es nur in diesem Moment nicht wahrhaben und wusste auch keinen Grund dafür.

Wie in Zeitlupe kam er auf mich zu, fasste mich sanft an der Schulter und befahl mir, mit ihm zu gehen. Beim Aufstehen schaute ich meine Mutter an und sah schon ihre Augen glänzen. Sie musste weinen … Was war bloß wieder los? Was hatte ich nur wieder falsch gemacht? Wir gingen langsam ins Wohnzimmer, wo er auf einmal anhielt und anfing, mich auszupeitschen.

Laut schreiend riss ich mich los, rannte davon und versteckte mich hinter dem Sofa. Doch der Schutz währte nicht lange. Mein Vater packte mich am Arm und zerrte mich wieder in die Mitte des Zimmers, wo er fortfuhr, auf mich einzuprügeln. Ich schrie und schaute Hilfe suchend nach meiner Mutter, die weinend vom Esszimmer aus zusah, ihr wunderschönes Gesicht mit beiden Händen halb verdeckte und es nicht wagte einzugreifen. Rüya, die selbst noch sehr jung war, war vor Angst in ihr Zimmer gerannt, um sich zu verstecken. Meine Brüder Ali und Nebil hatten meine Schreie gehört und waren aufgeschreckt ins Wohnzimmer gekommen. Der Rest der Familie war wohl nicht anwesend, sonst hätten auch sie sich dieses brutale Schauspiel mit angeschaut.

Mein Vater prügelte mich, als wäre ich ein unartiges wildes Tier, dem er Respekt beibringen musste. Er schlug so lange weiter, bis mein ganzer Körper mit roten Flecken übersät war und ich vor Furcht nur noch zitterte. Als er aufhörte, ging er neben mir in die Hocke, hob mich grob hoch, sodass wir auf Augenhöhe waren, und gab mir eine Ohrfeige. Dann schrie er mich an:

»Du spielst tatsächlich mit Barbies, ja?! Und gehst auch noch mit deinem Hasen ins Bett?! Bist du etwa ein Mädchen mit einem Penis, oder was?! Ich sage dir eins, Junge, ich will nur richtige Männer in meinem Haus haben! Ich ziehe hier keine Weicheier oder Schwuchteln auf, ist das klar!«

›Schon wieder dieses Wort – Schwuchtel … Was ist das bloß? Und wer hat ihm gesagt, dass ich mit Barbies spiele? Das stimmt doch gar nicht!‹ Ab und an mal hatte ich Rima beim Kämmen der Puppenhaare geholfen, weil sie mich immer so lieb fragte. Aber ich hatte nie selbst damit gespielt. Doch es war mir schnell klar, wer ihm so etwas erzählt hatte: Außer Mustafa konnte es ja keiner gewesen sein. Er mochte mich einfach nicht.

»Wenn ich noch einmal hören sollte, dass du mit Mädchensachen spielst oder dich wie ein Mädchen benimmst, dann bringe ich dich um, ist das klar?!«

Ich sah ihn nur mit großen Augen an, nickte zitternd und hoffte, dass diese Qual damit beendet wäre.

»Für so eine Schwuchtel wie dich gibt es heute kein Mittagsessen mehr, geh rauf auf dein Bett und warte, bis ich dir erlaube, wieder aufzustehen! Und wenn ich mitbekommen sollte, dass du vorher aus dem Bett steigst, fange ich noch mal von vorne an!«

Ohne jeden Mucks rannte ich nach oben in mein Zimmer und warf mich auf mein Bett. Nun fing ich an, noch heftiger zu weinen, ich konnte gar nicht mehr damit aufhören. Verzweifelt schlug ich auf mein

Kissen ein und fragte mich in meiner Einsamkeit: ›Warum? Warum das alles? Was bedeutet Schwuchtel? Warum sagt jeder immer voller Verachtung dieses Wort zu mir?‹

Ich weiß nicht, wie lange es dauerte, bis ich mich wieder einigermaßen beruhigt hatte, doch schließlich legte ich mich still auf den Rücken und starrte die alte Holzdecke über mir an. Lange, sehr lange lag ich einfach so da, ohne etwas denken oder fühlen zu können. Es war, als wäre ich bereits tot und würde auf meine Beerdigung warten.

Später kamen irgendwann Nebil und Ali ins Zimmer, schauten mich erst nur an, zeigten dann mit dem Finger auf mich und begannen, mich auszulachen. Nebil hatte damals Ali sehr oft gegen mich aufgehetzt. Es machte ihm Spaß, wenn er uns streiten sah. Doch wenn keiner auf Ali einredete, verstand ich mich wirklich blendend mit ihm.

Traurig und verzweifelt schaute ich beide wortlos an. Tränen flossen mir übers Gesicht und ich dachte mir: ›So etwas findet ihr auch noch lustig? Geschlagen zu werden, ohne überhaupt etwas dafürzukönnen?‹

Meine Gedanken wurden durch meine Mutter unterbrochen, die für mich genau zum richtigen Zeitpunkt das Zimmer betrat. Sie schrie Ali und Nebil sehr wütend an und schickte sie raus. Beschämt verließen beide ohne weiteren Kommentar den Raum. Dann kam meine Mutter auf mich zu, setzte sich vorsichtig neben mich und fing an, mein Gesicht zart zu streicheln und zu küssen. Ich selber schaute sie nur wortlos an. Was hätte ich auch sagen sollen? Sie wusste bestimmt, dass ich nichts Schlechtes getan hatte.

Schließlich nahm sie ihre Hände wieder weg, setzte sich aufrecht hin und begann, in ihrer Schürze zu wühlen, wobei sie sich ab und an ihre eigenen Tränen wegwischte. Sie musste tatsächlich auch weinen, nur meinetwegen …

›Meine arme Mutter … Ich mag es nicht, sie weinen zu sehen, und schon gar nicht, wenn ich der Grund dafür bin. Weinen passt einfach nicht zu ihrem schönen Gesicht.‹ Für mich war sie schon immer die schönste Frau der Welt. Sie mag zwar etwas pummelig sein, aber ihre leuchtenden Augen ließen sie schon immer eine große Wärme ausstrahlen, die sie auch wirklich besitzt.

Langsam holte sie ein Brot mit Butter und Käse und dazu zwei kleine Gurken heraus und reichte es mir.

»Mein kleines dummes Kindchen«, sagte sie mit einem Lächeln und streichelte mir noch mal über mein Gesicht. »Iss etwas … Ich weiß, es ist nicht das, was ich gekocht habe, aber ich konnte ja nicht mit einem Tablett hochkommen, sonst sieht das vielleicht dein Vater – und das wollen wir ja nicht, stimmt's?«

Ich nickte nur und griff dann gierig nach dem Stück Brot, weil ich wirklich sehr hungrig war. In meinem Zustand kam mir diese Kleinigkeit wie ein großes Festmahl vor.

Meine Mutter sah mir erst still beim Essen zu und fragte dann nach einer Weile: »Yussuf, sag mir bitte die Wahrheit: Hast du mit Barbies gespielt oder nicht?«

Ich schaute sie verwundert an und schüttelte nur den Kopf. Zweifelte sie etwa doch an mir?

»Wirklich, mein Sohn? Sag mir die Wahrheit! Du hast niemals Geheimnisse vor mir.«

»Wirklich, Mummy, ich bin doch ein Junge und Jungs spielen nicht mit Mädchensachen. Du weißt doch, dass ich so etwas niemals machen würde. Warum fragst du mich das?«

»Ja, ich weiß … Ich wollte mich nur vergewissern …«

Eine Zeit lang sprachen wir kein Wort mehr. Meine Mutter schaute nur nachdenklich auf den Boden, während ich mit Essen beschäftigt war. Wie gern ich doch gewusst hätte, was in ihrem Kopf vor sich ging. Irgendwann streichelte sie mir noch mal übers Gesicht, küsste meine Stirn, erhob sich und ging in Richtung Treppe. Erst schaute ich ihr nur nach, doch dann sammelte ich meinen ganzen Mut zusammen und fragte: »Mummy, was bedeutet ›Schwuchtel‹?«

Sie drehte sich blitzschnell um, blieb wie angewurzelt stehen und starrte mich sehr böse an. Mein Gott, wie hatte ich in diesem Moment Angst, etwas Falsches gesagt zu haben! Nach langem Schweigen antwortete sie nur kühl: »Etwas Schlimmes, etwas Abscheuliches. Ich will nicht, dass du noch mal solche Ausdrücke benutzt. Das passt nicht zu dir. Das passt zu niemandem von uns, verstehst du? Nun iss, und ich will nie wieder, hörst du, nie wieder so etwas von dir hören!«

Ohne ein weiteres Wort drehte sie sich um und verließ den Raum.

›So etwas passt nicht zu mir … So etwas passt nicht zur Familie … Weshalb werde ich denn dann als so etwas bezeichnet?‹

Ich grübelte lange darüber nach, kam aber zu keinem Ergebnis. Wie denn auch? Mit acht Jahren kann man sich über einen solchen Begriff so lange den Kopf zerbrechen, wie man will, man würde nie auf eine Antwort stoßen. Aber trotzdem hatte ich den Gesichtsausdruck meiner Mutter, als ich sie nach der Bedeutung dieses Wortes gefragt hatte, immer vor Augen. Wenn sie schon so böse reagierte, dann konnte es wirklich nur etwas ganz Schlimmes sein. Da war ich mir hundertprozentig sicher.

Nach langem Nachdenken wandte ich mich wieder der kleinen Mahlzeit zu, die mir meine Mutter gebracht hatte. Ich aß weiter und war glücklich, dass sie den Mut gehabt hatte, mir etwas hochzubringen. Leider reichte mir das Wenige nicht, um satt zu werden, und mein Magen knurrte weiter. Ich legte mich wieder zurück auf mein Bett, drehte mich auf die Seite, nahm meinen Hasen in den einen Arm und schlang den anderen über meinen Bauch, in der Hoffnung, das Hungergefühl dadurch etwas mildern zu können. Dann wartete ich, bis mein Vater mich wieder nach unten lassen würde.

Als es langsam dunkel wurde, überlieferte Nebil mir die Erlaubnis meines Vaters, am Tisch mit der ganzen Familie zu Abend essen zu dürfen. Schon wieder hatte meine Mutter eines meiner Lieblingsgerichte gekocht. Der Duft zog verlockend durchs Treppenhaus.

Ich setzte mich neben Rima auf die Bank. Die ganze Familie bis auf Mustafa war an diesem Abend zum Essen erschienen. Er war noch bei seiner Ausbildung in Hamburg und es fiel mir wirklich ein großer Stein vom Herzen, ihn jetzt nicht dabeizuhaben. Ich hätte seine Gegenwart kaum aushalten können, immerhin war er ja wohl für den heutigen Streit mitverantwortlich. Außerdem war mein Vater immer so seltsam, wenn er da war. Als ob er den anderen etwas beweisen müsste.

Unser Abendessen verlief so, als wäre mittags nie etwas geschehen. Natürlich war ich derjenige, der am meisten zu sich nahm. Um ehrlich zu sein, aß ich sogar vor Hunger wie ein kleines Ferkel. Außerdem strahlten meine Augen auf, als ich sah, dass es auch Cola zu trinken gab. Für uns war es nämlich immer ein großes Fest, wenn es mal Getränke wie Cola, Fanta oder auch einfach nur einen normalen Saft gab. Das war ein Luxus, den wir uns nur ab und an leisten konnten. Mein Vater hat in Deutschland niemals gearbeitet – aus welchem Grund, weiß ich auch nicht. Mir kam es aber immer so vor, als wenn er etwas zu faul dafür war und sich lieber ein gemütliches Leben mit der Sozialhilfe machte. Vermutlich hätte es ihm besser getan, auch einer Arbeit nachzugehen. Damit wäre er sicher ausgeglichener und zufriedener gewesen.

Als ich fertig war und die Reste noch mit meinem Fladenbrot aufgewischt und ebenfalls verzehrt hatte, stand ich auf, rannte zu meiner Mutter und küsste sie am Arm. Dann drehte ich mich zu den anderen Familienmitgliedern und bemerkte, wie mein Vater mich ansah. Erst traute ich mich nicht, dann aber ging ich langsam auf ihn zu, legte meine Arme fest um seinen Nacken und küsste ihn auf die Wange. Er streichelte mir nur kurz über meine Haare, ohne etwas zu sagen, und rauchte schweigend seine Zigarette weiter. Ja, das war halt mein Vater, er war schon immer etwas gefühllos. So etwas wie Kinder- oder Familienliebe oder Ähnliches kannte er überhaupt nicht. Im Rückblick überlege ich heute oft, ob er sich dessen bewusst war. Vielleicht betrachtete er es ja als völlig normal, dass man die Kinder zu züchtigen hatte und dass ganz besonders ein Mann eben ein Mann zu sein hatte und nur dann zu einem richtigen Mann werden konnte, wenn man ihn schon als Kind zu einem Macho erzog. Vielleicht war mein Vater auch so erzogen worden und hatte es die ganzen Jahre in seiner Abgeschiedenheit zu Hause gar nicht wahrgenommen, dass wir nun in einer völlig anderen Kultur lebten?

Nachdem ich Hände und Mund gewaschen hatte, lief ich wieder in mein Zimmer. Dort ging ich direkt zu meinem Bett und griff nach meinem Hasen. Erst sah ich ihn lange sehr traurig und verzweifelt an.

Dann begann ich, ein ernstes Wort mit ihm zu reden, in der Hoffnung, dass er, den ich von ganzem Herzen liebte, mich verstehen würde.

»Hase, meinst du nicht, es wäre besser, wenn wir uns trennen würden? Ich habe heute, als ich allein auf meinem Bett lag, sehr lange darüber nachgedacht. Meine Familie mag dich einfach nicht. Ich weiß auch nicht, warum. Ich kriege deinetwegen immer Ärger, und das tut immer so weh.«

Ich zog mein Shirt hoch und zeigte ihm einige meiner blauen Flecke.

»Bitte sei mir nicht böse, ja? Freunde müssen nicht immer beieinander sein, um glücklich zu sein. Freunde können auch Freunde bleiben, wenn sie sich gegenseitig im Herzen haben. Und du wirst stets in meinem Herzen bleiben und ich werde immer an dich denken, versprochen. Ich hoffe, du kannst mir vertrauen. Ich wollte so gerne, dass Frau Schulz dich auch kennenlernt. Nun aber hoffe ich, dass sie dich schon längst vergessen hat und sich keinen Namen für dich ausgedacht hat. So brauche ich ihr morgen keine Erklärung zu geben. Aber wie hätte ich das denn auch machen sollen, Hase? Ich darf ja nicht das Geheimnis des Hauses brechen.«

Lange sah ich meinen Hasen nach diesen Worten an und strich ihm über sein weiches Fell. Dann nahm ich ihn und lief heimlich hinaus in den Garten. Es war ein kalter Winterabend, ein stürmischer Wind ließ die Schneeflocken immer wieder herumwirbeln und auftanzen. Mit meinem Hasen in der Hand ging ich in die Scheune und schaute nach einem Spaten, der nicht zu groß für mich war. Anschließend suchte ich eine ruhige Ecke im Garten und fing hektisch an, dort, wo meine Mutter im Frühjahr gerne Blumen anpflanzte, zu graben. Sehr lange, ununterbrochen. Meinen Hasen hatte ich so an die Seite gesetzt, dass er mir zusehen konnte. Als ich dann außer Atem war, machte ich eine Pause und begutachtete mein Werk. Das Loch war nicht wirklich breit, aber so tief, dass ich zur Hälfte darin Platz gefunden hätte. Da mir das Loch tief genug erschien, wandte ich mich wieder an meinen Hasen. Ganz vorsichtig nahm ich ihn noch mal hoch, schlang meine Arme um ihn und drückte ihn, so fest ich konnte. Die Tränen liefen mir übers Gesicht, als ich mich schluchzend ein letztes Mal von ihm verabschiedete.

»Du willst doch auch, dass ich keinen Ärger mehr bekomme, stimmt's, Hase? Du brauchst nichts zu sagen, mein Lieber, ich weiß, dass es so ist. Ich werde oft an dich denken, mein bester Freund. Das verspreche ich dir, *Habibi,* mein Liebling. Bitte vergib mir …«

Ich küsste ihn noch ein paar Mal und warf ihn dann ins Loch. Tränenüberströmt sah ich ihn dort unten sitzen, dann fing ich an, Erde über ihn zu kippen und das Loch zuzuschaufeln.

Ab diesen Zeitpunkt existierte mein Hase nur noch in meinen Träumen, in meinem Herzen und in meinen

Vorstellungen. Ich hatte ja nicht einmal ein Bild von ihm. Doch selbst heute noch, als erwachsener Mann, denke ich oft an ihn. Das, was man als Kind durchmachen muss, vergisst man nicht so leicht, es bleibt immer sehr tief im Herzen verborgen. Egal, wie viele Jahre vergehen. Aber wie dem auch sei: Seine Ecke, sein Grab habe ich immer mit vielen bunten Blumen bepflanzt und gepflegt. Man sagt zwar, die Zeit heilt alle Wunden, aber da kann ich wirklich nicht zustimmen. Je mehr Zeit verging, desto mehr wuchs er mir ans Herz und ich vermisste ihn umso mehr. Es war, als hätte man mir ein Stück vom Körper abgerissen. Besonders fehlte er mir in den Nächten, da ich ihn während des Schlafens immer fest in den Armen gehalten hatte. Um es kurz zu sagen: Es war tatsächlich mein bester Freund, den ich da beerdigt hatte und den ich nie mehr wiedersehen sollte.

٤

Mittlerweile war ich zehn Jahre alt und ging in die vierte Klasse. Das Schlagen und die Erniedrigungen hatten sich in diesen Jahren noch gesteigert, denn inzwischen hatten auch meine anderen beiden großen Brüder, Hassan und Nebil, angefangen, mich wegen jeder Kleinigkeit zu attackieren. Hassan wurde am brutalsten von allen. Er kannte keine Gnade und wollte, dass wir uns alle nach ihm richten. Machtbesessen, wie er war, strebte er schon damals die Führungsposition in der Familie an. Aber das gefiel weder mir noch meinen anderen Geschwistern. Allein deshalb gab es immer wieder Streitereien, bei denen Hassan nicht nur mir, sondern auch den anderen gegenüber grob und handgreiflich wurde. Vor allem meine beiden Schwestern hatten immer sehr unter ihm zu leiden.

Im Lauf der Jahre hatte sich mein Charakter sehr geändert. Aus mir war ein unbeschreiblich freches Kind mit großer Klappe geworden. Zudem hatte ich gelernt, bei jeder Gelegenheit die übelsten Schimpfwörter zu benutzen. Egal was mir durch den Kopf ging, ich posaunte es einfach so heraus. Ich ließ mir kaum noch etwas gefallen und reagierte auf jede Provokation mit unverhältnismäßigen Ausdrücken und dreckigen Beschimpfungen.

Ob das die Schläge weniger machte? Natürlich nicht, ganz im Gegenteil. Meinem Vater und meinen älteren Brüdern schien ich immer noch zu wenig »Mann« zu sein – zumindest das, was sie sich unter einem richtigen Mann vorstellten. Sie versuchten weiterhin, mir ihre Vorstellungen einzuprügeln.

Zusätzlich zu all dem hatte ich mir eine feige Art angewöhnt: Bei jedem kleinsten Streit zu Hause lief ich ins Badezimmer, schloss mich dort ein und fing an, mit perversen Beschimpfungen gegen alles und jeden um mich zu werfen – Ausdrücke, für die ich mich heute sehr schäme. Auf der anderen Seite der Tür machten sich währenddessen meine Brüder über mich lustig. Es war hart zu hören, als was sie mich da alles bezeichneten, aber ich konnte ja in dem Moment nichts an der Situation ändern. Später legte ich mir eine andere Taktik zu: Ich versuchte, nicht mehr darauf zu hören, hielt mir die Ohren zu und kauerte mich auf den kalten Fliesenboden, bis sich die Lage wieder etwas beruhigt hatte. Manchmal aber, wenn ich ihrer Meinung nach zu frech gewesen war, haben meine Brüder die Tür mit verschiedenen Werkzeugen aufgebrochen und mich in dem kleinen Badezimmer so lange tyrannisiert, bis sie dachten, nun sei es wieder genug, nun hätten sie mir wieder den »richtigen« Weg gewiesen.

Doch ich war nicht nur zu Hause der böse Bube. Auch in meinem weiteren Umfeld hatte sich mein Verhalten den Menschen gegenüber sehr geändert. Zu Mitschülern, Freunden, Verwandten und manchmal auch Lehrern war ich oft sehr ungezogen. Ich verhielt mich so, dass man mich kaum noch ertragen konnte. Wer versuchte, mit mir klarzukommen, brauchte sehr viel Geduld. Etwas in mir war kaputtgegangen.

Heute denke ich, dass die Ursache von all dem in der häuslichen Gewalt lag, die ich tagtäglich erlebte. Dazu kam noch, dass ich mich immer mehr hin- und hergerissen fühlte zwischen den beiden Kulturen, die in mir aufeinanderprallten. Auf der einen Seite war da die strenggläubig muslimisch-arabische Welt meiner Familie, deren Alltag von den traditionellen, oft archaisch anmutenden Gesetzen, Werten und Regeln bestimmt wurde, und auf der anderen Seite die den christlich-humanistischen und demokratischen Werten verpflichtete Gesellschaft der Deutschen. Ich wusste nicht, wie ich diese Gegensätze zusammenbringen sollte, und diese innere Zerrissenheit war es wohl, die dazu führte, dass ich mich selbst zu hassen begann. Schon beim Anblick in den Spiegel musste ich mich fast übergeben. Mehr und mehr verlor ich die Kontrolle über mich.

Jeden Abend, wenn ich zu Bett ging, nahm ich mir zwar fest vor, am nächsten Tag ein liebes Kind zu werden, aber das klappte nicht. Der Teufelskreis ließ mich nicht mehr los. Es war, als würde mich etwas an diesen schlechten Charakter binden, etwas, das sich freute, wenn ich frech war und dafür geschlagen wurde. So etwas wie ein schwarzer Schatten, der mich immer und überall verfolgte, ganz egal, ob es heller Tag oder dunkle Nacht war. Es spielte keine Rolle, wie schnell ich lief und wie gut ich mich versteckte, dieser Schatten holte mich immer wieder ein.

Unsere Nachbarn hatten ihren Kindern verboten, mit mir zu spielen, und meine Noten waren von Halbjahr zu Halbjahr schlechter geworden. Ich war in den Augen vieler einfach ein unmöglicher, nutzloser Mensch – sozusagen eine richtige Plage. Doch niemand aus diesem Umfeld wusste, wie die Situation bei uns zu Hause war, wie die männlichen Familienmitglieder mit mir umgingen und welche »Kultur« da gelebt wurde. Immer wieder wurde die Schuld meiner Mutter angelastet, viele betrachteten sie als eine schwache Frau, die nicht fähig war, ein Kind zu erziehen. Doch es ist nicht immer so, wie es von außen aussieht, und es ist immer leicht, ein Urteil zu fällen, ohne die Umstände genauer zu kennen. Ich weiß, dass meine Mutter eine gute Mutter ist und alle ihre Kinder voller Liebe großgezogen hat. Für mich war und ist sie bis heute eine wunderbare Erzieherin, vielleicht sogar die beste, die ich je erlebt habe.

Es war gegen Ende der vierten Klasse und ich ahnte nichts Böses an jenem Morgen. Die Sonne strahlte und verhieß einen schönen und angenehmen Frühlingstag, als ich frühmorgens zur Schule ging.

Ich liebe den Frühling ganz besonders, denn zu dieser Jahreszeit wird es angenehm warm, die meisten Tiere werden geboren und überall kann man die bunten Blumenteppiche sehen.

Bald sollte für uns die schöne Grundschulzeit vorbei sein und die Zeit in der Orientierungsstufe beginnen. Die Orientierungsstufe war damals für die Schüler der fünften und sechsten Jahrgangsstufe eingerichtet worden und endete mit einer Empfehlung vonseiten der Lehrer, welche weiterführende Schule für das jeweilige Kind am geeignetsten sei. Mittlerweile gibt es dieses System so allerdings nicht mehr und die Schüler entscheiden sich nach der vierten Klasse, welche Schule sie künftig besuchen wollen.

Während dieser Zeit waren wir alle total aufgeregt, denn nicht mehr lange, dann würden wir auf eine neue Schule gehen, neue Freunde und neue Lehrer bekommen. Ich freute mich ganz besonders, weil ich die Orientierungsstufe als so etwas wie einen Neustart verstand und mir vorgenommen hatte, endlich ein gutes Kind zu werden.

An diesem Frühlingsmorgen hatte uns Frau Schulz erlaubt, draußen im Garten zu toben, sie wusste ja, dass dies unsere letzten gemeinsamen Tage waren. Alle rannten voller Begeisterung ins Freie und jeder beschäftigte sich mit etwas anderem: Einige sprangen Seil, andere bauten Sandburgen und wieder andere kletterten auf den Gerüsten herum. Ich hatte mich für die Schaukel entschieden, die jedoch gerade besetzt war, sodass ich mich in die Schlange der Wartenden eingereiht hatte und nun ungeduldig herumhopste.

Plötzlich spürte ich eine Hand an meiner Schulter. Als ich mich umdrehte, sah ich meine Klassenlehrerin neben mir stehen.

»Yosef, ich möchte mit deinen Eltern gern etwas besprechen. Würdest du sie bitten, mich morgen Mittag hier in der Schule zum Kaffeetrinken zu besuchen? Es wird bestimmt nicht lange dauern.«

»Ist denn was Schlimmes passiert, Frau Schulz?«, fragte ich sie etwas verwirrt und mit großen Augen.

Wie kompliziert und ungezogen ich mich auch benahm, ihr Verhalten mir gegenüber war unverändert hilfsbereit und liebevoll. Es war fast, als würde sie spüren, was ich zu Hause alles durchmachte.

»Aber nein, keine Angst. Ich möchte ihnen lediglich etwas berichten, das ist alles.«

Ich dachte mir nichts dabei und nickte nur bestätigend. Frau Schulz würde ja sowieso niemals etwas tun, was mir schaden würde. Abgesehen von diesem einen Mal in der dritten Klasse, als ich mich mit Thomas wegen einem Buch so gestritten hatte, dass wir beide von unseren Eltern abgeholt werden mussten. Aber da konnte Frau Schulz ja nichts dafür. Bei diesem Vorfall war es jedenfalls das erste Mal passiert, dass meine Mutter mir eine Ohrfeige verpasst hatte. Nach wie vor ein unvergessliches Ereignis für mich.

Als meine Eltern am nächsten Tag kamen, fanden sie mich fröhlich mit meinen Freunden auf dem Schulhof herumtoben und winkten mir zu. Ich lief meiner Mutter in die Arme und strahlte meinen Vater an. Beide waren sehr gut gelaunt. Sie betrachteten es wohl als eine Ehre, von meiner Klassenlehrerin zum Kaffeetrinken eingeladen zu werden, denn bei uns Orientalen hat der Beruf des Lehrers einen hohen Stellenwert in der Gesellschaft.

Voller Stolz führte ich meine Eltern an der Hand zum Lehrerzimmer. Frau Schulz empfing die beiden mit offenen Armen, begrüßte meine Mutter mit Küsschen auf die Wange und gab meinem Vater die Hand.

»Du wartest bitte hier, ja, Yosef? Es wird auch nicht lange dauern«, bat sie mich, bevor die drei im Lehrerzimmer verschwanden und sich die Tür hinter ihnen schloss. Ich war etwas verwundert und enttäuscht, weil ich nicht mitkommen durfte, nickte aber und setzte mich dann auf einen der Wartestühle neben der Tür.

Die Tür öffnete sich immer wieder, aber die, auf die ich wartete, erschienen nicht. Ständig waren es andere Lehrer, die lächelnd an mir vorbeihuschten oder mir sanft über meine kurzen Haare strichen. Obwohl ich Ausländer war und als Problemkind galt, behandelten mich die meisten deutschen Lehrer auf der Grundschule sehr freundlich und hilfsbereit.

Ich war kein geduldiger Mensch, das bin ich auch heute nicht, und so begann ich während des Wartens zu grübeln. ›Was kann nur so lange dauern?‹, fragte ich mich. Ich starrte auf den Boden und in meinem Bauch breitete sich ein zunehmend mulmiges Gefühl aus. ›Vielleicht will Frau Schulz mich nicht mehr als Schüler haben?‹, steigerte ich mich hinein. ›Mein Gott, nein! Das würde sie nie machen!‹ Außerdem war das Jahr sowieso schon fast vorbei. Trotz dieser tröstenden Gedanken konnte ich mich nicht beruhigen, meine Gefühle glitten immer mehr in negative Vorstellungen ab. Das passierte mir öfters in dieser Zeit.

Doch endlich öffnete sich die Tür ein weiteres Mal und ich sah die, die ich erwartet hatte. Zuerst traten meine Eltern heraus, ihnen folgte Frau Schulz, die mich wieder mit einem warmen Lächeln anstrahlte.

Sie legte ihre Hand auf meine Schulter und fragte: »Hast du auch nichts angestellt, während du gewartet hast?«

»Nein, das habe ich nicht, Sie können die anderen Lehrer fragen, die haben mich gesehen.«

Während Frau Schulz über diese Worte hell auflachte, verzogen meine Eltern keine Miene. Sie fanden meine Bemerkung wohl keineswegs witzig. Aber ich hatte gleich bemerkt, dass die gute Laune der beiden, die sie auf dem Schulhof noch gehabt hatten, mittlerweile verflogen war. Als ich meinen Vater ansah, kam von ihm nur ein sehr kaltes *»Muuut!«* heraus, was auf Deutsch – grob übersetzt – »Stirb!« bedeutet. Ein schlimmer Ausdruck aus dem Arabischen, der oft zur Erniedrigung und Demütigung benutzt wird oder jemand als Nichtsnutz bezeichnet.

Langsam ließ ich meine Blicke zu meiner Mutter gleiten, die mich jedoch auch giftig anstarrte und dabei die Nase hochzog – als würde sie einen ekligen Geruch einatmen, der ihr total zuwider war.

»Steh auf, wir gehen jetzt nach Hause«, sagte sie nur kühl und ließ mir den Vortritt.

Noch einmal sah ich Frau Schulz an, diesmal aber ängstlich, denn ich wusste, dass zu Hause gleich wieder etwas Schlimmes passieren würde. Der Blick meiner Lehrerin hatte sich nach der Reaktion meiner Eltern komplett verändert, als wäre ihr gerade bewusst geworden, was mich nun erwartete. Sie verabschiedete meine Eltern kurz und kühl, mir jedoch winkte sie noch mal liebevoll zu.

Furcht breitete sich mehr und mehr in mir aus. Ich verstand einfach nicht, was los war. Meine Mutter war zwar in den letzten Monaten auch etwas strenger gewesen, aber mit solch vernichtenden Blicken wie jetzt hatte sie mich noch nie angeschaut. Fast schien sie sich zu schämen, dass ich ihr Sohn sei, oder sich zu wünschen, mich niemals zur Welt gebracht zu haben.

Da auf dem Heimweg kein Wort geredet wurde, konnte ich mir in aller Ruhe ausmalen, welche Tortur mich zu Hause gleich erwartete. Es war klar, dass so etwas passieren würde, keine Rede. Die Frage war nur, wie? Würde es ein Werkzeug, ein Gürtel, ein Springseil oder einfach nur ein Schuh sein? Oder würde ich mit bloßer Hand zurechtgestutzt? Ich gewöhnte mich nicht an die Schmerzen. Es war immer etwas, das ich am meisten fürchtete. Aber wer reißt sich schon darum, geschlagen zu werden?

Als wir in unserer Straße ankamen, fing mein Vater an, mich die ganze Zeit zu schubsen, damit ich schneller ginge. Vor der Haustür holte er betont entspannt den Schlüssel aus der Tasche, öffnete die Tür und ließ mich eintreten.

Noch bevor ich etwas sagen konnte, fing er an, mit seinem Spazierstock, der immer in der Garderobe im Flur hing, auf meinen Rücken einzuschlagen. Ich versuchte mein Gesicht zu schützen und begann, laut nach Hilfe zu schreien: »Mummy! Mummy! Bitte mach doch was!«

Da ich in diesem Alter niemals meine Stimme gegen meinen Vater zu erheben wagte, schrie ich nur nach jedem Schlag noch lauter um Hilfe und rollte mich so klein wie möglich zusammen.

Als ich irgendwann keinen weiteren Schlag mehr spürte, blickte ich kurz voller Furcht auf und hoffte, dass meine Mutter mich vielleicht beschützen, mich wieder in den Arm nehmen und voller Liebe trösten würde. Aber das wäre ja zu schön gewesen, um wahr zu sein.

Mein Vater stand noch immer da, und hinter ihm meine Mutter mit gekreuzten Armen und noch giftigeren Blicken als vorher. Mein Vater schlug mich ein letztes Mal mit seinem Stock auf die Stirn, dann hing er ihn, als wäre nichts geschehen, in die Garderobe zurück und ging ins Wohnzimmer.

Nun war ich mit meiner Mutter allein. Dieses Mal tat ich ihr aber kein bisschen leid, ich sah es in ihren Augen. Kurz angebunden befahl sie mir, meine Hände auszustrecken, sodass die Innenfläche jeweils auf den Boden zeigte. Dann griff sie nach einem Schuh, der auf dem Boden neben uns lag, und fing an, kräftig auf meine Handoberflächen zu schlagen.

»Mummy, nein! Was habe ich jetzt schon wieder gemacht? Bitte sprich mit mir!«

»Wofür schicke ich dich zur Schule, hmm?! Kannst du mir das sagen?«

Und wieder schlug sie mich, diesmal aber viel härter. Bei jedem Schlag zog ich die Hände zusammen und hielt sie schützend an meinem Bauch. Doch sie zerrte sie immer wieder mit Gewalt hervor und schlug mich weiter. Schließlich schaute sie mir lange in die Augen, drückte mich dann ganz fest an ihre Brust und begann plötzlich zu weinen.

»Du musst dir Mühe geben, mein Sohn. Du musst etwas erreichen. Es wird ein Tag kommen, an dem du diese ganzen Qualen und Schmerzen vergessen und auf eigenen Beinen stehen wirst. Du wirst unabhängig sein und dein eigenes Geld verdienen und immer wieder mal deiner Mummy ein Geschenk kaufen, damit du sie glücklich machst. Eines Tages wird dies alles vergehen, mein Kind. Ich weiß, dass es nicht leicht ist, scheinbar immer ohne Grund geschlagen zu werden, aber das ist nun mal dein Schicksal. Du musst stark sein, das Beste draus machen und immer nach vorne schauen. Und lass niemals den Kopf hängen. Denn wenn du das tust, bist du ein toter Mann, Yussuf. Verstehst du mich?! Dann bist du ein toter Mann …!«

Ich befreite mich aus ihren Armen und schaute sie verwirrt an: »Aber was habe ich denn gemacht, Mummy?«

Sie schloss die Augen und brachte es kaum übers Herz, den folgenden Satz auszusprechen: »Du bist sitzen geblieben, mein Sohn.«

»Sitzen geblieben?«, fragte ich verwundert. »Aber warum, Mummy?«

Mit noch immer geschlossenen, tränennassen Augen holte sie kurz Luft und sagte dann: »Du musst die vierte Klasse wiederholen, Yussuf.«

Sie küsste mich auf die Stirn und begab sich ins Wohnzimmer. Da sie selbst nie eine Schule hatte besuchen dürfen, wusste sie, was es heißt, ohne Bildung in dieser Welt bestehen zu müssen. Sie wollte etwas Besseres für mich, sie wollte, dass ich diesen Kreislauf durchbreche. Deshalb reagierte sie wohl so heftig.

Ich selbst saß nach ihren Worten noch ziemlich lange bewegungslos da und starrte auf den Boden. ›Noch einmal die vierte Klasse machen …‹ Ich konnte den Gedanken nicht ertragen, wie ein scharfer Stich mitten ins Herz war das. ›Was wird aus meinen Freunden werden? Wie werden die Lehrer mit mir umgehen?‹ Ich stellte mir vor, dass alles nun noch schlimmer werden würde. Meine Zukunft, meine Familie mir gegenüber, einfach alles. Ich hatte in diesem Moment kein Ziel mehr vor Augen, keine Träume und auch sonst nichts mehr, das mich begeistern konnte. Sämtliche negativen Emotionen fingen an, mich aufzufressen. Das Licht wurde von grauenhafter Finsternis um mich herum verhüllt, Dunkelheit kroch in mir hoch und belegte mein Herz mit Furcht und Angst. Ich wusste, dass meine Noten nicht mehr die besten waren, aber waren sie denn tatsächlich so schlecht, dass ich die Klasse wiederholen musste?

Nach langem Dasitzen und vielen negativen Gedanken öffnete jemand die Außentür und betrat den Flur. Zunächst zuckte ich erschrocken zusammen, doch im Grunde meines Herzens war ich überglücklich, dass jemand hereinkam, mich aus diesem negativen Gedankenkarussell herausholte und wieder in die Realität zurückbrachte. Als ich aufblickte, sah ich, dass meine vier Jahre ältere Schwester Leya nach Hause gekommen war. Mit ihr verstand ich mich immer besonders gut, sie half mir bei vielem und hörte mir gerne zu. Obwohl sie noch sehr jung war, damals erst 15 Jahre alt, war sie eine sehr intelligente und reife junge Frau. Da sie bereits das Kopftuch trug, konnte man nur einen Teil ihrer arabischen Schönheit sehen. Sie hatte ein perfekt weißes Gesicht und lange, dunkle und kräftige Haare, die ihr in weichen Wellen bis zur Hüfte fielen. Sie war wirklich unglaublich bezaubernd.

»Yussuf? Was ist denn mit deiner Stirn los? Die ist ja hier ganz angeschwollen«, sagte sie und berührte vorsichtig meine Wunde.

Diese Berührung schmerzte mich zwar, aber das kümmerte mich in diesem Moment nicht. Ich saß einfach still da und starrte meine wunderbare Schwester an.

»Na, komm schon, sonst erzählst du mir doch auch alles«, fügte sie ungeduldig hinzu und lächelte mich aufmunternd an.

Mir traten wieder die Tränen in die Augen. Wirklich darüber reden wollte ich nicht. Ich hatte mich nämlich bereits meiner Mutter gegenüber sehr geschämt, diese Worte über die Lippen zu bringen. Deswegen stand ich nun auf, nahm meine Tasche und öffnete die Tür zur Treppe. Nach einigen Stufen, die ich wie ein Schlafwandler hochgegangen war, hielt ich dann doch an, drehte mich zur Seite und sagte beschämt: »Ich bin sitzen geblieben.« Dann rannte ich den Rest der Treppe hoch und verschwand in meinem Zimmer.

Kurz vor dem Zeugnistag erfuhr ich von Frau Schulz, dass ich eigentlich gar nicht sitzen geblieben war, sondern ein »freiwilliges« Wiederholungsjahr einlegte, das ihrem Wunsch entsprach. Sie meinte, dass ich der Orientierungsstufe noch nicht gewachsen wäre und mir dieses zusätzliche Jahr guttäte. Also war ich an jenem Tag sozusagen für nichts von meinen Eltern gequält worden. Heute bin ich ihnen deshalb aber nicht mehr böse. Ich bin mir sicher, dass sie durch ihre schlechten Deutschkenntnisse alles falsch verstanden und Papiere unterschrieben haben, die sie gar nicht richtig lesen konnten, schließlich sind sie beide Analphabeten. Das hat Frau Schulz wahrscheinlich nicht gewusst und meine Eltern haben diese Schwäche – aus falsch verstandenem Stolz wohl oder aus Scham – in jenem Moment sicher nicht zugegeben und bloß so getan, als hätten sie alles genau verstanden. Beide hatten als Kinder nicht die Möglichkeit gehabt, eine Schule zu besuchen, und mussten stattdessen bereits arbeiten und den Dreck anderer Leute wegputzen. Für ihre beiden Familien zählte damals nur das Geld. Wie es dem Kind physisch und psychisch ging beziehungsweise welche Zukunftsperspektive es hatte, das spielte keine Rolle.

Der Frühling verging und der Sommer schickte wärmende Sonnenstrahlen. Doch trotz des schönen Wetters war es für mich ein langweiliger Sommer, an dem ich wenig Freude hatte. Meine besten Freunde flogen alle in traumhafte Länder wie Spanien oder Griechenland, um dort die Sonne des Südens zu genießen. Natürlich konnten wir uns auch in diesem Jahr nichts leisten und blieben deswegen alle zu Hause. So verbrachte ich die meiste Zeit dieser Ferien zusammen mit Ali und Rima. Oft spielten wir auf dem Spielplatz gegenüber von unserem Haus, schaukelten, rutschten alle gleichzeitig die breite Rutsche herunter oder schufen unsere eigenen Fantasiegebilde in der Sandkiste. Andere Tage verbrachten wir im Wald und erkundeten dort die weitgehend unberührte Natur, suchten nach seltenen Froscharten und beobachteten die frisch geschlüpften Kaulquappen, die am Ufer des kleinen Sees herumschwammen, der sich gleich neben dem großen Wald befand. Besonders freuten wir uns auch immer über die Rehe, die manchmal am Waldrand zu sehen waren.

Es dauerte jedoch nicht lange, da begann die friedliche Freundschaft zwischen uns dreien zu bröckeln. Es war einfach zu viel, dass wir täglich nahezu 24 Stunden zusammen waren. Wir fingen an, uns wegen unnötiger Sachen zu streiten, was dazu führte, dass jeder sich nach einer bestimmten Zeit nur noch um sich selbst kümmerte. Damals nahmen wir uns alles sehr zu Herzen und stellten uns bei vielem stur, auch dort, wo es völlig übertrieben war. Heute lachen meine Geschwister und ich über diese kleinlichen Streitereien, damals aber konnten wir das nicht.

Zu dieser Zeit war Rima fünf Jahre alt und spielte leidenschaftlich gern mit Barbies und Kuscheltieren, die sie vom Roten Kreuz geschenkt bekam oder die unsere Mutter ihr hin und wieder auf dem Flohmarkt kaufte. Mein Bruder Ali beschäftigte sich mit Nintendo-Spielen oder stundenlangem Schaukeln auf dem Spielplatz. Er wurde von meinen Eltern mit besonders viel Liebe großgezogen, da er sich als Baby einer sehr schweren Herzoperation hatte unterziehen müssen.

Ich selbst wiederum tat das, was ich schon seit dem Kindergarten am liebsten tat: malen. Es war eine unwiderstehliche Leidenschaft, die mir immer sehr viel

Freude bereitete und mich, sobald ich den Stift in die Hand nahm, in eine neue Welt zauberte. Eine Welt, die mich schützend umhüllte und in der ich meinen Träumen und Vorstellungen freien Lauf lassen konnte. Ich zeichnete alles Mögliche, ganz egal ob Natur, Frauen oder einfach nur Kleidung. Trotzdem ich noch sehr jung war, hatte ich bereits damals einen sehr guten Blick für Mode und half Leya oft beim Einkaufen, wenn sie sich von ihrem Geld, das sie sich vom Zeitungsaustragen zusammengespart hatte, etwas gönnte. Ich beriet sie immer von Herzen gern, denn je mehr Kleidung ich vor Augen hatte, desto mehr Ideen bekam ich für meine eigenen Entwürfe. Die Menschen in meinem Umfeld waren von meinen Zeichnungen und Ideen sehr begeistert und konnten kaum glauben, dass so etwas von einem zehn Jahre alten Jungen kam. Durch das ständige Lob und die Begeisterung der anderen hatte ich mich mit der Zeit in meine eigenen Zeichnungen so sehr verliebt, dass ich entschlossen war, nichts anderes als Modedesigner zu werden.

»Mummy! Mummy! Ich will Mode studieren!«, schrie ich laut, während ich mit einigen meiner Werke in die Küche sauste, um sie meiner Mutter zu zeigen.

»Scht! Sei still, du dummes Kind! Glaubst du wirklich, dein Vater schickt dich zur Schule, damit du Kleidung malst? Lass ihn das ja nicht hören! Geh und beschäftige dich mit etwas Nützlichem!«

»Aber Mummy, schau doch mal, was ich gemalt habe!«

Sie riss mir die Blätter mit meinen besten und außergewöhnlichsten Kleidungsstücken aus der Hand, starrte sie kurz an und reichte sie mir dann bockig zurück.

»Ja, das ist alles ganz hübsch, aber Zeichnen ist und bleibt nur dein Hobby, mein Sohn, nicht mehr. Schlag dir diese verrückten Ideen aus dem Kopf! Ich will so etwas nicht noch mal hören, besonders nicht, wenn dein Vater im Haus ist.« Schnell drehte sie sich wieder zum Essen um und schimpfte vor sich hin: »*Ya Allah!* Nun sieh nur, was du angerichtet hast! Wegen deiner Hirngespinste brennt mir das Essen an!«

Ich starrte verzweifelt auf den Boden. Es war nicht leicht für mich zu ertragen, dass meine Eltern keinerlei Interesse für meine Aktivitäten zeigten. Das war bei meinen Freunden immer ganz anders. Denen wurde nicht nur Interesse entgegengebracht; sie wurden auch auf vielfältigste Weise gefördert, zu Kursen, zum Musik- oder Sportunterricht gebracht, und alle freuten sich über die Fortschritte, die sie machten. Natürlich erwartete ich so etwas nicht von meiner Familie, ich wusste ja, dass wir dafür kein Geld hatten. Bei mir war es eher so: Wenn wir uns bei den angebotenen Arbeitsgruppen in der Schule eine aussuchen durften, habe ich nie richtig gelesen, um was es sich dabei jeweils handelte, oder das ausgewählt, was mich wirklich interessierte. Ich ging immer nur mit dem Auge die Preisliste durch und kreuzte alles an, was kostenlos war. Da gab es manchmal Sachen, bei denen ich noch nicht einmal verstanden hatte, um was es dabei ging. So kam es, dass ich einmal der einzige Junge auf der ganzen Grundschule war, der sich für eine Strickgruppe eingeschrieben hatte. Erst zu Beginn der ersten Stunde wurde mir klar, warum sich jeder über mich lustig machte. Ich ließ all die Spötteleien scheinbar emotionslos an mir vorüberziehen, denn es war mir damals unangenehm zuzugeben, dass ich immer den Kurs wählen musste, der umsonst war, weil meine Familie etwas anderes nicht bezahlen konnte. Wie dem auch sei: Ich erwartete keinerlei finanzielle Zuwendungen von meiner Familie, aber einen lobenden oder aufmunternden Kommentar für meine Talente hätte ich schon gerne gehört – so wie andere Kinder eben auch.

Gerade als ich die Küche wieder verlassen wollte, kam mein Vater herein, huschte an mir wie ein Geist vorbei und interessierte sich weder für mich noch für das, was ich in der Hand hielt. Das war üblich bei ihm, er fragte niemals, ob es mir gut gehe, ob ich etwas bräuchte, ob in der Schule alles in Ordnung sei, was auch immer – ich existierte quasi nicht für ihn. Daran hat sich im Wesentlichen bis heute nichts geändert.

Ich ging also wieder auf mein Zimmer und verkroch mich in meinem Versteckplatz hinter der Couch. Das war mein privater Ort, an den ich mich immer zurückzog, wenn ich allein sein und mich ungestört mit meinen Sachen beschäftigen wollte. Erst saß ich nur still da und schaute aus dem großen Fenster, das fast die komplette Wand zum Garten freigab. Das mochte ich sehr gerne an unserem Zimmer, so war immer alles in schönes Licht getaucht, und das war auch gut für meine Zeichnungen. Zudem konnte ich von diesem gemütlichen Platz aus die schönsten Blumen aus unserem Garten abmalen.

Als ich in diesem Moment auf die Terrasse herunterschaute, sah ich, wie meine Brüder unten im Garten zusammenstanden und sich unterhielten. Ich verstand zwar ihre Dialoge nicht, aber da sie nach jedem zweiten Wort lachten, war mir klar, dass sie ihren Spaß miteinander hatten. Wie so oft, sehnte ich mich auch jetzt danach, mich mit all meinen Brüdern gut zu verstehen, und stellte mir vor, dass wir alle entspannt beieinandersitzen und miteinander reden würden. So wie es in anderen Familien, egal welcher Nationalität, eben auch läuft. Ich habe damals nicht verstanden, dass ich für meinen Vater und meine älteren Brüder kein »richtiger Mann« und damit kein ernst zu nehmender Gesprächspartner war. Für sie war ich die Schande der Familie; in ihren archaischen Vorstellungen war kein Platz für jemand wie mich, der schnell weinte, ein weiches Herz hatte und gut zeichnen konnte.

Lange dachte ich in meinem Versteck darüber nach und konnte meinen Blick einfach nicht von dieser lustigen Zusammenkunft im Garten wenden. Meine Gedanken kreisten immer mehr um meinen Wunsch nach Zugehörigkeit und die Tatsache, dass ich hier oben nur als Beobachter saß. Als ich merkte, dass mich dieses Karussell nur immer weiter nach unten zog und mir langsam die Tränen kamen, nahm ich entschlossen ein Blatt Papier heraus. Ich begann vor mich hin zu malen und ließ meiner Hand und meiner Fantasie freien Lauf, bis ich innehielt und sah, dass ich eine ältere Dame in einem weit geschwungenen Kleid malte. Schnell packte ich meinen Tuschekasten aus und mischte sämtliche Farben, die ich hatte, in das prächtige Kleid hinein. Stundenlang arbeitete ich an meinem Werk. Wie viel Zeit vergangen war, merkte ich nur daran, dass langsam die Abenddämmerung hervorkroch und es immer dunkler wurde. Als ich endlich fertig war, hob ich mein Bild hoch, betrachtete es stolz und begann zufrieden zu lächeln. In dieser Zeichnung hatte ich eine ganz besondere Stimmung festgehalten, es war wirklich ein Prachtwerk geworden.

Ich hatte die vergangenen Stunden zwar alleine verbracht, aber meine Freude und Erfüllung im Malen gefunden, und das konnte mir keiner nehmen. Schöne Bilder und Kreationen zu schaffen war einfach etwas, was mein Herz aufblühen ließ. Und ein glückliches Lächeln von einem Kind, ganz egal von welchem, ist so etwas Schönes, dass es die ganze Welt wie die strahlende Sonne aufhellen lassen kann.

So verbrachte ich die meiste Zeit in diesen Sommerferien. Bis zu Beginn des nächsten Schuljahres hatte ich schon einen ganzen Ordner mit meinen Werken zusammengestellt. Ich habe ihn immer gut aufbewahrt – in der Überzeugung, dass ich diese Zeichnungen noch einmal brauchen würde.

Aber nun genug mit Malen und Ferien, denn das neue Schuljahr ging los! Ich war total aufgeregt und mir war etwas mulmig zumute: Eine neue Klasse, neue Lehrer, ein komplett neues Umfeld würden mich erwarten. Wie würden mich die Kinder wohl aufnehmen oder die Lehrer auf mich reagieren, fragte ich mich immer wieder. Mit dem festen Vorsatz, in diesem Schuljahr ein anständiger und fleißiger Schüler zu werden, betrat ich die Schule.

Ich fand meine Klasse in diesem mir vertrauten Gebäude sofort, ging aber nicht gleich hinein, sondern blieb vor der Tür stehen und starrte ängstlich das Klassenschild an. »4 d Frau Schneider« stand darauf. Dann, nach einiger Zeit des Wartens, schaute ich mich um und merkte, dass ich das einzige Kind im ganzen Flur war. Die anderen Kinder waren längst in den Klassen, da die Schulglocke bestimmt schon den Unterrichtsbeginn angekündigt hatte, was mir aber vor Aufregung gar nicht aufgefallen war. Langsam sah ich wieder die Tür an. Noch mehr Angst und Panik krochen in mir hoch. Gerade als ich mich, total enttäuscht von mir und meiner eigenen Angst, auf eine der Bänke neben dem Klassenzimmer setzen wollte, hörte ich eine sehr freundliche weibliche Stimme sagen: »Du bist bestimmt Yosef Scheicho, nicht wahr?«

Eine sympathische, etwa 35-jährige Dame strahlte mich an und reichte mir ihre Hand, die ich zögernd ergriff und dabei scheu nickte.

»Du brauchst keine Angst zu haben. Ich heiße Ulrike Schneider und bin dieses Jahr deine Klassenlehrerin.«

Ich schaute sie an, ohne auch nur einen Mucks von mir zu geben. Lächelnd schob sie mich am Rücken sanft vorwärts, sodass wir zusammen im selben Takt gingen.

»Frau Schulz hat mir viel Gutes von dir erzählt. Sie meinte, dass wir bestimmt blendend miteinander auskommen werden.«

Mir fiel ein Stein vom Herzen, dass sich wenigstens meine frühere Lehrerin für mich eingesetzt hatte. Als wir dann das Klassenzimmer betraten, war es schlagartig still und sämtliche Blicke wandten sich zu mir.

»Guten Morgen alle zusammen! Herzlich willkommen zur ersten Stunde im neuen Schuljahr!«

»Guten Morgen Frau Schneider!«, schrien alle im Chor.

»Darf ich euch erst einmal mit eurem neuen Mitschüler bekannt machen: Das ist Yosef, er wird das letzte Jahr auf der Grundschule mit uns zusammen verbringen.«

»Warum heißt er Yosef, wenn er schwarze Haare hat?«, schrie eines der Kinder so schnell in die Klasse, dass ich gar nicht sehen konnte, wer es war. Diese Bemerkung brachte zwar alle zum Lachen, aber Frau

Schneider erstickte sofort jede weitere Diskussion darüber im Keim: »Umso besser für uns, so brauchen wir keine Angst zu haben, einen ausländischen Namen falsch auszusprechen.«

Sie lächelte mich noch einmal an und zeigte dann auf einen freien Platz in der hinteren Reihe: »Schau mal, neben Pascal ist noch Platz. Mit ihm wirst du dich sicher gut verstehen. Ich hoffe, du fühlst dich bald sehr wohl hier und wie zu Hause.«

Mein Nachbar lächelte mich an und sagte noch einmal höflich seinen Namen.

»Freut mich, ich bin Yosef«, antwortete ich.

Mir fiel gleich auf, dass er noch ziemlich jung war, viel jünger als die anderen Klassenkameraden, ich traute mich aber in diesem Moment nicht, ihn danach zu fragen. Er war klein und schlank und hatte hellblonde, fast weiße Haare. An unserem Tisch saß noch ein anderer Schüler, ein ziemlich kräftiger und freundlicher Junge, der Kevin hieß. Seine tiefdunklen Haare glänzten wie Seide im Licht. Später habe ich mitbekommen, dass seine Mutter indischer Abstammung war, von ihr hatte er wohl seine schönen Haare geerbt.

»So, Kinder«, unterbrach Frau Schneider das Durcheinander. »Ihr wisst ja, was wir jedes Jahr in der ersten Stunde machen, nicht wahr?«

Ich hörte nur ein lautes Stöhnen aus jeder Ecke. Keiner hatte Lust auf das, was nun kommen sollte.

»Pascal«, flüsterte ich und beugte mich zu ihm, »was ist denn los, warum stöhnen alle so?«

»Zu Beginn des Schuljahres malt jeder mit Tusche sein eigenes Gesicht und dann hängen wir die fertigen Werke nach Geburtsdatum über der Tafel auf.«

Meine Augen strahlten auf wie glitzernde Sterne, die über das ruhige Meer schimmern. ›Wow!‹, dachte ich. ›Genau mein Bereich, und das auch noch am ersten Tag, gleich in der ersten Stunde! So kann ich vielleicht ein bisschen zeigen, was in mir steckt.‹ Da ich selber kein Material dabeihatte, waren Kevin und Pascal so großzügig und teilten ihre Sachen mit mir. Ich hatte viel Spaß dabei, mich selbst zu malen, auch wenn ich es so gut wie gar nicht hinbekam. Ich sah mehr oder weniger aus wie ein lachender Clown, da ich versuchte, meine gelockten Haare in verschiedenen Brauntönen zu malen. Als ich fast fertig war, rief Frau Schneider mich zu sich. Ich sah erst verwundert zu ihr hoch, ließ dann meine Pinsel liegen und ging zum Lehrertisch.

»Nun, Yosef, unsere Klasse hat schon seit dem ersten Schuljahr bestimmte Regeln, an die sich jeder hält, und ich bitte dich, das auch zu tun.«

Abwartend schaute ich sie an.

»Jeder bringt seine eigenen Hausschuhe mit. Im Klassenzimmer sind Straßenschuhe strengstens verboten. Wir achten alle gemeinsam auf Ordnung und Sauberkeit. Es spielt keine Rolle, wer aus den Regalen etwas an Spielzeugen, Büchern oder Kunstsachen genommen hat, wir helfen uns alle gegenseitig beim Aufräumen, sodass wir alles als Team beenden. Auch außerhalb der Klasse würde ich es befürworten, wenn ihr Kinder vieles zusammen unternehmt und euch auch gegenseitig bei den Schulaufgaben helft. Bitte beachte diese Regeln. Ich bin überzeugt, dass du das alles bestens hinkriegen wirst.«

Ungeduldig hörte ich zu, bis auf die Hausschuhe waren mir diese Regeln von den vorangegangenen Schuljahren bestens vertraut. Ich wollte lieber wieder zu meinem Bild.

»Alles klar, Frau Schneider, ich will mein Bestes versuchen.« Ich war schon halb auf dem Rückweg, um mich wieder an meine Arbeit zu setzen, als sie mich noch einmal aufhielt: »Aah, Yosef, beinahe hätte ich es vergessen: Wir unternehmen in zwei Wochen unsere Klassenfahrt an die Ostsee. Nimm dieses Formular mit und lass es deine Eltern bitte ausfüllen und unterschreiben. Ich würde mich freuen, dich auch dabeizuhaben.«

Diese Nachricht begeisterte mich sehr, denn zum einen wollte ich schon immer mal an die Ostsee und zum anderen würde ich damit eine Weile von zu Hause wegkommen und unter denen sein, bei denen ich mich wirklich wohlfühlte. Überglücklich nahm ich das Formular, ging zurück auf meinen Platz und sah, dass eine kleine Gruppe von Kindern um mein Bild stand und es betrachtete. Als ich näher kam, zerstreute sich die Gruppe wortlos und alle widmeten sich wieder ihren eigenen Bildern. Ich schaute meine zwei neuen Freunde verwirrt an, bis Pascal sagte: »Mach dir kein Kopf darüber, die sind alle nur neidisch, weil du so gut malen kannst.«

Lächelnd setzte ich mich vor mein Bild und arbeitete einfach weiter. Die Blicke meiner Mitschüler allerdings hatte ich dabei immer vor Augen.

Im Laufe der nächsten Tage erfuhr ich, dass Pascal dank seiner Intelligenz zwei Schuljahre hatte überspringen dürfen und deshalb schon in der vierten Klasse war. Er war sogar mit meinem Bruder Ali einmal in derselben Klasse gewesen. Mit Pascal und Kevin verstand ich mich super, bei den anderen aber war ich mehr oder weniger ein Außenseiter. Viele von ihnen hatten mich nicht als Klassenkameraden akzeptiert. Oft stritten wir wegen unnötiger Sachen, zum Beispiel über ein Buch oder ein Spiel, das gerade am falschen Platz lag. Ich muss aber gestehen, dass ich auch nicht unschuldig dabei war, ganz im Gegenteil: Ich war innerlich zerrissen und wurde zusätzlich zu meiner frechen Art mittlerweile gelegentlich handgreiflich, richtig grob im Umgang mit den anderen, und ich drohte ihnen, wenn mir etwas nicht passte. Selbst Frau Schneider, die immer so freundlich war, änderte nach kurzer Zeit ihr Verhalten mir gegenüber, da sie kaum noch Geduld mit mir hatte. Und das, obwohl das Schuljahr gerade erst angefangen hatte. Mein Benehmen wurde von Tag zu Tag schlimmer und ich driftete völlig ab in ein negatives Verhaltensmuster.

Endlich war es so weit: Die Klassenfahrt, auf die alle schon lange warteten, sollte losgehen. Sämtliche Kinder drängelten sich in der Reihe vor der Bustür, um einen Platz am Fenster zu ergattern. Schließlich sollte die Fahrt drei Stunden dauern, da lohnte sich ein Kampf um die begehrten Plätze. In meinem Bauch kribbelte es vor Aufregung und nach langem Drängeln rannte ich in den Bus und wartete dort stehend auf meine beiden Freunde, damit sie mich sehen und zu mir kommen könnten. Doch hinter mir stieg gleich Frau Schneider ein und setzte sich, in der Absicht, so Streit zu vermeiden, neben mich. Sie versuchte oft, mich von meinen Klassenkameraden fernzuhalten, da sie der Meinung war, ich gäbe kein gutes Vorbild für die anderen ab. Zum Glück änderte das aber niemals etwas an der Freundschaft zwischen Kevin, Pascal und mir. Die beiden saßen auch an jenem Tag im Bus genau vor mir und unserer Lehrerin. Während der Fahrt allerdings haben wir kaum miteinander geredet, denn beide waren zu sehr mit ihren Büchern beschäftigt – ein Hobby, mit dem ich damals gar nichts anfangen konnte. Mir wurde jeweils bereits nach ein paar Seiten langweilig, weshalb ich es während meiner Kindheit auch nie schaffte, ein Buch zu Ende zu lesen.

Da ich nichts dabeihatte, womit ich mich beschäftigen konnte, lehnte ich mich einfach nur ans Fenster und fing an zu träumen, ein Zeitvertreib, dem ich auch heute noch gerne nachgehe. Es ist schön, es kostet nichts und keiner kann mich daran hindern, egal wie tief ich in meiner Träumerwelt versinke. Das war schon immer mein privater Luxus, dafür musste ich nicht reich sein und konnte es mir ohne Weiteres leisten, wann immer ich wollte und mich danach sehnte. Bei der Busfahrt an die Ostsee dauerte es nicht lange, bis ich vom ganzen Träumen müde geworden war und mir die Augen zufielen. Ich weiß nicht, wie lange ich geschlafen hatte, aber ich erwachte durch das laute Schreien und Jubeln meiner Klassenkameraden. Als ich völlig verschlafen aus dem Fenster schaute, sah ich, dass wir an unserer Jugendherberge angekommen waren.

Auch dort gab es an der Tür ein großes Durcheinander und Gedränge. Ich stand mittendrin und ließ gelegentlich unflätige Bemerkungen fallen, da ich total eingequetscht war. Als Frau Schneider das hörte, ermahnte sie mich sofort, obwohl ich nicht der Einzige war, der schlimme Wörter benutzte. Ich sah sie einfach nur verständnislos an und dachte mir meinen Teil dabei.

Nachdem wir eingeteilt waren, sollte erst einmal jeder auf sein Zimmer gehen, seine Tasche auspacken und sein eigenes Bett beziehen. Das kostete uns alle unsere Mittags- und Nachmittagszeit. Es wurde Abend, bis wir alles erledigt hatten. Zum anschließenden Abendessen gab es zu meiner Freude unter anderem Reis und Kartoffelpüree; beides aß ich sehr gerne. In der Jugendherberge herrschte Selbstbedienung und jeder konnte sich selbst so viel nehmen, wie er mochte.

Danach hatten wir Freizeit und tobten ein wenig auf dem Hof herum, bis wir müde waren und es Zeit war, ins Bett zu gehen. Natürlich schliefen Jungs und Mädchen getrennt. Wir waren damals sechs Kinder pro Zimmer und ich war überglücklich, dass ich mit Pascal und Kevin zusammen sein konnte.

Als ich bettfertig war, wollte ich noch mal kurz aufs Klo. Auf dem Weg dorthin begegnete ich auf dem Flur einer Mitschülerin, die ich gar nicht leiden konnte – Sabrina. Ich weiß nicht warum, aber für mein Empfinden hatte sie immer das Bedürfnis, jeden nach Lust und Laune herumzukommandieren. Außerdem war sie den Lehrern gegenüber eine echte Schleimerin. Sie kam immer perfekt und intelligent rüber und war sehr beliebt bei uns auf der Schule. Ich konnte das überhaupt nicht verstehen. Außerdem hatte sie zu der Zeit die Angewohnheit, alle paar Wochen mit einem anderen Jungen zu flirten, und das als Neunjährige!

Zu Hause hatte man mich gelehrt, dass eine Frau niemals von sich aus mit einem Mann flirten darf. Wenn es um Jungs oder Männer ging, war vonseiten der Frauen äußerste Zurückhaltung angesagt. Mein Vater und meine Brüder vertraten die Ansicht, dass eine Frau rein und jungfräulich in jeder Hinsicht zu sein hatte – eine Sichtweise, die ich nicht teilen kann. Für mich war und ist die Jungfräulichkeit kein Kriterium für eine Heirat. Für meinen Vater und meine Brüder jedoch war eine Frau für die Nachkommenschaft zuständig und hatte innerhalb eines festen Rahmens dem Mann zu dienen. Obschon mein Vater dies selbst nie offen ausgesprochen hatte, glaube ich, dass er der offenen Kultur der Deutschen und der Freiheit, in der diese Menschen, Männer wie Frauen, leben, äußerst zwiespältig gegenüberstand.

Vielleicht war es Zufall, vielleicht war es Schicksal, dass es gerade Sabrina sein musste, die ich an diesem Abend auf dem Gang der Jugendherberge traf.

»Hallo? Was machst du noch hier draußen? Geh auf dein Zimmer, es ist schon spät!«, forderte sie mich unverblümt auf.

»Willst du mir Befehle geben oder was? Was suchst *du* überhaupt noch hier?«

»Das kann dir egal sein, was ich hier mache! Geh auf dein Zimmer oder ich rufe Frau Schneider!«, zischte sie zurück.

»Du glaubst doch wohl nicht allen Ernstes, dass ich mir von einer Schlampe etwas sagen lasse, die innerhalb von wenigen Wochen fünf Freunde hat! Pah!«

Nach diesem erniedrigenden Satz von mir rannte sie wie eine Furie auf mich los und schubste mich so, dass ich gegen ein Gestell hinter mir knallte. Das habe ich mir natürlich nicht gefallen lassen, schon gar nicht von einem Mädchen wie Sabrina. Also ging ich zum Gegenangriff über und boxte sie gegen ihren Oberarm. Sie schrie laut auf, und obwohl ihr mein Schlag sicher wehgetan hatte, so hatte ich doch den Eindruck, dass sie ein besonderes Theater veranstaltete, um die Aufmerksamkeit der Lehrer auf sich zu ziehen.

Sie kreischte nämlich unaufhörlich weiter, obwohl ich sie nur ein einziges Mal getroffen hatte.

»Yosef!«, hörte ich auch prompt eine scharfe Stimme aus dem Hintergrund. Ich zuckte vor Schreck zusammen, als ich mich umdrehte und Frau Schneider auf uns zukommen sah. »Sag mal, spinnst du? Warum schlägst du deine Mitschüler, und dann auch noch ein Mädchen?!«

Auch Frau Schneider hatte Sabrina ganz gerne, deswegen brauchte ich gar nicht erst zu versuchen, mich zu verteidigen. Ich blieb einfach schweigend stehen und wartete, welche Strafe ich wohl heute bekommen würde.

Meine Lehrerin lief wütend auf mich zu und zog mir kräftig am Ohr: »Seit du da bist, gibt es immer nur Streit und Ärger! Geh auf dein Zimmer! Ich will dich für den Rest des Abends nicht mehr sehen! Und du, Sabrina, du verteilst jetzt die Überraschungsschokolade an jedes Zimmer, wie wir es vorhin besprochen haben. Yosef bekommt nichts davon.« Sie ging ein paar Schritte in Richtung ihres Zimmers, hielt dann aber noch mal an und drehte sich zu mir: »Das Thema ist noch nicht beendet, Yosef, um dich werde ich mich später noch kümmern!«

Durch das laute Schreien meiner Lehrerin waren mehrere Schüler und ein paar Lehrer auf den Flur gekommen. Ich spürte, wie mir heiß wurde und ich vor Scham ganz rot anlief; das alles war mir äußerst peinlich. Ohne ein weiteres Wort verschwand Frau Schneider wieder in ihrem Zimmer. Aus den Augenwinkeln nahm ich wahr, wie Sabrina mich hinter meinem Rücken auslachte. Schweigend starrte ich sie kurz an und ging dann ebenfalls auf mein Zimmer, aus Angst, dass ich noch vor allen anfangen würde zu weinen.

Als ich in jener Nacht im Bett lag und lange in die Dunkelheit starrte, nahm ich mir wieder einmal vor, mich zu ändern. Ich wollte genauso lieb sein wie damals in der ersten Klasse, als mein Hase noch bei mir war. Irgendwie hatte ich das Gefühl, dass alles in mir kaputtgegangen war, seit Mr. Rabbit – so nannte ich ihn seit seiner »Beerdigung« – weg war. Ich hatte immer so gut mit ihm reden können und das hatte mir immer wieder gutgetan, wirklich, auch wenn er mir nicht antworten konnte. Es hatte mir schon ausgereicht, wenn er mir als mein stummer Freund zuhörte. Mittlerweile waren zwar schon Jahre vergangen, seit er nicht mehr bei mir war, aber vergessen konnte ich ihn nie. Es war, als wäre mir ein Stück meines Herzens ausgerissen worden. Kann man denn ohne ein richtiges Herz noch etwas fühlen? Natürlich nicht! Und genauso ging es mir.

Als ich wieder im Bett lag, schwirrten mir noch die Worte meiner Lehrerin im Kopf herum: Das Thema sei noch nicht beendet … Was sie wohl damit meinte?

»NEIN! BITTE NICHT!«, schrie ich laut auf und wollte mich vor Frau Schneider verstecken, die mit einem dünnen langen Stock erbarmungslos auf mich einschlug. Es war, als würde mich der Teufel höchstpersönlich mit seiner Feuerpeitsche bearbeiten. Ich konnte die Schmerzen nicht mehr ertragen und versuchte zu fliehen. Doch egal wo ich hinrannte, egal wo meine Augen hinsahen, egal in welcher Ecke ich mich verkroch, sie stand wie ein großes Ungeheuer vor mir. Sie hatte auch nicht mehr diese liebevollen Augen, sondern die Augen eines großen zornigen Monsters, das keine Gnade für sein Opfer kannte.

»Keiner in der Klasse mag dich und so was wie dich brauchen wir wirklich nicht!«, schrie sie und schlug ein weiteres Mal zu.

Diese enormen Schmerzen, sie waren kaum auszuhalten. Wieder verkroch ich mich in eine Ecke und versuchte zu fliehen, was mir jedoch abermals nicht gelang.

»Mummy! Mummy!«, schrie ich aus Leibeskräften.

»Yosef! Na los, wach auf!«, hörte ich entfernt eine Stimme an meinem Ohr.

»Nein! Bitte lasst mich doch alle endlich in Ruhe!«

Eine Hand rüttelte an meiner Schulter und die Stimme wurde energischer: »Yosef! Nun wach auf, es ist vorbei! Na los, komm schon!«

Verwirrt und ängstlich, völlig verschwitzt und zitternd fand ich mich wieder in meinem eigenen Bett in der Jugendherberge. Pascal nahm mich fest in den Arm, der Rest meiner Kameraden stand um mein Bett herum und schaute mich verwundert an.

»Was war das denn für ein Lärm?«, kam Frau Schneider mit heftigen Atemzügen in den Raum geplatzt. Meine Schreie hatten sie wohl aus dem Schlaf gerissen, denn sie war bereits im Pyjama.

Erschrocken zuckte ich zusammen, als ich meine Klassenlehrerin vor mir sah, die mich mit besorgtem Blick musterte.

»Yosef hatte nur einen Albtraum, aber es ist vorbei«, antwortete Pascal.

Ich setzte mich etwas auf und guckte ihm in die Augen. ›Ein Albtraum?‹ Ich brauchte etwas Zeit, um die Situation einordnen zu können. Erst allmählich wurde mir klar, dass ich den ganzen Horror nur geträumt hatte und dass ich nun wieder in der Realität war. Dankbar sah ich Pascal an. Wie gern ich doch diesen Jungen hatte. Er half mir wirklich in jeder Situation, egal wie schlimm sie war.

»Yosef, du bist ja ganz verschwitzt. So kannst du nicht wieder ins Bett gehen. Nicht, dass du während des Urlaubs noch krank wirst. Du sollst schließlich genau denselben Spaß haben, den die anderen hier auch haben.«

Unsicher sah ich sie an und schämte mich fast ein bisschen. Wie kam es, dass sie auf einmal wieder so freundlich war? Ich glaube, ich tat ihr wirklich leid.

»Los, mein Kind, komm! Du gehst jetzt unter die Dusche und ich kümmere mich darum, dass du frische Bettwäsche bekommst.«

»Darf Pascal mitkommen, Frau Schneider, ich mag nicht alleine gehen?«, fragte ich schüchtern, bevor sie den Raum verließ.

Sie blickte mich erstaunt an, konnte mir aber wohl die Furcht aus den Augen lesen. Langsam kam sie wieder auf mich zu, streichelte mir über meine feuchte Wange, nickte kurz und machte sich auf den Weg.

Unter der Dusche dachte ich lange über meinen Traum nach. Es war mein erster Albtraum, an den ich mich richtig erinnern konnte. Und es war einer von den Träumen, in denen man den Schmerz und die Furcht so richtig spüren kann. Diese Träume verfolgen einen auch noch, wenn man schon lange wach ist. Ich war so froh, dass Pascal mich geweckt hatte und nun auch noch vor der Duschkabine auf mich wartete. Wer weiß, was ich noch alles in diesem Traum gesehen hätte! Plötzlich hatte ich richtig Angst, genauso einsam zu sein wie eben in meinem Traum. Keiner konnte mir dort die Hand reichen, ich würde allein in meinem Elend ersticken.

Unter der warmen Dusche musste ich dann auch noch an zu Hause denken und an das Leid, das ich dort immer wieder erfuhr. Ich fing an zu weinen. Alles stand wie ein riesiger Berg vor mir und ließ mich schier verzweifeln. Natürlich wusste immer noch niemand von meinen Problemen, die ich in meiner Familie hatte, das war nach wie vor das Geheimnis des Hauses. Am liebsten wollte ich aber dieses Geheimnis brechen und einfach mit jemand ganz offen über alles reden. Das würde mir sicher guttun. Ja! Vielleich würde diese Person mir ja Liebe und Geborgenheit schenken, genauso wie es Frau Schneider vorhin getan hatte, und etwas Verständnis für mich aufbringen.

Diesen Charakterzug habe ich an den Deutschen immer besonders geschätzt. Egal wie viele Fehler du hast und wie schlimm du auch bist, wenn es dir schlecht geht, stehen sie an deiner Seite und versuchen dir in jeder Hinsicht zu helfen. Auch wenn du ein Ausländer bist. So etwas war mir von meiner Kultur her sehr fremd.

In Gedanken versunken stand ich immer noch wie eine Skulptur unter der Dusche und ließ das warme Wasser über mich fließen. Plötzlich schreckte ich auf, als jemand hinter mir den Vorhang aufzog.

»Ist alles in Ordnung, Yosef? Du bist schon eine halbe Ewigkeit da drin.«

›Pascal …‹

»Hast du mich denn nicht gehört? Ich habe ein paar Mal nach dir gerufen?«

Er machte sich Sorgen um mich. So etwas kannte ich kaum. Schweigend starrte ich ihn an. Nun liefen mir auch wieder die Tränen übers Gesicht.

»Mann, Yosef … Dir muss es wohl echt schlecht gehen. Schau dich doch mal an: Du siehst ja aus wie eine Leiche. Selbst Duschen bekommst du alleine nicht hin. Du bist ja noch überall voller Shampoo.«

Er trat einige Schritte zurück und fing an, sich auszuziehen. Langsam stieg er zu mir in die Kabine und half mir, mich von oben bis unten abzuseifen. Als er auch den letzten Rest Shampoo von mir abgewaschen hatte, lächelte er mich an und sagte: »So, fertig. Los, komm, trocknen wir uns ab, bevor wir noch krank werden.«

Er verließ die Kabine und fing an, sich abzutrocknen und wieder anzuziehen. Ich sah ihm erst einmal dabei zu, bis er mich dann lächelnd aufforderte: »Na los, Yosef, es ist schon spät!«

Diese Nacht war aus zweierlei Gründen eine schlaflose Nacht für mich: Einerseits hatte ich ein schlechtes Gewissen wegen dessen, was unter der Dusche geschehen war. In unserer Kultur geht man nicht einfach mit einem anderen Mann oder Jungen unter die Dusche. Das ist eine Sünde. Nicht einmal der eigene Vater würde sich seinem Sohn je nackt zeigen. Wenn überhaupt, dann nur gegenüber der eigenen Mutter – und das auch nur dann, wenn es, zum Beispiel weil man krank ist, unbedingt nötig wäre. Andererseits konnte ich den Albtraum nicht aus meinem Kopf kriegen und hatte panische Angst, dass mich dieser grässliche Traum erneut heimsuchen würde.

Zwar hatte ich mich frisch geduscht, saubere Kleidung angezogen und neue Bettwäsche bekommen, doch die Angst blieb bis zum Morgengrauen tief in meinem Herzen. Ich wagte es einfach nicht, die Augen zu schließen oder mich überhaupt nur zu bewegen – immer war die Angst da, wieder in solch einen grauenhaft realistischen Albtraum zu fallen, in dem ich so viel Leid und Schmerz auszuhalten hätte.

»Ich will nicht einschlafen … Ich will nicht einschlafen …«, flüsterte ich immer wieder vor mich hin.

»Kannst du vielleicht endlich mal deine Schnauze halten und schlafen?«, brüllte mich schließlich einer meiner Kameraden an.

Ohne zu antworten, drehte ich mich auf den Rücken und starrte die weiße Decke an. Mein Gedankenkarussell drehte sich dabei weiter … ›Es ist wahr gewesen, ich darf so etwas nicht machen.‹ Immer wieder musste ich daran denken, dass ich mit Pascal nackt in ein und derselben Dusche gewesen war. Ich bin arabisch, ich bin Muslim und ich liebe meine Religion. Meine Kultur und mein Glaube gestatten so etwas nicht. Mir war klar, dass das eine einmalige Sache gewesen war, die nicht hätte passieren dürfen und nie mehr wieder passieren darf. ›Was wird denn eigentlich mit solchen Muslimen in meiner Religion und Kultur gemacht?‹ Ohne die Antwort auf diese Frage zu kennen, bekam ich trotzdem enorme Angst. ›Wenn mein Bruder mich schon wegen eines Plüschtiers so quälte, dann … Möge Allah mich beschützen.‹

Nach unserem Ausflug an die Ostsee verging die Zeit in der vierten Klasse rasch und ich habe mit einem recht guten Durchschnitt bestanden, was aber für meine Familie nichts Besonderes war. Alle meine älteren Geschwister (bis auf Nebil) hatten in der Schule immer sehr gut abgeschnitten. Mir war aber die Bestätigung meiner Familie nicht wichtig, ich war mit mir selbst zufrieden, und das war die Hauptsache.

So verlief mein Weg auf der Orientierungsstufe Bahlburg weiter. Auch dort verging die Zeit so unglaublich schnell, wie fließendes Wasser unter einer Brücke hindurchfließt. Ebenso war das fünfte Jahr rasch vollendet und ich kam mit einem guten Zeugnisdurchschnitt in die sechste Klasse.

٤

Je mehr Wochen und Monate in dieser Zeit meines Lebens verstrichen, desto weniger Zuneigung und Liebe erhielt ich von meiner Familie. Selbst meine Mutter schien sich von mir abzuwenden. Das ging so weit, dass ich zu Hause so gut wie kaum noch beachtet wurde. Ich hatte das Gefühl, dass es meiner Familie mehr oder weniger egal war, was aus mir wurde. In ihren Augen war ich wohl nur noch wie ein Schatten, der nach einigen Stunden sowieso in der Abenddämmerung von alleine verschwinden würde und um den sich keiner sorgen müsste. Und auch ich sagte nichts mehr, wenn ich etwas brauchte oder wenn es ein Problem in der Schule gab. Zudem war da auch noch mein Stolz, der mich davon abhielt und mir ins Ohr flüsterte: ›Sie interessieren sich doch sowieso nicht für dich. Lass es sein, junger Mann, und geh deinen eigenen Weg!‹

Mithilfe meines Vaters hatte sich Mustafa in diesem Jahr im Autohandel selbständig gemacht und war damit der Stolz der ganzen Familie. Er verdiente wirklich ziemlich gut, so gut, dass er die gesamte Aufmerksamkeit auf sich zog (die er auch schon vorher besessen hatte) und wir Jüngeren komplett in den Hintergrund gedrängt wurden. Meine Familie vergaß darüber sogar, mich tagtäglich zu demütigen. Es war zwar nicht so, dass sie vollständig damit aufhörten, aber es wurde weniger.

Leider wurde ich aber stattdessen nachts von meinen Albträumen verfolgt und gequält. Jede Nacht, bevor ich die Augen schloss, betete ich zu Allah, er möge mich vor diesen Albträumen schützen. Es war wie ein Teufelskreis, aus dem es kein Entrinnen gab. Zudem hatte ich niemanden, mit dem ich darüber reden konnte. Ich hatte Angst, dass auch meine deutschen Freunde mich als Weichei sehen würden, wenn ich sie um Hilfe bäte. Fast jede Nacht vor dem Einschlafen sagte ich in Gedanken zu mir selbst: ›Yosef, du musst ein Mann werden! Werde wie dein Vater und deine Brüder! Benimm dich nicht wie ein Europäer! Das alles wird mit der Zeit schon besser.‹

Es wurde aber nicht besser. Zudem: Wollte ich überhaupt so werden wie meine Brüder oder wie mein Vater? Egal wie oft ich betete und hoffnungsvoll versuchte, wieder an die Lichtstrahlen zu kommen, die Dunkelheit verfolgte mich permanent, ich konnte mich nicht von ihr befreien. Mein einziger Trost zu jener Zeit waren meine Zeichnungen.

Immer weniger fühlte ich mich mit der arabischen Kultur und deren Traditionen verbunden. Alles an mir fühlte sich deutsch an: meine Redensart, meine Persönlichkeit, mein Charakter. ›Hätte ich keine dunkelbraunen Haare und dafür etwas hellere Haut, würde mir keiner glauben, dass ich libanesischer Abstammung bin‹, dachte ich mehr und mehr.

Natürlich gefiel das meiner Familie wiederum ganz und gar nicht. Deswegen mochten sie mich noch weniger. Allen männlichen Familienmitgliedern sah ich an, dass sie sich wünschten, ich wäre nie da gewesen, ich sollte am besten irgendwohin verschwinden, damit ihr Blick zukünftig nicht von meiner unpassenden Gestalt getrübt würde. Dass ich einfach sterben sollte und sie nach der Trauerfeier nie mehr wieder an mich denken müssten. So hätten sie ein für alle Mal ihre Ruhe vor mir.

Um diese Haltung mir gegenüber zu verstehen, muss man wissen, dass wir mit einer sehr traditionellen Prägung erzogen wurden. Meine Familie war schon immer strenggläubig und auch mir wurde bereits früh das Beten und Fasten gelehrt. Zudem brachte mir ein guter Freund meiner Eltern Arabisch bei. Ich glaube, dass Arabisch für deutschsprachige Menschen sehr hart klingt. Obschon meine Eltern mit mir bereits als Kind arabisch sprachen, empfand ich später, als ich zur Schule ging und meine eigentliche Muttersprache das Deutsche wurde, den Klang der arabischen Sprache als ziemlich rau im Vergleich zur deutschen Sprache. Der Freund meiner Eltern lehrte mich jedoch, dass Arabisch eine der schönsten Sprachen überhaupt sei, und als ich begann, den Koran zu lesen, verstand ich, was dieser Mann damit meinte und weshalb dieses Buch eine so große Faszination ausübt: Im Gegensatz zum Lateinischen ist das klassische Arabisch bis heute lebendig geblieben. Es ist die Sprache der Wissenschaft und Dichtung. Dieses Arabisch wird im ganzen Orient als alte, jedoch ehrwürdige Sprache wahrgenommen, ja viel mehr noch: Wer das klassische Arabisch wirklich beherrscht, dem hängen die Zuhörer fast magisch an den Lippen. Die Faszination, die ein perfekt gesprochenes klassisches Arabisch auf seine Zuhörer ausübt, kann man jemandem, der kein Arabisch versteht, kaum erklären. Ich glaube, es liegt daran, dass sich die tief in der Brust gebildeten Konsonanten und die extrem lang gezogenen Vokale melodisch ablösen und ergänzen. Für Araber klingt das klassische Arabisch wie eine himmlische Melodie und der Koran ist bis heute für jeden arabisch sprechenden Menschen der Inbegriff sprachlicher Schönheit.

Es zwang mich niemals jemand, den Koran zu lesen. Ich tat dies immer von Herzen gern, wie auch besonders das Beten. Wenn ich betete, hatte ich immer das Gefühl, nichts Böses könnte mir etwas anhaben, alles in mir war klar und rein.

Schon zu Beginn der sechsten Klasse, zu der Zeit war ich zwölf Jahre alt, hatte sich erneut etwas verändert. Neben meiner aggressiven Art wurde ich sehr sensibel und empfindsam und hatte immer wieder emotionale Zusammenbrüche, die ich nicht kontrollieren konnte.

Oft wurde ich als Weichei bezeichnet, weil ich schnell anfing zu weinen, ganz egal ob in der Klasse oder bei Freunden und Bekannten. Die Mädchen jedoch fanden mich wohl deswegen ganz süß und hatten immer sehr viel Spaß, wenn wir miteinander quatschten. Sie hatten kein Problem damit, wenn bei mir die Tränen flossen; in ihrer Gesellschaft fand ich immer Ruhe.

»Yosef, du wirst immer besser! Dein Notendurchschnitt steigt und steigt«, lobte mich Pascal eines Tages stolz, als wir auf unserem Weg nach Hause waren.

Pascal, Kevin und ich waren auch in der Orientierungsstufe in derselben Klasse und gingen jeden Morgen zusammen den Weg zur Schule und auch wieder zurück, da wir sehr nahe beieinander wohnten.

Noch bevor ich etwas sagen konnte, mischte sich Kevin ein: »Wisst ihr eigentlich, wie viele Dinosaurier-Arten es gibt?«, fragte er, ohne den Kopf von seinem Buch zu wenden.

Pascal und ich fingen an zu lachen. Kevin war der totale Freak, er wollte immer alles wissen, was es zu wissen gab. Was er heute macht, weiß ich leider nicht, wir haben den Kontakt zueinander verloren, aber ich kann mich noch gut erinnern, dass er in die Wissenschaft gehen oder Astronaut werden wollte. Er versuchte auch immer wieder, mir diesen Weg schmackhaft zu machen, obwohl das gar nicht mein Bereich war. Wir drei waren einfach völlig verschieden, haben uns aber trotzdem super verstanden und behandelten uns immer wie Brüder. Ein toller Mix von Freunden: arabisch, deutsch und indisch. Damals waren wir einfach unzertrennlich. Ich bin mir sicher, dass die beiden mittlerweile sehr erfolgreich sind und einen guten Weg eingeschlagen haben. Auch heute noch denke ich oft an diese gute Zeit mit ihnen.

»Ich mag unsere neue Lehrerin nicht, sie starrt mich die ganze Zeit so giftig an«, klagte ich den beiden mein Leid.

Kevin schaffte es nun doch, seinen Kopf vom Buch zu heben, schaute mich an und sagte: »Ja, mir ist das auch aufgefallen. Hast du dich bereits in der ersten Woche mit Frau Kreuz gestritten?«

Und schon wieder fingen wir alle drei an zu lachen.

»Ich glaube eher, dass die Lehrerin selbst ein Problem hat. Ich habe dieses Jahr noch keine Frechheit von Yosef gesehen«, meinte Pascal, bevor ich mich selbst dazu äußern konnte, und klopfte mir auf den Rücken.

Ich lächelte ihn an und war froh, zwei so tolle Menschen an meiner Seite zu haben. Kurz darauf waren wir an der großen Kreuzung, an der wir uns jeden Tag verabschiedeten.

»Bis morgen, ihr zwei«, rief ich ihnen noch nach und winkte ihnen zu.

Langsam schlenderte ich heimwärts, genoss das schöne Wetter und betrachtete die Rosenpracht in den Nachbargärten. Zu Hause würde mich ja sowieso nichts Großartiges erwarten, dachte ich, da konnte ich mir ruhig Zeit lassen.

Großartig war es nicht, aber überrascht war ich ziemlich, als mir Rüya die Tür öffnete und ich das Chaos im Flur sah. Überall lagen Kartons, Zeitungspapier und Klebebandrollen herum. So unordentlich sah es bei uns nie aus, denn Rüya sorgte immer dafür, dass alles blitzsauber war. An jenem Tag aber herrschte ein solches Durcheinander, als stünden wir kurz vor einem Umzug. Ich streifte mir die Schuhe ab und wollte gerade ins Wohnzimmer gehen, als ich meine Familie hektisch durcheinandersprechen hörte und nebenbei auch noch wahrnehmen konnte, wie sie mit Zeitungspapier etwas einwickelten oder auspackten. Ich blieb stehen und lauschte.

»Das kommt auch noch in die Kiste zu dem Geschirrset. Nebil, hol mir doch bitte diese Vasen von dort hinten! Meint ihr nicht, wir sollten die kleinen Schränke mit etwas füllen, bevor wir sie weggeben? Was haltet ihr davon, wenn wir auch diesen Schrank verschicken?«

›Seltsam‹, dachte ich. Als ich dann die Tür öffnete und ins Wohnzimmer trat, konnte ich meinen Augen kaum trauen: In der Mitte des Zimmers standen zwei riesige, längliche Kartons, überall auf dem Boden waren unsere Sachen verstreut. Meine Eltern, Rüya und meine anderen älteren Geschwister waren eifrig damit beschäftigt, Geschirr und andere Haushaltssachen einzuwickeln und in die Kartons zu stapeln. Selbst das Lieblingsgeschirr meiner Mutter war dabei. Unsere Vitrinen wurden komplett leer geräumt und ich sah nirgendwo mehr Tischdecken liegen. Erstaunt blickte ich mich um und ging dabei langsam auf meine Mutter zu. Ihr liebevolles Gesicht wurde von einem traurigen Ausdruck überschattet und ihre roten, tränennassen Augen schimmerten feucht.

»Mummy? Was ist denn hier los? Müssen wir schon wieder umziehen? Lässt uns die Gemeinde nicht hier weiterleben?«

Da wir vom Staat lebten, konnten wir nicht selbst entscheiden, wo wir wohnen wollten. Das bestimmte immer jemand von der Behörde. Weshalb die Gemeinde uns niemals an einem Ort leben ließ und wir so oft umziehen mussten, weiß ich bis heute nicht.

»Nein, Yussuf, wir packen nur einen Teil unserer Sachen ein«, sagte sie kurz angebunden und fuhr mit ihrer Arbeit fort.

»Aber weshalb, Mummy, was ist denn los?«, bohrte ich nach.

Sie drehte sich noch mal zu mir und erwiderte: »Wir schicken sie zu deiner Omi in den Libanon. Sie wünscht sich so sehr solche Sachen, hat aber leider nicht das Geld dafür. Deshalb will ich es ihr schenken. Du würdest doch dasselbe auch für mich tun, nicht wahr, mein Schatz?«

Sie gab mir einen flüchtigen Kuss auf die Stirn und wickelte dann weiter ein.

»Aber Mummy, du verschickst auch deine Lieblingssachen! Es hat doch so lange gedauert, bis du alles beisammen hattest.«

»Mein Kind, ich …«

»Hör auf, so viel zu fragen und geh auf dein Zimmer, los! Wir haben jetzt keine Zeit für dich«, unterbrach uns mein Vater, packte mich am Nacken und schubste mich in Richtung Tür.

Aus Furcht, wieder geschlagen zu werden, rannte ich schnell weiter, denn ich merkte, dass mein Vater sehr schlecht gelaunt war. Bevor ich aber verschwand, drehte ich mich noch ein letztes Mal zu meiner Mutter um, die mich nur kurz anlächelte und sich dann wieder ihrer Arbeit widmete.

Auf meinem Bett liegend, dachte ich lange über das Geschehen im Wohnzimmer nach. Noch nie hatten wir irgendwelche Sachen zu meiner Großmutter geschickt. Wenn, dann waren es immer nur kleine Geldbeträge gewesen. Außerdem wollte ich nicht, dass meine Mutter ihre Lieblingssachen weggab. Sie hatte Jahre dafür gebraucht, um dieses schöne alte Geschirr zusammenzusammeln. Oft waren wir beide gemeinsam auf Flohmärkte gegangen, um die fehlenden Teile der Sets zu besorgen. Auf dem Weg nach Hause waren wir dann jeweils lachend und voller Freude Arm in Arm gelaufen, weil wir dieses teure Geschirr zu einem günstigen Preis von älteren Leuten abkaufen konnten, die keine Verwendung mehr dafür hatten. Ich rutschte vom Bett herunter, setzte mich auf den Boden und fing an zu weinen. Dabei hatte ich immer das traurige Gesicht meiner Mutter vor Augen. Ich mochte es gar nicht, wenn sie weinte. Außerdem: ›Warum weint sie überhaupt, wenn sie unserer Großmutter eine Freude machen will? Das ergibt doch alles gar keinen Sinn! Und mein Vater, warum ist er denn so wütend, wenn er Sachen verschickt? Normalerweise ist man doch glücklich, wenn man anderen Menschen eine Freude machen kann.‹ Aber meine Familie ähnelte gerade einer Horde Ameisen, die versucht, hektisch ihre Eier vor einem starken Regen zu schützen.

Da ich mit meinen Gedanken nicht weiterkam, beschloss ich, mich mit etwas anderem abzulenken. Ich erledigte einen Teil meiner Hausaufgaben, malte und kümmerte mich um meine Zimmerpflanzen, bis es Zeit zum Abendessen war.

Als ich das Wohnzimmer betrat, war ein großer Teil der Sachen bereits eingewickelt und in die Kartons verstaut. Ich schlängelte mich an den großen Kartons vorbei, streifte mit den Augen das noch immer herrschende Chaos und begab mich in Richtung Küche. Doch dann blieb ich wie angewurzelt stehen: Aus den Augenwinkeln heraus hatte ich wahrgenommen, wie mein Vater, Mustafa und Hassan im Wohnzimmer kreisförmig beieinandersaßen und intensiv mit etwas beschäftigt waren. Neugierig näherte ich mich ihnen. Als ich erkannte, was sie da taten, blieb mir vor Schreck der Mund offen stehen. Sie hatten alle unsere Fotoalben in die Mitte gelegt und zerschnitten nun sämtliche Urlaubsbilder aus dem Libanon sowie die Jugend- und Hochzeitsbilder meiner Eltern, die ich mit größter Mühe und voller Liebe in die Alben einsortiert hatte. Ich traute meinen Augen nicht. Wütend lief ich zu ihnen und schrie: »Was soll das?! Was denkt ihr euch dabei! Warum zerstört ihr alle Familienerinnerungen?!«

Alle drei blickten zu mir hoch und starrten mich zunächst nur an. Da ich aber nicht den Mund hielt und immer aufmüpfiger wurde, erhob sich mein Vater, packte mich grob am Nacken und schleuderte mich auf den Boden. Schnell stand ich wieder auf, drehte mich zu ihnen und schrie weiter: »Ich hasse euch alle! Ihr Unmenschen! Schweine seid ihr! Herzlose Wichte!«

Nun stand Mustafa auf, kam schnell auf mich zu und hatte schon seine Faust gegen mich erhoben, als meine Mutter eingriff und mich mit in die Küche schleppte. »Yussuf! So redet man nicht mit den Älteren! Wie oft soll ich dir das noch sagen?«, belehrte sie mich trotz der ohnehin schon kritischen Situation mit Tränen in den Augen.

»Aber Mummy, siehst du denn nicht? Sie machen alle Fotos kaputt, die ihr von Omi und den anderen im Libanon gemacht habt! Bitte tu doch was! Warum seid ihr denn alle so seltsam heute?«

Sie gab mir keine Antwort. Stattdessen küsste sie mich auf die Stirn und befahl mir, die Hände zu waschen, da wir gleich essen würden. Doch ich starrte sie nur an. Sie glaubte doch wohl nicht im Ernst, dass ich in dieser Situation noch Appetit hätte. Ohne ein weiteres Wort drehte ich mich um und rannte auf mein

Zimmer. Im Wohnzimmer waren sie immer noch damit beschäftigt, die Familienbilder zu zerreißen.

Als ich auf meinem Zimmer war, konnte ich nur noch weinen. ›Unsere schönen Bilder!‹, dachte ich immer wieder. Wut und Hass kochten in mir hoch. Ich verstand einfach nicht, was los war. ›Erst das beste Geschirr meiner Mutter und jetzt auch noch unsere Bilder! Die schönen Erinnerungen an unseren Besuch im Libanon: Wie wir auf den wilden Bergen auf Schildkrötensuche gegangen sind, wie wir Wasser von Großmutters altem Brunnen heraufholten, wie wir alle im Meer schwimmen waren, das Familienfest mit den arabischen Cousins. Zudem die Hochzeitsbilder meiner Mutter, auf denen sie in ihrem weißen Kleid wie eine Prinzessin aussieht, ja selbst Mustafas und Rüyas Hochzeitsbilder zerstören sie! Alles weg – sie zerreißen tatsächlich alles.‹

Außer Rima, Ali und mir waren alle so merkwürdig heute. Ich konnte nachdenken, so viel ich wollte, ich kam zu keinem Ergebnis, was hier vor sich ging. Irgendwie schien mir, dass meine Familie etwas verstecken wollte. Aber was? Und vor wem?

In dieser Nacht hatte ich wieder einen Albtraum: Ihre Gesichter von einer wächsernen Blässe durchzogen, sahen meine älteren Brüder aus wie lebende Tote. Sie standen in der Küche. Zwischen ihnen, auf dem Boden, lagen alle Fotos, die wir je gemacht hatten, aufgetürmt zu einem riesigen Haufen. Mit einem teuflischen Grinsen zündete Hassan die Fotos an. Die Flammen schlugen bis zur Küchendecke hoch, während meine Brüder wie verrückt lachend um das Feuer tanzten. Die Hitze wurde immer unerträglicher, aber ich konnte nicht weglaufen. Mein Füße schienen auf dem Boden festgeklebt, meine Beine gelähmt. Dann stürzte ich in eine Dunkelheit, die so kalt und leer war, dass ich nicht einmal mehr schreien konnte …

Plötzlich wurde diese Leere unterbrochen und ich spürte eine Hand, die sanft meinen Rücken streichelte. Vorsichtig blickte ich auf und sah meinen Bruder Ali neben mir sitzen. Er war ebenfalls aufgewacht und wollte mich trösten. Sein Bett war genau neben meinem, das Einzige, was sie voneinander trennte, war die Nachtkommode.

Als ich die warme Hand meines Bruders auf dem Rücken spürte, wurde mir erst bewusst, wie kalt mir geworden war. Ich rappelte mich auf und kroch unter meine warme Decke.

Es war eine weitere schlaflose Nacht, eine von vielen, in denen mich diese Träume heimsuchten. Begann ich langsam meinen Verstand zu verlieren?

Einige Tage später auf dem Pausenhof geschah es dann: Ich begann mich mit David, einem Schüler aus der Parallelklasse, zu streiten, weil er sich erst über meine dunkle Haarfarbe lustig gemacht und dann auch noch angefangen hatte, über meine Religion zu spotten. Er sagte, wir Muslime hätten weder Respekt vor Frauen noch vor anderen Kulturen. Ich antwortete ihm, dass er nichts verstehe und *er* derjenige sei, der keinen Respekt hätte. Ein Wort ergab das andere, die Situation eskalierte immer weiter. Das Fass endgültig zum Überlaufen brachte schließlich der Kommentar von ihm, dass meine Mutter eine billige Straßenhure sei. Damit brannten meine Sicherungen völlig durch, auf die Ehre meiner Mutter ließ ich nichts kommen: Wie ein wild gewordener Stier stürzte ich mich auf ihn, ging mit meinen Fäusten auf ihn los und überschüttete ihn mit einem Schwall von wüsten Schimpfwörtern.

Um diese Reaktion zu verstehen, muss man wissen, dass eine Mutter in der arabischen Kultur und Tradition nahezu Heiligenstatus hat. Dies wurde uns, wie wohl auch den meisten anderen Kindern aus unserem Kulturkreis, anhand zweier Geschichten immer wieder vermittelt. An diese beiden Geschichten – oder Gleichnisse – kann ich mich sinngemäß auch heute noch sehr gut erinnern.

In der ersten Geschichte geht es darum, dass der Prophet selbst die Mutter als die »Krone der Familie« herausstellt:

Einst kam ein Mann zum Propheten Muhammad und fragte:

»O Gesandter Gottes! Welche Person hat am meisten Anspruch, als dass ich sie ehren und immer gut behandeln möge?«
Der Prophet antwortete, ohne zu zögern: »Deine Mutter.«
Der Mann fragte weiter: »Wer dann?«
Und erneut antwortete der Gesandte Gottes: »Deine Mutter.«
Erneut fragte der Mann: »Und danach?«
Und erneut antwortete der Prophet: »Deine Mutter.«
Erst als der Mann ein viertes Mal den Propheten Muhammad fragte, wen er nach seiner Mutter zu ehren habe, antwortete dieser: »Deinen Vater.«

Die zweite Geschichte, ein Gleichnis, das uns immer wieder erzählt wurde, geht folgendermaßen:

Vor vielen Hundert Jahren trug ein junger Mann seine alte Mutter auf dem Rücken nach Mekka, damit sie, die zu schwach war, um den weiten Weg selbst zu Fuß zu gehen, wie jeder gläubige Muslim die Pilgerfahrt an den heiligen Ort machen könne. Der Weg war schon alleine und zu Fuß schwer genug, aber der junge Mann hatte gelernt, dass man seine Mutter über alles ehren solle, und so nahm er diese großen Strapazen auf sich und trug seine Mutter viele Tage lang durch die Wüste nach Mekka. Als die beiden die Pilgerfahrt beendet hatten und der junge Mann seine Mutter, erneut auf seinem Rücken tragend, sicher nach Hause

gebracht hatte, ging er zu einem islamischen Gelehrten, erzählte ihm, was er für seine Mutter getan hatte, und fragte: »Habe ich nun meiner Mutter alle Schulden abgezahlt für das Gute, das sie immer für mich getan hat?«
Da antwortete der Gelehrte: »Du hast ihr noch nicht einmal eine einzige Wehe zurückgezahlt, die sie hatte, als sie dich zur Welt brachte.«

Diese beiden Erzählungen machen deutlich, dass – allen äußeren Widersprüchen zum Trotz – Frauen, besonders Mütter, im Islam einen hohen Stellenwert innerhalb der Familie haben. Selbst mein Vater behandelte meine Mutter meist äußerst respektvoll. In der arabischen Kultur ist es daher eine der allerschlimmsten Beleidigungen, die Mutter eines Mitmenschen als Hure oder Ähnliches zu bezeichnen. Bis zum heutigen Tag kann dies einen Rachemord zur Folge haben.

Nach der Pause nahmen, wie immer, alle Schüler ihre Plätze ein. Wegen des vorangegangenen Streits auf dem Pausenhof saß zunächst die ganze Klasse mucksmäuschenstill da und wartete auf Frau Kreuz, mit der wir eigentlich Biologieunterricht hatten.

Nach längerer Zeit des Wartens schickten wir unseren Klassensprecher los, der herausfinden sollte, wo unsere Lehrerin blieb. Als er wiederkam, teilte er uns mit, dass sie mit dem Schuldirektor ein wichtiges Gespräch hätte, das auch noch länger dauern könnte.

Nach diesem Bericht fingen alle an zu jubeln und zu schreien. Die komplette Klasse spielte verrückt und stellte Unfug an. Da mir die Lust dazu vergangen war, erhob ich mich von meinem Einzelplatz ganz vorne, ging quer durch den Raum nach hinten zu Kevin und setzte mich auf den freien Platz neben ihm. Dann legte ich meinen Kopf auf die Bank und umfasste ihn noch zusätzlich mit meinen Armen, sodass ich von dem Geschehen um mich herum isoliert war.

Ja, leider, ich saß schon längere Zeit alleine, denn Pascal wollte nichts mehr mit mir zu tun haben. So empfand ich es jedenfalls. Ich war wohl ein zu großes Problemkind für solch einen anständigen Schüler. Vielleicht hatten aber auch seine Eltern ihm verboten, weiter mit mir Kontakt zu haben. Ich weiß es nicht, aber auf jeden Fall machte es mich wirklich traurig. Nicht, dass ich irgendwie einsam gewesen wäre und keine anderen Freunde mehr gehabt hätte, nein. Es war nur so, dass er und Kevin, der übrigens nach wie vor zu mir stand, mir sehr viel bedeuteten. Immerhin kannten wir uns ja schon seit knapp drei Jahren. Ich weiß nicht, warum ich ihn niemals auf den Grund seines Verhaltens angesprochen habe; vielleicht war ich einfach zu feige dafür und hatte Angst vor seiner Antwort.

Die Klasse lärmte immer noch um mich herum, während ich mit meinem Kopf auf der Bank lag. Das ganze Nachdenken trieb mich in den Wahnsinn und brachte mich schon wieder zum Weinen. Ich konnte wirklich nichts dafür, es kam einfach so über mich. Ich schämte mich sehr für meine Tränen und versuchte mich zu verstecken, indem ich meinen Kopf noch fester umklammerte.

Kurz vor Ende der Stunde wurde es auf einmal ganz still. Keiner rührte sich mehr. Das Einzige, was noch zu hören war, waren schwere Schritte, die langsam durch die Klasse gingen. Natürlich konnte es niemand anders als Frau Kreuz sein, so dachte ich jedenfalls in diesem Moment. Ich zog es jedoch vor, in meinem Versteck zu bleiben, denn selbst wenn noch ein Unterricht stattfinden würde, könnte ich mich sowieso nicht darauf konzentrieren. Zudem fühlte ich mich so elend, dass ich nichts sehen und hören wollte.

»Yosef … Yosef …«, flüsterte mir Kevin leise zu, als keine Schritte mehr zu hören waren.

Ich reagierte nicht drauf.

»Yosef …«, flüsterte er noch mal und schubste mich kräftig mit dem Ellbogen.

Ich hob meinen Kopf und wollte mich gerade bei ihm beschweren, als ich Herrn König genau vor mir stehen sah. Ich schaute ihm schockiert und ängstlich in die Augen und konnte deutlich seine Abneigung mir gegenüber sehen. Aber das war nicht nur mir gegenüber so, sondern auch von meinen Geschwistern, die die Orientierungsstufe besuchten, schien er nicht sonderlich angetan zu sein. Aber vielleicht redete ich mir das zu jener Zeit nur ein, um mir selbst keine eigene Schuld anlasten zu müssen.

»Du packst jetzt deine Sachen zusammen, gehst nach Hause und kommst erst nach den Frühlingsferien wieder in die Schule. Ich dulde es nicht, dass meine Schüler von irgendwelchen ungezogenen Kerlen wie dir zusammengeschlagen werden und du zudem uns Deutsche noch je nach Lust und Laune als Nazis bezeichnest.« Seine Stimme wurde etwas schärfer und auch lauter, als er fortfuhr: »Du hast dem Jungen auf dem Pausenhof vielleicht die Nase gebrochen! Sein Gesicht war blutüberströmt, wie man mir berichtet hat. Er musste abgeholt und zum Arzt gebracht werden.« Nach einer kurzen Pause, in der er mich ruhig, aber bestimmt ansah, fügte er noch hinzu: »Deine Eltern werden noch heute per Post von mir benachrichtigt. Ich hoffe, es kann jemand bei euch zu Hause gut genug Deutsch, damit das richtig übersetzt wird.«

»Aber ...«

»Spar dir deine Erklärungen!«, unterbrach er mich, ohne mir die Chance zu geben, noch etwas zu sagen oder mich zu verteidigen. Stattdessen drehte er sich um und verließ, zusammen mit Frau Kreuz, unser Klassenzimmer.

›Dreckskerl!‹, dachte ich mir, ›du willst mich ja nur vor der ganzen Klasse bloßstellen, weil meine Eltern Analphabeten sind.‹ Dass ich bei dem Streit mit dem Jungen in jeder Hinsicht zu weit gegangen war, kam mir in jenem Augenblick überhaupt nicht in den Sinn.

Alle meine Mitschüler schauten mich an: einige verwundert, andere traurig, wieder andere wütend.

Trotzdem sprach niemand auch nur ein einziges Wort. Keiner konnte glauben, dass ich, ohne wenigstens angehört worden zu sein, zeitweise von der Schule verwiesen wurde. Und David würde nicht mal eine Strafe für seine schändlichen Äußerungen bekommen?

Nach ein paar Minuten schon kam Frau Kreuz wieder zurück und machte einen äußerst zufriedenen und erleichterten Eindruck. »Oh Yosef, du bist ja immer noch hier. Wolltest du dich gerade noch von deinen Freunden verabschieden?«, fragte sie mich mit verschränkten Armen und hochgezogener Stirn vor der Wandtafel stehend.

Wie sehr mir diese Frau zuwider war. Ohne ein weiteres Wort schnappte ich meine Tasche und rempelte meine Klassenlehrerin im Vorbeigehen noch provokativ an, bevor ich die Tür so hinter mir zuknallte, dass die Lehrer aus den umliegenden Räumen erschrocken nachschauten, ob im Flur etwas passiert war. Dieses Mal war ich zu wütend zum Weinen. Ich lief rasch nach Hause, wobei ich immer wieder ein Stück rannte, um meine Aggressionen loszuwerden.

›Die haben mich tatsächlich rausgeschmissen, ohne überhaupt zu wissen, was los war!‹, dachte ich völlig fassungslos. ›Der Junge hatte mich und meine Familie beleidigt. Rache ist die einzig richtige Antwort auf so etwas – so hat man es mir zu Hause beigebracht!‹, dachte ich voller Zorn, während ich in die Straße einbog, in der wir wohnten. Ich hatte mich doch genau so verhalten, wie man es in meiner Kultur erwartete.

Es war noch sehr früh, etwa elf Uhr morgens. Natürlich würde meine Familie wissen wollen, warum ich um diese Zeit schon wieder zu Hause war. Mir graute vor dieser Situation. Ich konnte mir nämlich schon genau ein Bild davon machen, wie die Situation ablaufen würde.

Als ich klingelte und Rüya mir die Tür öffnete, guckte sie mich erst ganz verwundert an, bevor sie fragte: »Yussuf? Was machst du denn um diese Uhrzeit hier?«

»Mir geht es nicht gut«, antwortete ich wortkarg und rannte sofort nach oben in mein Zimmer. Ich legte mich auf's Bett und stülpte mir zusätzlich noch ein Kissen über den Kopf, damit ich auch wirklich in Ruhe gelassen werde.

Das war aber leider nicht der Fall, denn es dauerte nicht lange, da hörte ich schon jemanden hochkommen. ›Der Brief ist bestimmt schon da‹, befürchtete ich. Das war aber eigentlich unmöglich, denn das Gespräch mit dem Direktor war ja eben erst gewesen. Dennoch zuckte ich bei jedem Schritt, den ich auf den Stufen hörte, zusammen, machte mich ganz klein und bereitete mich innerlich auf die Schmerzen vor, die nun gleich folgen würden.

Doch zu meiner großen Verwunderung blieben die Schläge aus und ich spürte, wie sich jemand ganz vorsichtig neben mich setzte und anfing, mich sanft an der Schulter zu streicheln. Mir fiel ein riesiger Stein vom Herzen, denn das konnte nur meine Mutter sein.

Langsam nahm ich das Kissen vom Gesicht und sah in ihre sorgenvollen Augen.

»Was ist denn los, Yussuf? Warum bist du schon so früh zu Hause?«

Ich gab keinen Mucks von mir und starrte stattdessen nur auf meine Hände.

»Du hast dich bestimmt erkältet, nicht wahr? Steh auf und komm runter, ich habe Linsensuppe gemacht. Die tut dir bestimmt gut.«

›Mein Gott, was soll ich bloß machen?‹, dachte ich mir. ›Mummy wird mich umbringen, wenn sie erfährt, was wirklich los ist.‹

Zitternd folgte ich ihr in die Küche. Ich fühlte mich wie eine tickende Zeitbombe, die jede Sekunde explodieren kann.

»*Ya Allah*, ich glaube wirklich, dass du Grippe bekommen hast, mein Kind. Du bist ja ganz kalt und zitterst am ganzen Körper.«

Als wir auf dem Weg zur Küche durchs Wohnzimmer kamen, versteckte ich mich hinter meiner Mutter, um nur ja nicht gesehen zu werden. Mein Vater saß ganz entspannt da und rauchte zu seinem arabischen Kaffee genussvoll eine Zigarette; er beachtete mich nicht. Das Wohnzimmer ähnelte immer noch mehr oder weniger einem Lagerraum, in dem sich die Kartons stapelten. Wir hatten kaum noch Deko, Geschirr oder Möbel zu Hause. Auf mein Nachfragen bekam ich ständig andere unglaubwürdige Begründungen zu hören wie: »Deiner Omi wurden Sachen geklaut«

oder »Dein Onkel ist so arm, dass er sich kein Sofa leisten kann.« Sie verschickten wirklich unsere besten Sachen. Für uns blieb nur noch der alte Kram zurück, den wir sonst in der Abstellkammer aufbewahrt hatten.

Nun stellte meine Mutter eine große Tasse voll heißer Linsensuppe vor mich hin und zwang mich, alles aufzuessen. Eigentlich hatte ich nicht wirklich Appetit, aber die Suppe roch einfach unglaublich verführerisch, sodass ich doch langsam zu essen begann. Sie schmeckte genauso gut wie sie roch.

Nach ein paar Löffeln hörte ich, wie die Tür kräftig aufgestoßen wurde und mein Vater die Küche betrat. Betont entspannt ging er zu meiner Mutter und fragte, ob das Essen fertig sei. Ab und zu warf ich heimlich einen Blick zu meinen Eltern, um abzuschätzen, ob der Brief wohl schon da sei. Aber das konnte nicht sein, denn sonst würde mein Vater ja total ausflippen … oder nicht?

Ich aß langsam meine Suppe weiter und versuchte, mich so unsichtbar wie möglich zu machen. Mit der Zeit bekam ich aber doch etwas Angst, denn mein Vater näherte sich mir immer mehr. Nach einigen Schritten blieb er genau vor mir stehen und guckte mich, ohne ein Wort zu sagen, an. Erst dachte ich, dass er sich neben mich setzen wollte – was mich aber gewundert hätte, denn das tat er sonst nie und es war noch reichlich Platz in der Küche. Ich schaute zu ihm hoch, bis sich unsere Blicke trafen.

Meine Mutter merkte gar nicht, was hinter ihrem Rücken vor sich ging, denn sie war viel zu beschäftigt, meinem Vater das Essen vorzubereiten.

Mein Vater grinste mich an und streichelte mir über die Haare. Ich wusste nicht, worauf er hinauswollte und war etwas verunsichert, lächelte aber einfach mal zurück. Als er einen Schritt nach hinten ging, wähnte ich mich in Sicherheit und wollte gerade weiteressen, als er auf einmal meinen Suppenteller mit einem Schlag so in die Luft schleuderte, dass mir die ganze heiße Suppe übers Gesicht und den Körper floss. Ich schrie laut auf vor Schmerz, getraute mich aber nicht wegzurennen, da meine ganze Kleidung voller Suppe war. Völlig erstarrt saß ich nur da und schaute nach meiner Mutter, die das komplette Tablett mit dem Essen meines Vaters hatte fallen lassen und nun ebenfalls laut aufschrie. Meinen Vater kümmerten unsere Schreie nicht, weder meine noch die meiner Mutter. Und das fallende Tablett schon gar nicht. Ohne weitere Vorwarnung fing er nun an, mich mit seinen Fäusten zu traktieren. Die Schläge waren schon schlimm genug, aber zusammen mit den Verbrennungen durch die heiße Suppe wurden die Schmerzen so unerträglich, dass ich nur noch laut schrie.

Meine Mutter konnte diesen Anblick nicht ertragen. Mutig und wütend zugleich packte sie meinen Vater und stieß ihn mit aller Kraft in Richtung Tür.

»Was soll das? Bist du verrückt geworden, oder was ist hier los?!«, schrie sie ihn an.

Einen Augenblick lang sah es so aus, als wollte mein Vater gleich auf meine Mutter losgehen. Bebend vor Zorn und am ganzen Körper zitternd stand er ihr mit geballten Fäusten gegenüber. Meine Mutter jedoch erwiderte seinen Blick, ohne mit der Wimper zu zucken, und war wie ein schützender Fels zwischen ihm und mir. Plötzlich drehte sich mein Vater schweigend um und verließ die Küche.

Meine Mutter starrte mich fassungslos von oben bis unten an und wusste erst gar nicht, was sie machen sollte. Sie wusste ja noch nicht einmal, was meinen Vater veranlasst hatte, dermaßen über mich herzufallen.

Tränenüberströmt schaute ich auf meine schmerzenden Hände und Arme, die rot und dick geworden waren. Meine Mutter verharrte immer noch reglos an derselben Stelle. Doch endlich drang die Situation in ihr Bewusstsein und sie lief schnell zur Gefriertruhe und holte mehrere Packungen mit vereistem Gemüse. Ganz kurz presste sie die eisigen Sachen auf einige meiner roten Flecke, bevor sie mir bedeutete, diese »Kühlbeutel« selbst zu halten. Dann rannte sie, so schnell sie konnte, aus der Küche. Ich hörte, wie sie die Haustür öffnete und, ohne diese wieder zu schließen, hinauslief.

Meine Arme brannten, als stünden sie in Flammen; die kühlenden Gemüsebeutel konnten diese Schmerzen nur wenig lindern.

Plötzlich hörte ich ein Geräusch hinter mir. Ich drehte mich vorsichtig um … und erstarrte vor Angst.

Immer noch vor Zorn bebend, stand mein Vater im Türrahmen. Ohne eine Wort zu sagen, griff er an seinen Hosenbund und begann langsam, aber entschlossen, seine Gürtelschnalle zu öffnen.

›Nein, bitte nicht!‹, wimmerte ich in Gedanken, ›er wird mich totschlagen mit dem Gürtel.‹

»Um Gottes willen!«, schrie plötzlich eine Stimme hinter meinem Vater. »Was ist denn hier passiert?«

Frau Schall, unsere Nachbarin, schubste meinen verdutzten Vater einfach zur Seite und war mit wenigen Schritten bei mir am Küchentisch. Meine Mutter musste sie geholt haben. Und sie war es auch, die hinter Frau Schall in die Küche gestürmt kam und die Frage unserer Nachbarin anstelle meines Vaters gleich beantwortete: »Ein Unfall, Frau Schall. Yosef ist gestolpert und hat sich an der heißen Suppe verbrannt«, stammelte sie.

Frau Schall schaute erst mich, dann meine Mutter und dann meinen Vater mit zusammengepressten Lippen an – es war ihr anzusehen, dass sie kein Wort von dem glaubte, was meine Mutter soeben als Erklärung für meinen Zustand abgegeben hatte.

Unvermittelt trat Frau Schall zu mir, half mir vorsichtig auf und sagte: »Komm, mein Junge, ich fahre dich zum Arzt.«

Als ich gerade ins Auto von Frau Schall klettern wollte, kam auch meine Mutter angerannt und setzte sich zu mir auf die Rückbank. Nachdem Frau Schall den Wagen aus der Parklücke bugsiert hatte, gab sie richtig Gas und wir fuhren so schnell wie möglich zu unserer Hausärztin; ein Krankenhaus gab es in unserem Ort nicht.

Niemand sagte etwas während der kurzen Fahrt. Ich war in diesem Moment nur unheimlich dankbar, dass meine Mutter Frau Schall geholt hatte, denn mein Vater hätte mich bestimmt krankenhausreif geprügelt, wenn sie nicht aufgetaucht wäre.

Bei unserer Ankunft schreckte die Arzthelferin auf, als sie mich sah, und holte sofort die Ärztin. Es dauerte auch nur einige Sekunden, da hatte Frau Dr. Kömpel alles stehen und liegen gelassen und kam in den Flur gerannt, wo sie mich weinend in den Armen meiner Mutter fand. Schockiert starrte sie mich an, bevor sie befahl, mich ich den Notfallraum zu bringen. Bis auf die Unterhose wurden mir alle Kleidungsstücke ausgezogen und Frau Dr. Kömpel untersuchte und versorgte mich. Vorsichtig strich sie eine Salbe auf die am schlimmsten betroffenen Stellen. Die Salbe half sofort gegen das Brennen und beruhigte mich etwas.

»Wir haben Glück, Frau Scheicho«, sagte die Ärztin zu meiner Mutter. »Es sind nur Verbrennungen ersten Grades. Das bedeutet, wir müssen ihn nicht nach Winsen ins Krankenhaus einweisen. Lassen Sie ihn aber trotzdem bitte noch etwas hier, ich will sehen, wie die Salbe wirkt. Ich komme gleich wieder.«

Nachdem die Ärztin den Raum verlassen hatte, legte meine Mutter die Hände vor den Mund und fing wieder an zu weinen. Man merkte ihr aber auch an, dass sie etwas wütend war, als sie nun langsam auf mich zukam und wissen wollte: »Was hast du jetzt schon wieder gemacht, hmm? Warum ist dein Vater dermaßen ausgerastet? Sag schon, Yussuf, was hast du angestellt?«

Ich schaute sie nur an wie ein Kind, das nicht sprechen kann, und gab keine Reaktion von mir.

Es dauerte nicht lange, bis Frau Dr. Kömpel wiederkam, was mich erleichterte, denn ich hatte weder die Kraft noch die Lust, mich mit dem zu beschäftigen, was meine Mutter gerade angesprochen hatte.

»Yosef, kannst du mir mal bitte erklären, wie dir das passiert ist?«, fragte mich die Ärztin nun mit bohrendem Blick und vor der Brust verschränkten Armen.

Ich hätte es ihr fast gesagt, wirklich. Ich war ganz kurz davor … Ich dachte mir, ›bis wann soll ich es denn noch verstecken? Vielleicht könnte sie mich ja aus diesem Albtraum rausholen. Ja, vielleicht ist das meine Rettung.‹

Ich sah zu meiner Mutter, die hinter der Ärztin stand und mich anstarrte. Ich wusste ganz genau, was dieses Starren zu bedeuten hatte: das Familiengeheimnis!

›Oooh wow‹, dachte ich mir, ›ich trage das Geheimnis in mir, dass ich permanent zu Hause misshandelt werde. Und weil es ein Geheimnis ist, darf ich es auch niemandem erzählen. Und wenn ich jetzt die Wahrheit sage, wird mich Mummy nie wieder gernhaben.‹

»Mir war kalt und ich hatte solchen Hunger, dass ich meine Tasse heißer Suppe hochhob und sie ohne Löffel trinken wollte, in der Hoffnung, mich so etwas schneller wärmen zu können. Baba hatte mich nicht gesehen und stieß mit dem Rücken gegen meine Hände, sodass die heiße Suppe über mich geflossen ist«, log ich.

Meine Mutter schloss die Augen und presste die Lippen fest aufeinander, als wollte sie sich selbst versichern, jetzt bloß nicht die Wahrheit auszuplaudern. Dennoch konnte ich an ihrem Gesichtsausdruck erkennen, wie schwer es ihr in jenem Moment fiel, sich nicht der Ärztin anzuvertrauen.

Natürlich war meine Erklärung für die Ärztin total unglaubwürdig, man konnte es an ihrem zweifelnden Blick sehen. Es war eindeutig, dass ich ihr gerade eine Lüge aufgetischt hatte, schließlich hatte ich ja auch an der Stirn und im Gesicht blaue Flecken. Wie sollten die denn da hingekommen sein?

»Aha, gut. Und kannst du mir dann mal bitte erklären, was das hier ist?«

Sie zeigte auf mehrere blaue Flecken an meinem Oberarm, die ich noch gar nicht bemerkt hatte. Diesmal habe ich nicht gelogen, aber ich sagte auch nichts. Ich habe einfach meine Tränen für mich sprechen lassen. ›Soll sie es doch erfahren‹, dachte ich, ›dann wäre das Geheimnis endlich gebrochen und ich könnte jedem sagen, warum ich so bin, wie ich bin.‹

»Mein Kind, sprich mit mir! Vielleicht kann ich dir ja helfen? Wer war das? Wer hat dir das angetan?«, versuchte sie, mich zum Sprechen zu bewegen.

Nun war auch das leise Schluchzen meiner Mutter zu hören. Wenn selbst sie sich nicht mehr halten konnte, dann … Langsam, wie in Zeitlupe, öffnete ich meine Lippen … ›Nein! Wenn du jetzt etwas sagst, bringst du Schande über deine Familie, Yosef!‹, bremste mich meine innere Stimme energisch aus. Ich schluckte und klappte meinen Mund wieder zu.

Die Ärztin starrte mich lange an, dann stand sie auf, drehte sich zu meiner Mutter und sagte mit kühler Stimme: »Frau Scheicho, Sie können Ihren Sohn jetzt anziehen und mitnehmen. Ich werde ihm noch diese Salbe verschreiben, die er dreimal am Tag auftragen soll. Bitte lassen Sie die Brandwunden offen, sodass sie gut lüften können.«

Mit diesen Worten verließ sie den Raum, und meine Mutter nickte ihr nur kurz hinterher, offenbar erleichtert, von ihrem inneren Zwiespalt erlöst zu sein. Vorsichtig kleidete sie mich wieder an und gab mir dann, als sie fertig war, einen kräftigen Kuss auf die Stirn.

»Bald wird alles vorbei sein, mein Kind, es dauert nicht mehr lange. Bitte vertrau' mir.«

Ich reagierte kein bisschen auf diesen Satz. Und daran glauben konnte ich schon gar nicht. Vielmehr dachte ich mir: ›Ist das wirklich mein Schicksal?

Muss man sein Schicksal tatsächlich hinnehmen, wie Mummy immer behauptete?‹

Frau Schall hatte die ganze Zeit geduldig im Flur auf uns gewartet, um uns wieder nach Hause zu fahren. Sie sagte kein Wort, weder als sie mich sah, noch als wir im Auto auf dem Heimweg waren. Ihr Gesichtsausdruck jedoch war unmissverständlich – eine Mischung aus sprachlosem Entsetzen, Mitleid und Zorn, wie mir schien.

Als wir zu Hause ankamen, flüchtete ich direkt auf mein Zimmer und legte mich vorsichtig auf den Rücken. Meine Ruhe bekam ich aber nicht. Ich konnte zu gut hören, wie meine Eltern sich unten mit lautem Brüllen und Fluchen stritten. Und das alles wieder nur meinetwegen.

Meine Gedanken drehten sich wie wild in meinem Kopf. Mir wurde immer mehr klar, wie sehr mein Vater mich hasste. Später fragte ich mich, ob er wirklich ein Mensch ohne Gefühle war, der seinem Sohn gegenüber keinerlei Liebe empfand? War ich eine Plage für ihn, die er am liebsten so schnell wie möglich loswerden wollte? Oder war es seine eigene Erziehung, sein eigenes Muster, aus dem er nicht ausbrechen konnte? Wie dem auch sei, in solchen Situationen habe ich mir gewünscht, keinen Vater zu haben. Das ist hart, aber es war einfach so … In solchen Momenten dachte ich mir immer nur: ›Mann, wann stirbst du endlich?!‹

Plötzlich wurde ich aus meinen Gedanken gerissen. Meine Mutter betrat mein Zimmer, schloss die Tür hinter sich und kam zügig auf mich zu. Ich setzte mich auf, weil ich dachte, sie würde mir etwas Liebe entgegenbringen und mir übers Haar streichen oder so. Doch bevor ich wusste, wie mir geschah, gab sie mir eine harte Ohrfeige und fing an zu weinen. Vor Scham wandte ich meinen Blick auf den Boden und sah dabei ein Blatt Papier in ihrer Hand – der Brief … Der Schuldirektor musste jemanden geschickt haben, der den Brief schnellstmöglichst vorbeigebracht hatte. Und offenbar konnten beide so viel aus dem Brief verstehen, dass sie wussten, was passiert war.

»Was ist denn los mit dir, hmm? Wo ist dieser alte liebe Yussuf hin, den die Lehrer so gernhatten und der immer diese guten anständigen Freunde hatte? Wo ist dieser Yussuf, der seine Mummy immer wieder glücklich machen wollte? Was ist dein Problem, mein Kind? Sag es mir!«

›Jetzt werde ich es tun‹, dachte ich mir. Wenn schon die Gelegenheit da war, wollte ich sie nutzen und ihr mein ganzes Herz ausschütten. Was hatte ich denn noch zu verlieren?

»Wenn ich groß bin, will ich Baba nie mehr wiedersehen! Ich hasse ihn und meine Brüder! Sie sind alle herzlos und egoistisch. Meine Freunde werden alle mit Liebe großgezogen und können ihrer Familie jedes Geheimnis anvertrauen, das sie auf dem Herzen haben. Ich möchte mich euch auch anvertrauen, aber ihr hört einem Menschen ja noch nicht einmal zu! Ich habe ein weiches Herz und muss schnell weinen. Was ist daran so schlimm? Warum beschimpfen mich meine Brüder und mein Vater deswegen? Warum nennen sie mich dauernd eine Schwuchtel?« Jetzt konnte ich meine Tränen nicht mehr zurückhalten und schluchzte: »Warum nur können wir nicht sein wie alle anderen? Warum können wir nicht wie die Deutschen sein, die reden ja auch über alles Mögliche? Ich hasse unsere Kultur … ich hasse meinen Vater … ich hasse …«

Eine weitere Ohrfeige klatschte gegen meine Wange.

»Wie redest du! Du sollst doch Respekt haben, verstehst du mich! Respekt vor deinem Vater, Respekt vor unserer Kultur … Respekt!«, schrie sie mich wütend an und verließ das Zimmer.

Ich liebte meine Mutter und wollte immer, dass sie glücklich ist. Sie ist eine richtige Mama, die nur das Gute für ihre Kinder will. Das wusste und spürte ich sehr deutlich. Aber auch sie war eine Gefangene ihrer Herkunft und Kultur und konnte einfach nicht aus ihrer Haut. Sie schaffte es nicht, all das beiseitezuschieben, was man sie gelehrt hatte, so gern sie es auch getan hätte.

Lange starrte ich den zusammengefalteten Brief an, der auf meiner Bettdecke vor mir lag, und wusste nicht, ob ich ihn wirklich lesen wollte. Ich warf ihn auf den

Boden und legte mich dann wieder hin. Durch das ganze Nachdenken hatte ich Kopfschmerzen bekommen, die meine Augen langsam schwächten und mich dann ganz einschlafen ließen.

Während dieses Mittagsschlafes wiederholte sich in meinem Traum noch einmal die dramatische Szene mit meinem Vater. Ich erwachte mit einem lauten Schrei und sah mich hektisch um. Schnell setzte ich mich auf und bemerkte dann zu meiner Erleichterung, dass ich nur geträumt hatte. Gerade als ich aufstehen und mir ein Glas Wasser holen wollte, stach mir der Brief wieder ins Auge, der immer noch auf derselben Stelle auf dem Boden lag. Ich starrte ihn lange an, nahm ihn dann aber doch zur Hand und fing an zu lesen. Es stand eigentlich genau das drin, was mir der Direktor schon gesagt hatte: dass ich bis zum Frühjahr Schulverbot hätte und ich das Schulgelände bis dahin auch nicht betreten dürfe. Der Grund meines Schulverweises sei die nicht mehr hinzunehmende Art und Weise, wie ich den Unterricht und den Schulbetrieb stören würde. Zudem wurde mir körperliche Gewalt ohne jeglichen Grund meinen Mitschülern gegenüber vorgeworfen. Ich sei in der jetzigen Situation eine Gefahr für sie und man empfehle meinen Eltern, mich in psychologische Behandlung zu schicken …

›Ha!‹ Voller Verachtung spuckte ich auf den Brief. ›Ohne Grund, was?‹, dachte ich mir. ›Ohne Grund soll ich Schüler attackieren? Bin ich denn geisteskrank, dass ich ohne einen Grund irgendwelche Kinder attackiere? Der Junge auf dem Pausenhof hat mich, meine Familie und meine Kultur beleidigt! Gilt das in Deutschland nicht als ausreichender Grund?‹ Wieder fing ich an zu weinen.

Plötzlich stand meine Mutter neben meinem Bett. Ich hatte sie in meiner Verzweiflung gar nicht kommen hören. Sie setzte sich neben mich, streichelte sanft über meine Haare und sagte liebevoll: »Mein Kind, ich sage es dir doch immer wieder: Es wird ein Tag kommen, wo du das alles vergessen und auf eigenen Beinen stehen wirst. Du wirst ein sehr glücklicher Mann mit einer hübschen Frau und vielen Kindern sein, die genauso süß sein werden wie du. Es wird ein Tag kommen, wo du deinem Vater alles, was er dir angetan hat, verzeihen wirst. Wo du mit deinen Brüdern glücklich beim Kaffeetrinken zusammensitzen wirst. Das alles, was hier geschieht, ist dein Schicksal. Finde dich damit ab!«

Eine kurze, stille Pause folgte.

»Warum glaubst du mir denn nicht, Yussuf? Willst du, dass ich traurig bin?«

»Nein, Mummy … Es ist nur so … Baba hasst mich und …«

»Schweig, Yussuf!«, herrschte sie mich an.

Dann stand sie langsam auf und ging zur Tür. Dort drehte sie sich noch mal kurz um und sagte etwas, was ich in jenem Augenblick überhaupt nicht verstand: »Dein Vater war nicht immer so. Der Krieg, die Flucht … Das hat ihn sehr verändert …«, plötzlich brach sie ab, ganz so, als habe sie etwas erwähnt, das sie nicht hätte erwähnen dürfen. Leise und ohne etwas hinzuzufügen verließ sie das Zimmer.

Da ich erneut starke Kopfschmerzen bekam, legte ich mich nochmals aufs Bett, aber meine Gedanken ließen mir keine Ruhe: Was genau hatte meine Mutter vorhin mit Krieg und Flucht angedeutet? Welcher Krieg? Was für eine Flucht? Niemand hatte je darüber mit mir gesprochen.

Da ich weder eine Uhr noch ein Handy hatte, konnte ich nicht einschätzen, wie lange ich schon dalag, aber es kam mir vor wie eine Ewigkeit. Die Zeit schien stillzustehen. Das Einzige, was ich hörte, war das Geräusch meines eigenen Herzens … *poch, poch, poch.*

Plötzlich und ohne Grund fing ich an, einfach so vor mich hin zu lachen, hörte dann wie auf Knopfdruck auf und begann hemmungslos zu weinen. ›Ich werde verrückt‹, dachte ich verzweifelt, ›jetzt ist es so weit, ich werde wirklich verrückt.‹ Unfähig, auch nur noch einen klaren Gedanken zu fassen, durchlebte ich innerhalb kürzester Zeit sämtliche Gefühlslagen – ich hatte keine Ahnung, was mit mir da gerade passierte.

Dann legte sich wie eine große schwarze Decke die Dunkelheit auf mich. Eine nie gekannte Angst schnürte meine Kehle zu und nahm mir die Luft zum

Atmen. Ich wünschte, ich würde jetzt einfach einschlafen und nie wieder aufwachen.

Es ist dunkel. Trotz dieser Dunkelheit fühle ich mich so geborgen und wohl, als wäre ich eingehüllt in eine große, weiche Decke, die mich wie ein schützender Mantel umgibt und zart wie Seide meine Haut umspielt.

Ich lausche hinein in diese Dunkelheit. Ein leises Raunen ist zu hören. Es klingt wie das Rascheln von Blättern – wie ein sehr weit entfernter Wald, dessen Baumkronen sich im sanften Wind eines beginnenden Frühlingstages wiegen. Ganz allmählich kommt dieses Rauschen näher, wird lauter. Mittlerweile klingen auch andere Töne durch. Ein Murmeln? Und noch immer ist es so dunkel, dass ich nicht mal die Hände vor meinen Augen erkennen kann.

Da!

Ich sehe ein schwaches Leuchten.

Und nun spüre ich auch etwas. Ganz leicht wie eine Feder berührt es mich, erst am Arm, dann auf der Schulter. Vielleicht ist da ein wunderschöner, bunt gefiederter kleiner Vogel auf meiner Schulter gelandet?

Das Raunen und Rauschen schwillt immer stärker an. Erwartungsvoll vibriert die Luft um mich herum. Mit jeder Faser meines Körpers kann ich es spüren, gleich wird etwas geschehen, etwas Schönes. Ich will wissen, was das Raunen und Rauschen zu bedeuten hat, und auch dieses Gefühl von Seide, das mich ganz zart berührte, ich will wissen, welch wunderschöner gefiederter Vogel auf meinen Schultern sitzt in meinem Traum.

Doch nicht heute Nacht.

»Yussuf, aufstehen!«, hörte ich die Stimme meiner Mutter, die mich aus meinen Träumen riss.

5

Das Verbot, die Schule zu betreten, war für mich nahezu unerträglich. Ich traf mich während dieser Wochen nicht einmal mit einem meiner Mitschüler; ich traute mich nicht, bei ihnen zu Hause anzurufen. Andersrum versuchte aber auch keiner von ihnen, mich in irgendeiner Weise zu kontaktieren. Oft glaubte ich, dass keiner mich mehr sehen wollte oder deren Eltern ihnen verboten hatten, mit mir zu sprechen.

So saß ich nun zu Hause und hatte kaum noch auf etwas Lust, noch nicht einmal auf meine Zeichnungen. Oft lag ich nur in meinem Zimmer und starrte apathisch die Holzdecke an.

Als ich merkte, dass ich langsam immer betrübter wurde, dachte ich darüber nach, was ich unternehmen könnte, um nicht komplett den Verstand zu verlieren. Nach langem Kopfzerbrechen erinnerte ich mich dann an die Zeit zurück, in der meine kleinen Geschwister und ich immer in den Wald gegangen waren, und wie gut uns die Natur und die Stille getan hatten. Also beschloss ich, dasselbe nun für mich selbst zu tun. Vielleicht würde ich ja dort auf neue Gedanken kommen. Etwas anderes hatte ich ja sowieso nicht vor und verlieren konnte ich auch nichts mehr.

Wie in alten Zeiten suchte und beobachtete ich in dem nahe gelegenen Wald verschiedene Frösche oder hielt Ausschau nach Rehen. Manchmal entdeckte ich sogar ziemlich seltene Pflanzenarten, über die wir auch im Biologieunterricht gesprochen hatten. Das alles hat mir sehr gutgetan, sodass mein Geist etwas zur Ruhe kommen und sich erholen konnte. Ich entdeckte immer wieder etwas Neues und betrachtete es als Geschenk, wenn sich mir hin und wieder etwas ganz Seltenes offenbarte. Oft überlegte ich, wie ich mich an all das auch später noch würde erinnern können, ohne die wilden Blumen abzupflücken oder die erstaunlichen Frösche einzufangen und mit nach Hause zu nehmen – einfach alles in meinem Kopf zu speichern. Dies schien mir jedoch kaum möglich zu sein, es waren einfach zu viele wunderschöne Dinge, die ich im Wald um mich herum sah. Schließlich kam ich auf die Idee, mir Leyas Kamera auszuleihen. Meine Schwester war so lieb und gab sie mir, ohne zu fragen, was ich damit machen würde. Als Gegenleistung wollte sie allerdings, dass ich ihr helfe, ihre Schminkutensilien zu säubern und sie dann wieder ordentlich in ihre Regale zu stellen. Deal war Deal, dieses Angebot nahm ich gerne an. Ich schnappte mir ihre Kamera und machte mich wieder auf den Weg zum Wald. Leya hatte die Kamera, die immer noch perfekt funktionierte, auf einem Flohmarkt für wenige Euros gekauft. Ich wunderte mich oft, warum in Deutschland so viele Dinge weggeworfen oder sehr billig verkauft wurden, obwohl sie noch tadellos zu gebrauchen waren.

Zwar konnte ich die Tiere im Wald kaum fotografieren, dafür waren sie viel zu scheu, aber das spielte für mich keine Rolle. Ich widmete mich dafür mehr den Pflanzen und den kleinen Fröschen.

Mit der Zeit machte mir das Fotografieren richtig Spaß, es wurde fast schon zu meinem neuen Hobby und ließ mich wieder aufleben. Wo auch immer ich hinging, die Kamera war fortan überall dabei. Ich war schon so etwas wie ein richtiger Freak, was das Fotografieren anging. Am allerliebsten machte ich nach vielen Versuchen Bilder von den bunten Blumen im Garten. Die konnten sich wenigstens nicht bewegen und kamen somit am besten raus.

Nachdem alle vier Filme, die wir zu Hause als Vorrat gehabt hatten, verbraucht waren, ging ich zu meiner Mutter und bat sie um Geld für neue. Heute verstehe ich gar nicht, weshalb ich damals überhaupt auf diese Idee gekommen war. Ich hätte mir ja denken können, dass wir für so etwas kein Geld hatten.

»Yussuf, geh und beschäftige dich doch lieber im Garten oder mal etwas, das machst du doch so gerne«, antwortete sie mir traurig und streichelte mir zart übers Gesicht.

Enttäuscht ging ich auf mein Zimmer, setzte mich auf mein Bett und fing an nachzudenken. Heute weiß ich, dass Geld allein die Menschen nicht glücklich macht, aber damals habe ich mir immer gewünscht, mehr zu haben. Ich stellte mir vor, dass ich dann viele Sachen machen könnte, die mir am Herzen lagen, Sachen, die ich mir schon lange gewünscht hatte, Reiten zum Beispiel oder Klavierspielen. Viele meiner Freunde übten wie selbstverständlich ihre Hobbys aus. Wenn wir in einer Gruppe saßen und jeder anfing, darüber zu erzählen, war ich immer wie ein Zuschauer im Kino, der nur die Stars auf der Leinwand bewundern durfte. Es war wirklich nicht so, dass ich eifersüchtig auf sie war, nein, ganz und gar nicht. Es war einfach nur der Wunsch, meinen Interessen auch nachgehen zu können. Selbst heute noch, als erwachsener Mann, tut es mir immer wieder weh, wenn ich arme Kinder sehe, die sich Spielsachen im Schaufenster anschauen oder anderen Kindern, die Zuckerwatte oder eine Tüte Chips in der Hand haben, sehnsüchtige Blicke hinterherwerfen. Denn ich weiß ganz genau, wie es sich anfühlt, nichts zu haben. Ich kann mich noch sehr gut erinnern, wie ich als Kind mit meinen kleinen Geschwistern in den großen Läden die Sets von Playmobil oder Lego bewundert habe, die aber für unsere Verhältnisse so teuer waren, dass es beim Bewundern bleiben musste. Wenn ich mal bei Freunden zu Besuch war, habe ich immer wie süchtig mit deren Sachen gespielt, weil ich so etwas einfach nie selbst hatte. Meine Freunde aber hatten so viel davon, dass es für sie schon wieder langweilig war.

Eines Tages kam ein Zirkus mit vielen verschiedenen Tieren, die wir noch nie zuvor gesehen hatten, in die Kleinstadt in der Nähe unseres Dorfes. Wenn, dann konnten wir so etwas Schönes immer nur in Zeitschriften oder im Fernsehen bewundern. Damals gab unsere Nachbarin, Frau Schall, meiner kleinen Schwester Bescheid und fragte, ob sie mitkommen möchte. Natürlich sagte Rima begeistert Ja und rannte schnell zu unserer Mutter, um Geld von ihr zu holen.

»*Habibet albi*, Schatz meines Herzens, ich habe grade keins …«, musste ihr meine Mutter jedoch sagen.

»Ist nicht schlimm, Mama, dann frage ich einfach Rüya.«

Und so rannte sie von Person zu Person im Haus und sammelte all unsere Centmünzen zusammen, doch sie hat es nicht geschafft, knapp fünf Euro zusammenzubekommen. Das war natürlich eine große Enttäuschung für sie. Kurz gab sie noch Frau Schall Bescheid, dass sie nicht mitkommen könne, dann rannte sie weinend in ihr Zimmer und wollte allein gelassen werden. Es tat so weh, die Kleine so zu sehen, und ich konnte ihr noch nicht einmal helfen. Wir haben es wirklich nicht geschafft, schlappe fünf Euro zusammenzusammeln.

Auch bei Pokemon- oder Yu-Gi-Oh!-Sammelkarten, die eine Zeit lang total in waren, konnten wir nie mithalten. Zwar bekamen wir oft die billigsten und häufigsten Karten und Blätter von guten Freunden geschenkt. Aber solche billigen Karten hatte jeder, und deshalb konnten wir niemals tauschen, um unsere kleine Sammlung zu vermehren.

Um selbst etwas Geld zu verdienen, haben meine kleinen Geschwister und ich angefangen, Steine mit schönen Rundungen zu sammeln und mit Tuschfarben anzumalen. Dazu zeichneten wir noch verschiedene bunte Bilder, die wir sorgfältig in eine Mappe einsortierten. Und so machten wir uns dann mit einem Eimer voller bunter Steine und der Mappe mit den Bildern auf den Weg und klapperten die Nachbarn ab: Wir klingelten bei ihnen und fragten sie jeweils sehr höflich, ob sie Interesse für unsere Waren hätten. Leute aus Russland und Polen, die in der Nachbarschaft wohnten, knallten uns sofort die Tür vor der Nase zu. Zu orientalischen Familien haben wir uns gar nicht erst getraut. Warum diese Menschen so reagierten, weiß ich nicht. Vielleicht weil sie selber arm waren? So genau habe ich das nie verstanden.

Die Deutschen jedoch waren immer sehr großzügig und kauften nicht nur einen, sondern mehrere unserer Steine, 20 Cent das Stück. Trotzdem wir für unseren vollen Einsatz nur wenig Ertrag erzielten, haben wir es sehr genossen, uns mit unserem ersten selbst verdienten Geld etwas zum Spielen zu kaufen.

Ich glaube, das war der Augenblick, in dem ich zum ersten Mal wirklich begriffen habe, dass man im Leben selbst etwas tun muss, um Zufriedenheit und Anerkennung zu gewinnen. Selbst wenn es, wie in meinem Fall, nur das bisschen Geld war, das ich mit dem Steinebemalen verdient hatte. Doch ich hatte das Geld weder erbettelt noch geschenkt bekommen, sondern mir durch eine Gegenleistung verdient. Das mag zwar selbstverständlich klingen, aber wenn man als Kind in einer Familie aufwächst, die fast ausschließlich von staatlicher Unterstützung lebt, ist es manchmal nicht so einfach, sich aus diesen Verhaltensmustern zu befreien.

Ohne Schule waren die Tage langweilig. Wir hatten zwar einen Fernseher, aber mein Bruder Mustafa hatte mir verboten, Jugendserien anzuschauen, die in meinem Alter fast jeder anschaute, *GZSZ* zum Beispiel, oder *Unter uns*. Die Begründung für diese Entscheidung war, dass die Schauspieler sich ab und an küssten und dadurch mein »Charakter« kaputtgehen würde. Damals wurde ich schnell wütend und stritt mich wegen des Verbots und dessen Begründung jedes Mal mit ihm. Ich habe das nie verstanden – schließlich gab es küssende Menschen bei uns in Deutschland an jeder Straßenecke. Warum wurde ich dann nicht gleich an mein Bett gefesselt, damit ich auf gar keinen Fall rauskomme und das große Geknutsche sehe? Das war eben wieder eine von Mustafas vielen Methoden, mich zu einem »richtigen Mann« zu erziehen.

Ali war der Einzige von meinen Brüdern, mit dem ich mich gut verstanden habe, auch wenn es hier und da immer wieder kleine Konflikte gab. Das größte

Problem für uns war unser Bruder Nebil, der – wie gesagt – ihn immer gegen mich aufhetzte und Zwietracht zwischen uns säte. Wir waren ja noch sehr jung und naiv und haben uns schnell Sachen einreden lassen. Und genau das war bei meinem kleinen Bruder der Fall.

Nun öffnete sich die Treppentür und ich hörte jemanden hochkommen.

»Yussuf, *Habibi*, ist dir langweilig?«, fragte meine Mutter, als sie das Zimmer betrat und mich interesselos auf dem Bett liegend fand. Ich blickte zu ihr hoch und sah sofort ihr liebevolles Lächeln.

»Na los, sei nicht so faul, komm zu mir nach unten in die Küche und mach dich nützlich! Rüya ist heute mit deinem Bruder nach Hamburg gefahren, und ich schaffe es nicht, alles alleine zu machen.«

Ich fand es rührend von ihr, wie sie versuchte, mich auf andere Gedanken zu bringen. Ohne zu zögern, begab ich mich denn auch mit ihr in die Küche und sah, dass sie angefangen hatte, Kekse zu backen, und zwar *Mamoul*, eine libanesische Spezialität. Sie werden mit Walnüssen, Datteln oder Pistazien gefüllt und nach dem Backen noch warm mit Puderzucker bestreut. Letzteres war meine Aufgabe, und ich hatte richtig Spaß daran. Es war das erste Mal, dass ich meiner Mutter im Haushalt half. Und ob ich wollte oder nicht, war ich schon mitten im Geschehen und der Rest kam von ganz allein: Immer wenn meine Mutter in Zukunft alle Hände voll zu tun hatte, rief sie nach mir.

So begann ich, mich im Haushalt nützlich zu machen, wischte Staub, fegte oder erledigte kleine Einkäufe. Rüya war natürlich sehr froh darüber, denn auch ihr nahm ich vieles ab. Mit der Zeit habe ich sogar gelernt, die Badezimmer sauber zu machen. Manchmal, wenn Verwandte oder enge Freunde zu Besuch waren und meine Mutter fragten, wer bei uns für diese Sauberkeit sorgte, konnten sie oft gar nicht glauben, dass ich das war. Meine Mutter hat mir mit der Zeit so sehr vertraut, dass sie mir erlaubte, ihr in der Künstlerwohnung, die sie wöchentlich putzte, einiges abzunehmen, sodass wir statt sechs Stunden nur noch die Hälfte dafür brauchten. Und was das Beste war: Ich hatte auch noch richtig Freude daran!

So verging die Zeit bis zum zweiten Halbjahr.

An einem Wochenende, kurz bevor die Schule wieder begann, rief mich Leya nach dem Mittagessen in ihr Zimmer, erinnerte mich an unsere Abmachung und drückte mir gleich ein feuchtes Tuch in die Hand.

»Viel Spaß, mein Lieber«, sagte sie lächelnd. »Es wird eine ganze Weile dauern, bis du damit fertig bist, denn ich möchte, dass du sämtliche Puderreste von den Verpackungen wegwischst und natürlich auch den ganzen Staub. Alles soll wieder wie neu funkeln. Wenn du alles erledigt hast, ruf einfach nach mir, ich bin in der Küche. Dann sortiere ich die Sachen wieder ein. Ich glaube nämlich nicht, dass du weißt, wie die Reihenfolge war, oder?«

»Aye, aye, Käpt'n!«, antwortete ich lachend, nahm das Tuch in die Hand, setzte mich im Schneidersitz auf den Boden und legte los.

Dieses Polieren war ganz schön mühsam. Ich hatte gar nicht gewusst, dass sie so viel von dem Zeug hatte. Kein Wunder, dass sie die Chance genutzt hatte und diese Arbeit mir überließ, obwohl Saubermachen eigentlich fraglos »Frauensache« war.

Ich war wohl schon knapp eine Stunde am Putzen, als ich gerade mal die Hälfte geschafft hatte und jemand die Tür hinter mir öffnete: »Leya, gib mal die …« Es war Mustafa, der seinen Satz nicht zu Ende sprach, als er mich mit den Schminkutensilien unserer Schwester beschäftigt sah.

Ich guckte ihm zunächst intensiv in seine zornigen Augen, widmete mich dann aber sofort wieder meiner Arbeit. ›Er wird mir schon nichts tun … Er wird mir schon nichts tun …‹, flüsterte ich leise und voller Angst in meinem Herzen. Ich hörte nur, wie sich die Tür hinter mir schloss, und hoffte schon, nun in Sicherheit zu sein, als ich unmittelbar darauf einen harten Schlag gegen meinen Rücken spürte. Über Leyas Schminksachen hinweg flog ich nach vorne und landete auf dem Bauch am Boden. Dort packte mich Mustafa an den Haaren und drehte mich auf den Rücken, bevor er sich mit seinem schweren Körper auf meinen Bauch setzte und mich anbrüllte: »Du Schwuchtel! Du verfluchte Schwuchtel! Wie kannst du es wagen, mit Schminke zu spielen! Was ist eigentlich mit dir los, dass du dermaßen die Grenzen überschreitest?«

Mit aller Kraft wehrte ich mich und schrie weinend zurück: »Du geisteskrankes Schwein! Lass mich! Lass mich los, du Monster!«

Er stand auf, hob mich grob hoch und spuckte mir ins Gesicht – in unserer Kultur ein Ausdruck tiefster Erniedrigung, viel schlimmer als Schläge. Dann gab er mir eine harte Ohrfeige.

Während ich mit dem Gesicht auf dem Boden lag, flüsterte ich trotzig leise vor mich hin: »Auch wenn ich schwul wäre … würde dich das was angehen …? Auch wenn ich Jungs lieben würde, wäre das dein Problem …? Es wäre meine Sünde … Es wäre ganz alleine meine …«

»Was ist denn hier schon wieder los?! Das gibt es ja wohl nicht«, schrie plötzlich eine weibliche Stimme in mein Gemurmel hinein. Meine Mutter stand wie eine zornige Löwin im Türrahmen und verhinderte damit wohl Schlimmeres. Doch auch sie schätzte die Situation zunächst falsch ein und begann mich zu beschimpfen.

»Mama, ich schwöre bei Allah, dass er nichts Verbotenes getan hat, *wallah*, Mama! Bitte glaub mir doch!«, versuchte Leya zu erklären, die, durch den Lärm aufgeschreckt, ebenfalls in ihr Zimmer gerannt war. »Ich war es, die ihn gebeten hatte, mir zu helfen … Was ist denn dabei schlimm?«

»Sei sofort still und verlasse den Raum!«

»Aber Mama, bitte hör mir doch zu, es war nämlich so, dass …«, weiter kam meine Schwester nicht.

»Leya! Verstehst du kein Arabisch mehr?!? Raus hier, habe ich gesagt!« Meine Mutter benahm sich wie eine wild gewordene Furie und war nicht zu beruhigen.

Während Mustafa, Leya und meine Mutter noch diskutierten, rappelte ich mich auf und schleppte mich in mein Bett. Durch Mustafas Schläge und den Sturz auf den Boden hatte ich höllische Kopfschmerzen bekommen. Erschöpft schloss ich die Augen.

Ich weiß nicht, wie lange ich so vor mich hindöste, aber plötzlich spürte ich etwas Kaltes an meiner Stirn; einzelne Wassertropfen rannen über mein Gesicht und meinen Hals. Als ich mühsam meine Augen öffnete, sah ich, wie meine Mutter neben mir auf dem Bett saß, mich sehr wütend anstarrte und etwas an mein Gesicht hielt. Sie sagte kein Wort. Mein Kopf brummte und ich versuchte, mich an das zu erinnern, was geschehen war. Dunkel erinnerte ich mich an Schminke, Schreie und Schläge.

»Setz dich hin!«, unterbrach meine Mutter meine schwachen Gedanken.

Ich schaute sie erschöpft an, rührte mich aber nicht vom Fleck. Nun bekam ich auch von ihr eine Ohrfeige.

»Aufsetzen, habe ich gesagt!«

Stöhnend rappelte ich mich hoch.

Dann fragte sie mich barsch: »Warum spielst du mit Schminke?«

»Mummy, das stimmt nicht! Warum glaubt ihr alles, was Mustafa sagt? Nur weil er Geld hat?!«

Noch eine Ohrfeige.

»Du ungezogenes dummes Kind! Warum verstehst du nichts?« Wütend starrte sie mich an und ich starrte zurück. »Du bist ein Mann, Yussuf! Benimm dich auch dementsprechend! Ist es denn so schwer für dich, männlich zu sein?!«

»Ich habe doch nur Leya beim Putzen geholfen!«, verteidigte ich mich. »Was ist denn daran bitteschön weiblich?! Und weshalb willst *du* dann, dass ich dir bei allem im Haushalt helfe?! Bekomme ich zukünftig dafür auch Schläge?!«

Nun kam sie mit ihrem Gesicht so nahe an meines, dass unsere Nasen aneinanderstießen: »Was hast du deinem Bruder gesagt, während er dich schlug?«

»Ich weiß nicht, wovon du sprichst.«

Sie glaubte mir kein Wort und verzog ihren Mund zu einem schiefen Grinsen. Dann sagte sie ernst: »Wir sind Araber, Yussuf, sehr, sehr, sehr strenggläubige arabische Muslime. Für homosexuelle Menschen ist bei uns kein Platz, weder unsere Kultur noch unsere Religion dulden so etwas.« Sie machte ein kurze Pause und holte tief Luft: »Du bist und bleibst mein kleines dummes freches Kindchen. Eine Mutter stößt ihr Kind nicht so leicht von sich. Du solltest dir aber überlegen, wie du dich in nächster Zeit deiner Familie gegenüber benimmst. Und pass auf, was du sagst! Wenn aus deinem Mund noch einmal etwas Falsches kommen sollte, Yussuf, dann wird das dein Todesurteil sein.«

Schockiert starrte ich sie mit offenem Mund an, doch sie beachtete mich nicht weiter, sondern drückte mir das Tuch mit den Eiswürfeln auf die Stirn, küsste mich flüchtig und verließ den Raum.

Mein Todesurteil? Ich war gerade mal zwölf Jahre alt.

Langsam stand ich auf und stellte mich vor den Spiegel. Der blaue Fleck auf meiner Stirn war dick angeschwollen. Nachdenklich betrachtete ich mein Spiegelbild und sagte zu mir selbst: »Für etwas sterben zu müssen, was ich nicht bin? Und selbst wenn ich es wäre: Wir sind nicht in Arabien, ich bin in Deutschland geboren, hier ist das doch kein Verbrechen.« Ich trat näher an den Spiegel, sodass ich nur noch mein Gesicht sah. »Bin ich wirklich in Lebensgefahr, so lange ich in dieser Familie bin?«

Als ich endlich wieder in die Schule durfte, war ich am ersten Tag sehr aufgeregt. Meine Gefühle spielten vollends verrückt. Scheu ging ich die Treppe zu meiner Klasse hoch und hielt Ausschau nach den Kindern, die ich kannte. Im Treppenhaus hatten sich einige meiner Mitschüler aufgehalten, die sofort in den Flur rannten, als sie mich sahen, um den anderen von meiner Ankunft zu berichten. Stocksteif blieb ich stehen. ›Wollen sie mich alle attackieren oder von der Schule scheuchen?‹, fragte ich mich unsicher.

»Yosef!«, wurde ich da plötzlich in meinen finsteren Gedanken unterbrochen.

Einige meiner Klassenkameraden waren wieder ins Treppenhaus gesaust, rannten auf mich zu und umarmten mich stürmisch.

Ich sah sie alle nur verwirrt an. ›Bin ich im falschen Film?‹, dachte ich ungläubig. Voller Spaß schubsten sie mich lachend nach oben zu den anderen, wo der Rest der Klasse mich ebenfalls mit offenen Armen empfing und umarmte. Vor Freude liefen mir die Tränen übers Gesicht. So eine Begrüßung hatte ich nicht erwartet. Wie sehr hatte ich es vermisst, mit Kindern in meinem Alter zusammen zu sein! Mein Herz war so erfreut, dass man es mit dem Aufgehen der Sonne oder dem Erblühen einer schönen gelben Rose vergleichen könnte.

»Na, da ist ja unser Yosef wieder!«, sagte eine freundliche Stimme hinter dem Kinderkreis, der um mich herum war.

Es war Frau Becker, meine Englischlehrerin, mit der ich mich immer sehr gut verstanden hatte. Auch sie begrüßte mich herzlich und forderte uns anschließend auf, in die Klasse zu gehen. Während des Reingehens nahm sie mich leicht am Oberarm und bat mich, bei ihr vorne stehen zu bleiben. Sie wartete, bis alle Schüler in der Klasse waren, und sagte dann ernst zu mir: »Ich war sehr traurig über das, was da vor den Ferien zwischen dir und David passiert ist, Yosef. Ich möchte, dass du dir dieses Halbjahr richtig Mühe gibst, sodass du den Notendurchschnitt fürs Gymnasium schaffst.«

Frau Becker war Ausländern gegenüber immer besonders freundlich, weshalb ich auch großes Vertrauen zu ihr hatte.

»Ich werde mein Bestes geben, Frau Becker, das verspreche ich.«

»Ich weiß, dass du ein intelligentes Kind bist, du musst es nur wollen.«

Ich nickte ihr lächelnd zu. Solche schönen Sätze waren eine wahre Wohltat für mich. Sie bauten mein Selbstbewusstsein wieder etwas auf, das im Lauf der Jahre durch die ständigen Demütigungen zu Hause stark gelitten hatte. Ich war fest entschlossen, im zweiten Halbjahr alles richtig zu machen, und wollte dies nicht nur mit den Noten, sondern auch mit meinem Benehmen beweisen – ein richtiges Comeback in allen Bereichen. Doch es sollte anders kommen.

Der Anfang des zweiten Halbjahres verlief ziemlich gut. In Deutsch zum Beispiel hatte ich ausgezeichnete Noten, in Kunst wurde ich sogar Schulbester. Mit meinen Mitschülern verstand ich mich auch sehr gut, ich versuchte in jeder Hinsicht, Streit zu vermeiden. Natürlich änderte das nichts daran, dass Frau Kreuz mich nicht mochte, aber in dieser schönen Zeit kümmerte mich das nicht. Ich gab mir alle Mühe, diesem »neuen Yosef« treu zu bleiben.

Wir waren eine lebhafte Klasse, und ich hatte mir angewöhnt, wenn wir uns manchmal zum Spaß gestritten hatten, meine Mitschüler auf folgende Art loszuwerden: Die Jungs packte ich immer von hinten und haute sie mit dem Knie auf den Po, die Mädchen mit der bloßen Hand. Obwohl damit nie eine böse Absicht verbunden war, bereue ich das heute sehr, aber ich konnte ja nicht wissen, wie sehr alles entgleisen würde. Oft lachten wir darüber, irgendwann aber wurde das Ganze zum Missverständnis und ich hatte die Konsequenzen zu tragen. Mit den Jungs kasperten wir genauso weiter, bei den Mädchen versuchte ich mich so gut es ging zusammenzureißen und sie nicht mehr anzufassen. Weshalb bald darauf dennoch alles eskalierte, weiß ich bis heute nicht so genau. Vielleicht wollte ich einfach so sein, wie ich glaubte, in meiner Kultur sein zu müssen, um als Mann zu gelten? Vielleicht lag es auch daran, dass ich – wie alle anderen in meinem Alter wohl auch – anfing, erste sexuelle Gefühle zu entwickeln?

Es begann an dem Tag, als wir alle zusammen zur Bushaltestelle gingen, um zum Schwimmunterricht zu fahren. Einer der Jungs aus meiner Klasse sprang mich aus Spaß von hinten an, sodass ich nach vorne fiel und gegen den Rücken von Lita stieß, einer Mitschülerin und guten Freundin. Sie drehte sich blitzartig um, verpasste mir eine Ohrfeige und schrie mich an: »Sag mal, spinnst du? Du wirst ja immer schlimmer! Lass diese Perversitäten gefälligst bleiben, sonst sag ich es unserer Lehrerin!«

Ich versuchte ihr zu erklären, dass das alles ein Missverständnis sei, doch sie ließ mich gar nicht zu Wort kommen und beschimpfte mich weiter. Die Jungs, die nun langsam näher kamen, um zu sehen, was passiert war, begannen zu kichern und zu tuscheln, während Lita immer weiterschimpfte. Ich stand da wie ein Idiot und hätte ihr in diesem Moment am liebsten auch eine Ohrfeige verpasst. Doch ich hielt mich zurück, murmelte so etwas wie eine Entschuldigung und stieg, innerlich vor Wut kochend, in den Bus. ›Was bildet sich diese dumme Ziege überhaupt ein, die Hand gegen mich zu erheben und mich dermaßen zu beschimpfen! Was für eine Schande! Geht es nun in der Schule so weiter wie zu Hause, dass mich auch hier keiner als Junge, als Mann ernst nimmt?‹ Ich wollte hier doch nicht auch noch als Weichei durchgehen, das nicht einmal in der Lage ist, einem hysterischen Mädchen Einhalt zu gebieten.

Ein paar Tage später jedoch sprach niemand mehr von dem Vorfall zwischen Lita und mir, und ich selbst dachte auch nicht mehr darüber nach.

Einige Wochen verliefen völlig reibungslos, doch gegen Ende der sechsten Klasse passierte der nächste Vorfall: Lita hatte einen Cousin namens Martin, mit dem ich mich sehr gut verstand und der auch mit uns in die Klasse ging. Kurz vor Unterrichtsbeginn, wir saßen schon alle auf unseren Plätzen, unterhielt ich mich mit Martin über einige Tierarten. Er wusste sehr viel darüber, denn seine Eltern besaßen drei Tierhandlungen in verschiedenen Städten. Dann gesellte sich Lita dazu und fing an, uns mit blöden Bemerkungen zu hänseln. Erst reagierte ich gar nicht darauf und führte einfach mit Martin unser Gespräch fort. Aber Lita hörte mit dem Gehänsel nicht auf und mit der Zeit wurde es mir doch zu viel. Da sie direkt hinter mir saß, drehte ich meinen Kopf zu ihr und bat sie, mit diesem Blödsinn aufzuhören und uns in Ruhe zu lassen. Sie frotzelte jedoch weiter, als hätte ich überhaupt nichts gesagt. Ich wurde immer wütender und konnte mich auf meinem Stuhl kaum noch halten. Irgendwann riss mir der Geduldsfaden: Blitzschnell und ohne Vorwarnung drehte ich mich um und wollte sie an der Schulter wegschubsen. Unglücklicherweise aber sprang sie genau in diesem Moment hoch, sodass ich mit der Handinnenfläche genau gegen ihre rechte Brust stieß. Lita schrie wie von Sinnen auf und begann loszuschimpfen: Ich sei ein Schwein, ein perverser Grapscher und solche Dinge.

Die anderen wussten natürlich nicht, dass das ein Versehen gewesen war, und fingen ebenfalls an, mich zu beschimpfen. Erst schämte ich mich und versuchte den Vorfall zu erklären und mich zu entschuldigen, doch das machte alles nur noch schlimmer, denn Lita, die sich in der Zwischenzeit erhoben hatte, beugte sich über mich und begann mich unter weiteren Beschimpfungen an der Schulter zu schubsen. Sie war richtig hysterisch geworden. Meine Wut wurde immer größer, eine Mischung aus Scham und Zorn erfasste mich. Irgendwas musste ich tun, um die Situation zu beherrschen. Hektisch und unkontrolliert stand ich auf, um ihre Hände, mit denen sie mich weiterhin gegen die Schultern schubste, abzuwehren.

»Ich werde es der Lehrerin sagen, Yosef, mir reicht es mit deinen Grapschereien!«, schrie sie mich jetzt an.

Selbst heute und im Rückblick könnte ich nicht genau sagen, was in diesem Augenblick mit mir geschah. Etwas in mir kochte über, mein ganzer Frust, meine innere Zerrissenheit, nicht zu wissen, zu welcher Kultur ich gehörte, die Demütigungen zu Hause ... alles, einfach alles entlud sich wie eine Explosion in meinem Kopf. Ich griff mit beiden Händen nach ihren Brüsten, drückte zu und schrie wie von Sinnen: »*Das* heißt es zu grapschen, du Schlampe!«

Plötzlich war es totenstill im Zimmer. Es war, als sei die Zeit stehen geblieben. Niemand machte den leisesten Mucks. Lita und ich starrten uns sekundenlang nur fassungslos an. Alle Blicke waren auf uns gerichtet. Ich wollte unbedingt etwas sagen, mich entschuldigen, die Situation erklären.

»Lita, ich ... ich ...«, stammelte ich mit trockenem Mund.

»So, Kinder! Alle auf die Plätze, und entschuldigt bitte, dass ich zu spät komme«, wurde ich von Frau

Becker, der Englischlehrerin, unterbrochen, die wie ein Wirbelwind ins Zimmer stürmte.

Ich wollte Lita noch zuflüstern, dass das alles keine Absicht gewesen war und dass es mir furchtbar leidtue, doch sie hörte mir gar nicht mehr zu. Stattdessen wartete sie, bis alle Schüler ihre Plätze eingenommen hatten, dann bat sie unsere Lehrerin, kurz mit ihr rauszugehen, da sie ihr etwas Wichtiges zu erzählen habe. Diese war zwar etwas verwundert, folgte Lita aber dennoch nach draußen.

Nach wenigen Minuten öffnete sich die Tür wieder und Frau Becker streckte kurz den Kopf herein, um noch ein paar weitere Mädchen nach draußen zu rufen. Nun wurde mir doch mulmig im Bauch. ›Was ist hier eigentlich los?‹, überlegte ich. ›Warum fragt sie nur die anderen und nicht mich selbst?‹ In der Klasse war es mucksmäuschenstill geworden. Keiner hatte mehr den Mut, etwas zu sagen, die Blicke zeigten Angst, Enttäuschung, Verwunderung und Wut zugleich. Wenig später kamen alle Mädchen wieder herein und mir wurde mitgeteilt, dass Frau Becker vor der Tür auf mich warten würde. Beim Aufstehen drehte ich mich noch kurz zu Lita, aber sie schaute geradeaus auf die Wandtafel, ganz so, als sei ich Luft für sie.

Als ich den Flur betrat, sah ich, wie meine Lehrerin ungeduldig auf der Bank saß und auf mich wartete. Ihr Blick … Wie soll ich es erklären? Frustriert? Traurig? Wütend? Langsam ging ich auf sie zu.

»Hören Sie, Frau Becker, es ist wirk…«

»Ich hatte dich gebeten, dich zu benehmen, Yosef, kannst du dich noch daran erinnern?«, unterbrach sie mich barsch.

»Aber Frau Becker, ich …«

Sie erstickte meinen Erklärungsversuch im Keim, indem sie die Hand hob und aufgebracht klarstellte: »Wir haben alle an dich geglaubt! Wir haben alle in dir einen neuen Yosef gesehen und dir mit offenem Herzen vertraut! Und was tust du, Yosef!?!« Ihre Stimme war immer lauter geworden. Langsam stand sie auf, beugte sich über mich und schrie: »Du kneifst Lita absichtlich in die Brüste und benimmst dich auch sonst bei deinen Mitschülerinnen übergriffig!«

Ich traute meinen Ohren nicht. Was hatten die Mädchen bloß Frau Becker erzählt? Es war schließlich nicht allein meine Schuld. Lita hatte begonnen mich zu nerven, sie war doch auch beteiligt. In mir kochte eine solche Wut auf, dass ich das Gefühl hatte, einen Menschen auseinanderreißen zu können. Ich atmete ein paar Mal tief ein und aus, wollte erst etwas sagen, doch als ich absolut keine Worte fand, drehte ich mich einfach um, ging wieder in die Klasse und auf meinen Platz zurück. Frau Becker kam mir wütend hinterhergelaufen. Die Klasse erstarrte, alle Blicke waren auf meine Lehrerin und mich gerichtet.

»Yosef Scheicho! Sofort raus aus dieser Klasse! Wir sind noch nicht fertig!«, schrie sie mich an.

Ich reagierte nicht darauf, starrte nur wütend geradeaus auf die Tafel und blieb einfach sitzen. Überfordert mit dieser Situation, die so eine ganz andere Wendung genommen hatte, fühlte ich mich völlig unfähig, irgendetwas zu tun.

Frau Becker wurde immer wütender. Sie wiederholte ihre Aufforderung noch zwei Mal, doch als ich keinerlei Reaktion zeigte, knallte sie die Tür hinter sich zu und verschwand. Erneut waren alle Augen meiner Mitschüler auf mich gerichtet, aber ich starrte immer noch schweigend die Tafel an.

Irgendwann wurde die Tür geöffnet und alle, auch ich, hoben die Blicke, um zu sehen, was nun passieren würde. Frau Becker betrat als Erste den Raum, ihr folgten Frau Kreuz und Herr König. Ohne irgendwelche Einleitung kam der Schuldirektor an meinen Platz und sagte laut und deutlich und für alle hörbar: »Herr Yosef Scheicho! Verlassen Sie auf der Stelle diesen Raum und das Schulgebäude. Ihr Zeugnis wird Ihnen per Post zugeschickt, zudem werde ich Ihre Eltern heute noch schriftlich über diesen Vorfall informieren.« Damit drehte er sich um und verließ die Klasse.

Ein Kloß steckte in meinem Hals und ich fühlte, wie meine Augen feucht wurden. Schweigend stand ich auf, packte meine Sachen zusammen und ging zur Tür. Bevor ich sie öffnete, drehte ich mich noch mal zu Lita um, aber sie schaute mich nur ganz kurz an und blickte dann auf die Seite. Meine Lehrerinnen schienen mit gemischten Gefühlen dazustehen. Aber wie dem auch sei: Ich verließ für immer die sechste Klasse der Orientierungsstufe.

Im Flur begann ich heftig zu weinen und rannte, so schnell ich konnte, aus dem Schulhaus.

Es war noch sehr früh am Morgen und ich hatte nicht den Mut, nach Hause zu gehen. Nach langem Überlegen beschloss ich, wieder in den Wald zu laufen. Vielleicht würde mir ja ein Morgenspaziergang durch die Natur guttun, dachte ich mir. Der Wald war genau gegenüber von unserer Schule, langsam ging ich dorthin. Ich war innerlich leer und am Erdboden zerstört. Als wäre ich in eine tiefe Schlucht gefallen und müsste nun, auf dem Boden in der Finsternis liegend, mit allen Wunden alleine zurechtkommen.

Wie sollte ich das meiner Familie erklären?

Mein Weg führte mich immer tiefer in den Wald hinein, und langsam spürte ich, dass ich müde wurde. Irgendwann setzte ich mich schließlich auf einen Baumstamm, an dem ein kleiner Bach vorbeiplätscherte. Lange starrte ich auf das fließende Wasser. Dann holte ich das Brot aus meiner Tasche, das meine Mutter mir morgens gemacht hatte, und fing an zu essen. ›Wie kannst du eigentlich noch das Brot deiner Mutter essen?‹, bedrängte mich da meine innere Stimme. ›Warum machst du Nichtsnutz eigentlich immer alles falsch? Leg das Essen deiner Mutter aus der Hand! Du beschmutzt deine Ehre und deinen Stolz, und dazu auch noch deine ganze Familie! Etwas anderes kannst du ja sowieso nicht! Was? Du willst deiner Familie erklären, dass das Ganze ein Missverständnis war? Die glauben doch eh alle, dass du schwul bist, nur weil du nicht so ein Macho bist wie die anderen Männer bei dir. Ach, hör' doch auf zu lügen, du Narr!‹, schrie mich meine innere Stimme jetzt an. ›Sag doch endlich die Wahrheit! Hast du es etwa nicht genossen, sie anzugrapschen?‹

Durch diese Einflüsterung, die sich immer schneller durch meinen Kopf drehte, bekam ich richtig Panik. Zudem schaffte ich es nicht mehr, das Brot zu essen, das meine Mutter für mich zubereitet hatte. Ich hatte es wirklich nicht verdient, das Essen einer so tollen Mutter zu essen. Wie sollte ich ihr je wieder aufrichtig ins Gesicht schauen können … Meine Mutter hatte mich doch nicht für so etwas auf die Welt gebracht und voller Liebe großgezogen.

Ich warf das Essen meiner Mutter in den Fluss. Wie ein kleines Schiff trieb das Fladenbrot davon, erst langsam, dann immer schneller, bis es schließlich ganz aus meinem Blickfeld verschwand.

›Vielleicht solltest du dich einfach umbringen, Yosef‹, dachte ich, während ich mühsam aufstand, ›dann wäre endlich alles vorbei.‹

Als ich zu Hause ankam, setzte ich mich, anstatt zu klingeln, erst einmal auf die kalte Stufe vor der Tür. Lange überlegte ich, welche Erklärung ich meiner Familie für mein Verhalten geben könnte. Doch mir war schnell klar, dass sie mich auf jeden Fall zusammenschlagen werden, welche Erklärung auch immer sie von mir hören.

In meine Überlegungen hinein öffnete sich plötzlich hinter mir die Tür. Ohne mich auch nur anzusehen, lief Rüya an mir vorbei, um den Müll rauszubringen. Erschrocken sprang ich auf und wollte sie gerade fragen, was unsere Mutter mache, als ich den Widerwillen mir gegenüber förmlich spüren konnte und mich nicht traute, sie anzusprechen. Manchmal sagt ein Blick mehr als tausend Worte. Zweifelsohne war der Brief angekommen, denn Rüya benahm sich mir gegenüber sonst nie so. Mindestens ein »Hallo« bekam ich immer von ihr.

Ich nahm meinen ganzen Mut zusammen und klingelte. Es dauerte nicht lange, bis Ali mir die Tür öffnete und mich dabei verwunderte anschaute, aber nichts sagte. Wie in Zeitlupe betrat ich das Haus und schloss die Tür hinter mir. Als ich merkte, dass niemand kam, rannte ich, so schnell ich konnte, in mein Zimmer und suchte Zuflucht in meinem Versteck. Kaum dass ich dort saß, hörte ich auch schon, wie jemand die Treppe hochkam. Ich wappnete mich innerlich gegen die bevorstehenden Schläge und rollte mich ganz klein zusammen.

»Yussuf!«, schrie dann aber mein kleiner Bruder. »Du sollst kurz zum Supermarkt gehen, um Butter zu kaufen, Mama hat keine mehr.«

Langsam hob ich meinen Kopf und blickte mich verwundert um. ›Was? Ich soll Butter kaufen gehen? Ist denn der Brief noch nicht angekommen? Beim letzten Mal war doch alles so schnell gegangen.‹

Ich wollte die Situation nicht noch schlimmer machen, als sie ohnehin schon war, gehorchte deswegen und begab mich nach unten. Als ich durchs Wohnzimmer ging, sah ich meinen Vater, Mustafa und Hassan auf dem Sofa sitzen und über etwas diskutieren. Als sie mich bemerkten, fingen sie alle an zu lachen.

»Da ist er ja, mein kleines Macho-Weichei«, sagte mein Vater immer noch lachend und wandte sich dann wieder meinen Brüdern zu.

Ich verstand die Welt nicht mehr. Was hatte das jetzt zu bedeuten? Und weshalb erwähnte noch immer keiner den Brief? Ohne auf den dummen Satz meines Vaters zu achten, huschte ich schnell in die Küche. Meine Mutter stand mit dem Rücken zu mir und war am Waschbecken beschäftigt, Rüya und Leya diskutierten über ein Frauenthema. Ali und Rima waren zwar auch da, aber zu sehr mit dem Essen beschäftigt, um noch etwas anderes mitzubekommen.

»Yussuf, bist du das?«, fragte meine Mutter mit kalter Stimme, ohne sich zu mir umzudrehen.

»Ja, Mummy, du wolltest, dass ich zum Supermarkt gehe. Darf ich noch kurz etwas essen, ich habe Hunger?«

»Setz dich da auf den freien Stuhl hin«, sagte sie nur, ohne weiter auf mich einzugehen.

Mir war bereits beim Reinkommen dieser Stuhl aufgefallen, der in der Mitte des Raumes stand und in die Richtung meiner Mutter zeigte. Ich ahnte, was jetzt kommen würde, gehorchte der Aufforderung aber trotzdem und setzte mich, ohne auch nur einen Mucks von mir zu geben. Um mich herum herrschte nunmehr unheilvolles Schweigen. Ich beobachtete meine Mutter, wie sie noch kurz ihre Hände abtrocknete, dann zur Schublade ging und einen Kochlöffel herausholte. Als sie sich nun umdrehte, sah ich, dass sie vor lauter Weinen ganz rote und verquollene Augen hatte. Nun kam sie schnell auf mich zu und begann, mit dem Kochlöffel überall auf mich einzuschlagen. Ich bedeckte mein Gesicht mit den Händen und flehte sie an, damit aufzuhören.

»Ach so«, sagte sie laut und schlug noch fester zu. »Ich soll aufhören, ja? Nicht nur, dass du frech bist und nichts auf die Reihe bringst, jetzt befummelst du auch noch Mädchen? Und dann bettelst du, dich in Ruhe zu lassen, ja?«

Sie machte eine kurze Pause, und als ich meine Hände vom Gesicht nahm, nutzte sie die Gelegenheit, mir mitten ins Gesicht zu spucken.

»Ich schäme mich so sehr, dass du mein Sohn bist, ich wünschte, ich hätte dich niemals geboren, verstehst du mich!«, schrie sie weiter.

Das war das erste Mal, dass meine Mutter sich auf diese Weise gegen mich wandte. Ich fühlte mich, als würde sie mein Herz mit einem Messer herausschneiden und es wie etwas Nutzloses, wie ein Stück Dreck in den Müll schmeißen. Jetzt wurden *meine* Augen feucht. In diesem Moment dachte ich, ich hätte ihr Herz komplett verloren. Ich dachte, sie würde mir niemals mehr vergeben. Ich dachte, ich hätte den Menschen verloren, der mir in meinem Umkreis am meisten bedeutete und bisher immer zu mir gehalten hatte. Ich dachte wirklich, es sei aus und vorbei.

Als meine Mutter sah, dass ich wie ein kleines Kind anfing zu weinen, hörte sie mit allem auf und wir starrten uns einige Sekunden nur an. Dann verpasste sie mir eine harte Ohrfeige. »Verschwinde aus meinem Blickfeld! Ich will dich in nächster Zeit, am besten die nächsten Monate, nicht mehr sehen! Oder weißt du was? Geh und erhäng dich, damit ich dich nie mehr wieder sehen muss!«, ließ meine Mutter weiter ihre Flüche gegen mich los.

Ich knallte die Tür zu und rannte zu meinem Vater, der noch immer genießerisch rauchend mit meinen Brüdern im Wohnzimmer saß. Vor den dreien lag ein zusammengefalteter Brief. Das musste er sein. Wortlos schnappte ich mir den Brief und wollte mich gerade aus dem Staub machen, als Hassan mich an den Haaren packte und nach hinten zerrte.

»Wo willst du denn hin?«, schrie er mich an.

Noch bevor ich etwas sagen konnte, mischte sich mein Vater ein.

»Lass ihn nur. Soll er den Brief nehmen und lesen, wenn er meint, dass er das braucht. Ich bin wirklich froh darüber, denn nun weiß ich wenigstens, dass ich keine Schwuchtel im Haus habe.«

Mein Vater lachte weiter vor sich hin.

›Was steht bloß in diesem Brief, dass mein Vater so gute Laune hat?‹, wunderte ich mich.

Hassan schubste mich nach vorne. An seinem starren Blick erkannte ich, dass die Sache für ihn noch nicht vorbei war. Bevor einer von den dreien es sich noch anders überlegen würde, lief ich mitsamt dem Brief schnell auf mein Zimmer und setzte mich aufs Bett. Mein Herz klopfte bis zum Hals, als ich ihn öffnete und zu lesen begann. Und je weiter ich las, desto fassungsloser wurde ich, desto mehr dachte ich, das könne alles gar nicht sein. Der Brief war an meine Eltern gerichtet und informierte sie darüber, dass ich für den Rest des Schuljahres vom weiteren Schulbetrieb ausgeschlossen sei. Vorgeworfen wurde mir sexuelle Nötigung meiner Mitschülerinnen, indem ich sie auf den Hintern schlagen würde, ihre Brüste massieren, sie in eine Ecke drängen und meinen Körper an ihnen reiben sowie beim Schwimmunterricht zwischen ihre Beine fassen. Einige meiner Mitschülerinnen wären Zeugen für diese Vorkommnisse. Mein Zeugnis würde mir zu gegebener Zeit zugeschickt. Unterschrieben war der Brief von Herrn König, Frau Becker und Frau Kreuz.

Langsam erhob ich mich wie ein Geist von meinem Bett, konnte mich aber nicht bewegen, sondern blieb erst wie zu einer Salzsäule erstarrt stehen. Die Gedanken jagten sich wild in meinem Kopf: Das stimmte so doch alles gar nicht! Und warum hörte mich keiner an? ›So etwas lasse ich mir nicht gefallen!‹ Muslimisch-arabische Familie und deren kulturelle Gepflogenheiten hin oder her, auch deutsche Familien hätten es niemals akzeptiert, dass ihr Kind für etwas beschuldigt wird, ohne dass es überhaupt dazu befragt und angehört wurde. Und ich auch nicht!

Die Erstarrung löste sich von mir, ich schaute auf die Zimmeruhr. Es war kurz vor zwölf. Voller Zorn faltete ich den Brief wieder zusammen, steckte ihn in meine hintere Hosentasche und schlich mich nach unten in den Flur. Leise zog ich meine Schuhe an, verließ unbemerkt das Haus und rannte zur Schule. In diesem Moment war mir alles egal. Ich nahm auf niemanden Rücksicht, stieß oft gegen andere Passanten oder lief über rote Ampeln, ohne vorher nach links oder rechts zu schauen. Immer wieder schimpften Menschen hinter mir her, aber ich hatte nur ein Ziel im Sinn: diese verdammte Schule!

6

Als ich vor der Schule stand, holte ich noch einmal tief Luft, bevor ich die Tür öffnete und das Gebäude betrat. Überall war es verdächtig still – außer den Lehrern war wohl niemand mehr da. Ich rannte an das andere Ende des Gebäudes und steuerte Herrn Königs Zimmer an. Vor und im Lehrerzimmer standen noch einige Lehrer, die diesen grässlichen Vorfall natürlich alle mitbekommen hatten und mich nun entsprechend anstarrten.

»Herr Scheicho! Was wollen Sie noch hier!«, rief eine laute Stimme vom Ende des Flurs hinter mir her.

Das war Frau Kreuz. Sie traute wohl ihren Augen nicht, als sie mich hier im Gebäude sah. Ohne zu antworten, verharrte ich einen Augenblick, dann riss ich, ohne anzuklopfen, die Tür zum Direktorenzimmer auf und stürmte hinein. Im Hintergrund hörte ich das leise Geflüster der anderen Lehrer, die alle nur fassungslos dastanden und sich nicht rührten.

Herr König war sehr überrascht, mich schon wieder zu sehen. »Ist noch was?«, fragte er ganz ruhig, während er fortfuhr, irgendwelche Akten auf seinem Schreibtisch zu ordnen.

»Warum haben Sie in diesem Brief gelogen?«, fragte ich nur kurz.

»Gelogen?«, er schaute mich mit ernstem Blick an. »Sexuelle Belästigung und Nötigung dulde ich nicht an dieser Schule. Das wird an keiner Schule in diesem Land geduldet. Mir ist es egal, ob so etwas in anderen Kulturen als Kavaliersdelikt oder Ähnliches gewertet wird – in unserer Kultur wird so ein Verhalten nicht akzeptiert. Punkt, aus und Schluss mit diesem Thema!«

»Aber ich habe nie einem Mädchen im Schwimmunterricht zwischen die Beine gefasst und …«

»Sei still!«, unterbrach mich Herr König barsch, »Details interessieren mich nicht. Mehrere deiner Mitschülerinnen haben bezeugt, dass du absichtlich Litas Brüste berührt hast …«

»Aber das war ein Versehen!«, unterbrach ich ihn mit zorniger Stimme. »Und sie hatte mir eine Ohrfeige verpasst. Ich bin ein Mann. Eine Frau darf einen Mann niemals schlagen. Sie hat mich total erniedrigt damit. In unserer Kultur …«

»Schluss jetzt!«, schrie Herr König und schlug mit der Faust auf seinen Schreibtisch.

Ich stand völlig verdattert da, noch nie hatte ich unseren Direktor so aus der Fassung geraten sehen.

Jetzt stand er langsam aus seinem Ledersessel auf, schritt um den Schreibtisch und baute sich vor mir auf. Seine Stimme hatte etwas Bedrohliches, als er leise, aber deutlich sagte: »Yosef Scheicho, entweder du wirst lernen, dich an dieses Land anzupassen und unsere Gesetze und Regeln zu befolgen …«, er machte eine kurze Pause und beugte sich noch etwas weiter zu mir herunter, »… oder du wirst zeit deines Lebens ausgeschlossen bleiben.« Er trat einen Schritt zurück und schaute mich ruhig, aber eindringlich an, dann nahm er wieder hinter seinem Schreibtisch Platz und sagte: »Und dasselbe gilt für deine Familie. Und jetzt geh!«

Auf dem Heimweg hallten die Worte von Direktor König in meinem Kopf nach wie ein lauter Knall, den man auch dann noch zu hören meint, wenn er längst verklungen ist. Als ich zu Hause ankam, lief ich direkt zu meiner Mutter in die Küche und sah, dass sie immer noch feuerrote Augen hatte. Es zerriss mir mein Herz, sie so zu sehen. Ich hätte vieles gegeben, um sie wieder glücklich zu machen. Als Erstes wollte ich es mit einer Erklärung versuchen und legte deshalb ohne Einleitung los: »Ich schwöre bei Allah, dass ich so etwas nie mehr machen werde, Mummy.«

Sie reagierte nicht darauf, schaute mich noch nicht einmal an und fuhr einfach mit ihrer Arbeit fort. Lange blieb ich still an meinem Fleck stehen, wartete auf eine Reaktion und guckte sie dabei sehr traurig an. ›Ich habe doch bei Allah geschworen, warum sagt sie denn nichts?‹, ging mir durch den Kopf. Als mir klar wurde, dass sie nicht mit mir sprechen würde, fing ich einfach an, ihr alles zu erzählen: die Vorfälle mit Lita an der Bushaltestelle und im Klassenzimmer, die erniedrigende Ohrfeige von ihr, die ganzen Missverständnisse, wie ich mich ständig hin und her gerissen fühlte, das Gespräch mit Direktor König – ich schüttete mein ganzes Herz aus.

Meine Mutter unterbrach mich kein einziges Mal, aber sie schaute mich auch kein einziges Mal an.

Doch bevor ich wieder traurig werden konnte und alle Hoffnung aufgab, hörte ich, wie mein Herz zu mir sprach: ›Sie ist deine Mutter, Yosef. Mach dir nicht die Mühe, ihr alles umständlich zu erklären. Sie kennt die Wahrheit. Glaube mir.‹ Mein Herz hatte zwar recht, aber ich wollte es so gerne auch persönlich von ihr hören. Nach langem, vergeblichen Warten auf eine Antwort wandte ich den Blick von ihr ab, starrte auf den Boden und sagte leise: »Du bist meine Mutter und weißt ganz genau, wen du großgezogen hast. Bitte vergib mir, Mummy.«

Ich blieb noch kurz stehen und wartete, ob sie vielleicht darauf reagieren würde. Als dann aber immer noch nichts kam, drehte ich mich um und ging zur Tür. Doch genau in dem Moment, als ich den Griff nach unten drückte, hörte ich, wie meine Mutter mit bebender Stimme nach mir rief: »Yussuf …«

Gleich darauf lagen wir uns in den Armen. Meine Mutter konnte nicht aufhören zu weinen, küsste mich immer wieder und roch an meinen Haaren.

Sie war und ist bis heute noch immer meine Allerliebste: Die Frau, die mir immer vertraute und in jeder auch noch so schwierigen Situation an meiner Seite stand. Eine wahre Mutter, die ihr Kind niemals von sich stoßen würde. Es war ein unglaublich schönes Gefühl, nach all dem, was an diesem Tag geschehen war, wieder in ihren Armen liegen zu dürfen. Heute und aus der Distanz betrachtet, muss ich sagen, dass mir damals überhaupt nicht bewusst war, dass meine Mutter vermutlich genau im gleichen Zwiespalt wie ich selbst steckte: hin und her gerissen zwischen einer patriarchalischen Kultur, die sie unbedingten Gehorsam und Loyalität gegenüber meinem Vater gelehrt hatte, und dem Wunsch, freier zu sein, ihre eigene Meinung im außen und innen mehr vertreten zu können.

Als ich nachts in meinem Bett lag, dachte ich noch sehr lange über diesen Tag nach. Ich bin zwar von der Schule entlassen worden, fühlte mich aber trotzdem wohl, da ich das Herz meiner Mutter wieder zurückgewonnen hatte. Das war mir besonders wichtig.

Ich lächelte beglückt vor mich hin und war gerade am Einschlafen, als ich hörte, wie sich die Tür zu Hassans Zimmer langsam öffnete. Kurz darauf stand er vor meinem Bett. Ohne Vorwarnung hielt er mir mit einer Hand den Mund zu und flüsterte mir ins Ohr: »Wenn du auch nur einen Mucks von dir gibst, bringe ich dich um, ist das klar?«

Ich nickte kurz, schaute ihm im fahlen Licht tief in die Augen und ahnte schon, was nun kommen würde.

»Steh auf und geh in mein Zimmer, los! Und untersteh dich, auch nur das leiseste Geräusch von dir zu geben!«

Ich sah, dass er etwas in der Hand hielt, konnte aber in der Dunkelheit nicht erkennen, was es war. Vor Angst gehorchte ich ihm, ohne ein Wort zu sagen. Als wir dann in seinem schwach beleuchteten Zimmer waren, zwang er mich, mein Oberteil auszuziehen und mich genau vor ihn zu setzen.

»So, und nun schließ deine Augen. Wenn ich auch nur ein Wort von dir höre, bist du ein toter Mann, Yussuf.«

Ich schloss meine Augen und fing an, zu Allah zu beten. Doch noch bevor ich mein Gebet richtig begonnen hatte, klatschte der erste Schlag mit seinem Ledergürtel auf meinen Rücken. Ich schrie vor Schmerz kurz auf, aber seine Hand, die er umgehend von hinten auf meinen Mund presste, erstickte jedes weitere Geräusch von mir im Ansatz.

»Hab ich nicht gesagt, du sollst still sein und deine Augen geschlossen halten! Wer Frauen missbraucht, hat hier gar nichts zu sagen!«

Ich starrte ihn schweigend an und umklammerte meinen Körper mit meinen Armen.

»So etwas wie dich brauchen wir nicht in der Familie! Du bist kein Mann. Du bist eine Schande, Yussuf!«

Den letzten Satz wiederholte er bei jedem Schlag auf meinen Rücken.

٦

Bahlburg war ein sehr kleiner Ort, in dem sich fast alle Bürger gegenseitig kannten. Innerhalb weniger Tage hatte sich das Gerücht über mich wie ein Lauffeuer durch das ganze Dorf verbreitet. Von Tag zu Tag wurde ich immer mehr ausgegrenzt. So fing zum Beispiel ein Großteil der Menschen, die mich kannten, an, nicht mehr zu grüßen, sondern sie huschten nur wie Geister an mir vorbei. Das Einzige, was von ihnen noch kam, waren die kalten, vielsagenden Blicke, die sie mir zuwarfen. Am schlimmsten war es aber innerhalb der Nachbarschaft, wo die Leute gar nichts mehr mit mir zu tun haben wollten. Ich fühlte mich dreckig und zurückgelassen. Zurückgelassen von Freunden, die mir so viel bedeutet hatten und die mich nun rigoros aus dem sozialen Gefüge kickten. Den Grund dafür habe ich niemals verstanden. Keiner dieser Menschen hat mich auch nur einmal gefragt, was überhaupt los gewesen war. Selbst die arabischen Freunde meiner Eltern, die ebenfalls im Dorf lebten, beachteten mich kaum noch und untersagten ihren Töchtern den Kontakt mit mir, obwohl meine Mutter ihnen alles bis ins kleine Detail erklärt hatte. Doch das half alles nichts. Jeder dachte nur, dass eine

Mutter die dreckigen Schatten ihres Sohnes verdecken wollte. Ja, selbst im Supermarkt kannten mich jetzt alle als sexuellen Nötiger, gifteten mich an und halfen mir noch nicht einmal, wenn ich nach etwas suchte. Dazu kam noch, dass sich das Gerücht über Bahlburg hinaus weiterverbreitete, sodass auch Freunde, Bekannte und Verwandte, die in Winsen und Hamburg lebten, alles mitbekamen.

Das alles erschütterte mich tief. Gerade mal 13 Jahre alt, traute mich nicht mehr auf die Straße und verbrachte die meiste Zeit nur noch in meinem Zimmer. Selbst in den Wald ging ich nicht mehr, aus Angst, wieder den Blicken und Kommentaren der Menschen ausgesetzt zu sein. Und auch meiner Familie konnte ich nicht mehr ins Gesicht schauen, denn alle schämten sich meinetwegen und wurden bei vielen Menschen sehr unbeliebt und genauso wie ich oft erbarmungslos ausgegrenzt. Es gab nur noch sehr wenige Menschen, die mir nach wie vor offen begegneten, und das waren die Frauen bei uns im Haus. Meine Mutter hatte immer noch ihr weiches und zugleich mutiges Herz, sie stand zu mir und zögerte auch nicht, sich mit mir auf der Straße zu zeigen.

Eines Tages war ich bei ihr in der Küche, um ihr bei der Zubereitung des Mittagsessens etwas zur Hand zu gehen. Appetit hatte ich natürlich nicht. Ich aß kaum etwas zu dieser Zeit und wurde noch dünner, als ich es eh schon war. Meine Mutter hatte schon Angst, ich würde magersüchtig werden. Meinem Vater und meinen Brüdern war das natürlich vollkommen egal, vielleicht hätten sie sich sogar gefreut, wenn ich gestorben wäre, dann hätten sie eine Sorge weniger gehabt auf dieser Welt. Ich war so am Ende, dass ich nur noch in diesen negativen Mustern denken konnte. Mir schien, als sei die Zeit zurückgedreht worden und alles sei wieder wie früher – genau wie zu der Zeit, als ich meinen Hasen noch hatte.

Als ich aufstehen und in mein Zimmer gehen wollte, versuchte meine Mutter mich, oder auch sich selbst, zu trösten: »Es ist nicht wichtig, was die anderen denken oder erzählen. Allah weiß alles. Das ist das, was zählt, mein Sohn.«

Ich blieb kurz stehen und schaute sie an. Als sie dann zu mir hochblickte, floss eine kleine Träne über ihr Gesicht und sie schenkte mir ein so warmes Lächeln voller Liebe, dass ich es bis heute tief in meinem Herzen bewahrt habe. Sie hatte recht mit dem, was sie sagte. Das wusste ich, und ich zweifelte auch niemals daran. Doch es änderte nichts an meiner Situation.

Einige Wochen später wurde mir mein Zeugnis per Post zugestellt. Dem Brief lag auch das Empfehlungsschreiben für die weiterführende Schule bei, in meinem Fall für die Realschule, was mich sehr freute. Trotz der extrem schwierigen Situation hatte sich die Lehrerschaft mir gegenüber sehr fair verhalten, was ich ihr hoch anrechnete.

Nach all der Finsternis und dem Grauen der letzten Wochen war das endlich eine gute und frohe Botschaft, die mein Herz wieder etwas aufblühen ließ. Begeistert rannte ich zu meiner Mutter, die mit den restlichen erwachsenen Familienmitgliedern im Wohnzimmer saß, und teilte ihr den Inhalt dieses Briefes mit. Sie lächelte mich nur abwesend an und wandte sich dann wieder den anderen zu, die auch keinen Ton von sich gaben.

›Was haben die denn für einen Gesichtsausdruck?‹, dachte ich. Es war schon wieder irgendetwas los, das hätte ja selbst ein Blinder gemerkt. Ich schaute forschend von einem zum anderen, bis mein Vater mich sanft aufforderte: »Los, Yussuf, geh auf dein Zimmer.«

Verwundert sah ich ihn an. Ich verstand die Welt nicht mehr. Warum ist mein Vater auf einmal so freundlich zu mir? Und weshalb hat er gleichzeitig einen so traurigen Blick?

»Darf ich gehen und mich in der Realschule anmelden, Baba?«, fragte ich vorsichtig.

»Geh nur, mein Sohn«, antwortete mein Vater mit rauer Stimme.

Die Atmosphäre war wie bei einer Trauerfeier. Keiner freute sich oder gratulierte mir für mein Schreiben. Dann fiel mir ein offener Brief auf, der in der Mitte des Tisches lag. ›Ob das wohl der Grund für alles ist?‹, überlegte ich. Ich nahm meinen ganzen Mut zusammen und fragte: »Mummy? Ist etwas passiert?«

Mein Vater wandte seinen Blick noch mal zu mir, diesmal aber sehr wütend, und schrie mich dann an: »Ich sagte, du sollst verschwinden! Hörst du mich?!«

Wie der Blitz sauste ich aus dem Raum, aus Angst, es könnte jemand seinen Frust wieder an mir auslassen. Auf meinem Zimmer sammelte ich schnell alle nötigen Unterlagen für die Anmeldung zusammen, bevor ich mich leise aus dem Haus schlich. Seit ich das Wohnzimmer verlassen hatte, hatte ich das Bild meiner Familie vor Augen. Ihre Gesichter ... Diese ängstlichen Trauerblicke ... Irgendetwas musste passiert sein! Die letzten Monate waren überhaupt so seltsam gewesen. Unsere schönen Sachen waren verschickt worden, unsere Familienfotos zerstört, und jetzt benahm sich jeder so, als wäre jemand gestorben.

Diese Gedanken drehten sich wie ein Karussell in meinem Kopf, bis ich mein Ziel erreicht hatte.

Vor der Tür meiner zukünftigen Schule blieb ich zunächst stehen und starrte auf den Boden. Ich hatte einfach Angst, dass auch hier wieder etwas Schlimmes passieren würde und meine ganze Freude, die sowieso schon durch das Verhalten meiner Familie stark angeknackst war, vollends ins Nichts stürzen würde. Doch dann erinnerte ich mich daran, was meine Mutter mir gesagt hatte – Allah wisse alles –, murmelte *»Bismillah«* und betrat das Gebäude. Gleich am Eingang fragte ich eine Dame nach dem Weg für die Anmeldung. Sie lächelte mich an und wies auf eine Tür, vor der eine kleine Schlange stand. Höflich bedankte ich mich und ging langsam auf die kleine Menschenmenge zu.

Das dreistöckige Gebäude war zwar etwas alt, wurde aber immer gut gepflegt. Der Flur zog sich durchs ganze Gebäude, an den Seiten ringsherum befanden sich die jeweiligen Klassenzimmer und die zusätzlichen Räume für Kunst, Biologie, Physik und Chemie. Außerdem gab es noch eine große freie Fläche mit Bühne, die für Schulversammlungen und Theateraufführungen genutzt wurde. Von ganz oben hatte man einen guten Blick auf diese freie Fläche unten.

Als ich zur Schlange kam und sah, wer sich dort alles angestellt hatte, erstarrte ich: Viele der wartenden Menschen kannte ich; teilweise waren es die Eltern von früheren Mitschülern oder Freunden. Zu allem Überfluss entdeckte ich im vorderen Drittel auch noch Litas Mutter. Schnell drehte ich mich um und versuchte, mich unauffällig auf eine Bank gegenüber der Tür des Direktorenzimmers hinzusetzen. Doch leider erfüllten sich meine Hoffnungen nicht, unerkannt bis zum Direktor zu kommen, um mich anzumelden: Eine der wartenden Mütter flüsterte Litas Mutter etwas ins Ohr und zeigte dann mit dem Kopf auf mich. Diese drehte sich sofort um und fing an, vielsagend zu nicken. Kurz danach unterhielt sie sich mit den anderen Eltern über mich. Was sie sagte, konnte ich zwar nicht verstehen, aber ihre Blicke und wie sie verächtlich mit dem Kopf auf mich wies, machten ihre

Absichten mehr als deutlich. Auch die anderen Mütter starrten mich nun an und begannen zu reden.

In diesem Moment habe ich mich wirklich sehr geschämt, es war eine äußerst erniedrigende Situation. Vor lauter Scham konnte ich gar nicht mehr in Richtung der Schlange schauen, sondern hatte meinen Blick starr auf den Boden gerichtet. Erst als ich aus den Augenwinkeln bemerkte, dass sich die Mutter einer anderen Freundin zu mir setzte und mich anlächelte, hob ich wieder langsam meinen Kopf. Litas Mutter war nicht mehr zu sehen, vermutlich war sie gerade beim Rektor.

»Wie geht es dir, Yosef?«, fragte die Dame neben mir ganz freundlich.

»Danke, Frau Schollmann, und Ihnen?«, antwortete ich erleichtert, denn die Reaktion von Litas Mutter hatte mich schon das Schlimmste befürchten lassen.

»Danke, mir geht es gut. Du willst dich wahrscheinlich auch hier anmelden, habe ich recht?«

»Ja, und ich bin total glücklich darüber«, antwortete ich schüchtern und schaute wieder auf den Boden.

»Keine Angst«, sagte sie lächelnd. »Jeder macht mal Fehler in seinem Leben. Hauptsache, man erkennt selbst, dass man einen Fehler gemacht hat, und lernt daraus. Ich bin mir sicher, dass du im Grunde deines Herzens weißt, was richtig und was falsch ist. Lass den Kopf nicht hängen und zeig allen, dass du kein schlechter Junge bist.«

Ich traute meinen Ohren kaum und hörte ihr mit offenem Mund zu. Nach so langem Leid und Schmerz war es für mich nahezu unglaublich, so offene Worte zu hören.

»Frau Schollmann, weshalb denken Sie so? Wie kommt es, dass Sie zu mir stehen?«, brachte ich nur stotternd über meine Lippen.

»Weil wir jeden zunächst als Mensch sehen und unseren Horizont nicht durch Vorurteile und Vorverurteilungen einschränken lassen sollten. Eine solche Geisteshaltung hat dieses Land schon einmal an den Rand des Abgrunds gebracht. Zudem kann man an vielen anderen Beispielen sehen, wohin das führt.« Dann stand sie auf und verabschiedete sich mit einem warmen Lächeln.

Was genau Frau Schollmann mit dem Satz meinte, verstand ich in diesem Moment nicht so ganz. Erst einige Jahre später wurde mir die enorme Tragweite und Bedeutung ihrer Worte bewusst. Und obwohl ich die tiefere Bedeutung dessen, was Frau Schollmann mir mitgegeben hatte, nicht erfasste, waren mir ihre Worte dennoch Trost und Motivation zugleich, zukünftig mein Bestes zu geben und mich dabei nicht von den dunklen Fallstricken des Lebens aufhalten zu lassen.

8

In der Aula der Schule herrschte Chaos, keines der vielen Gesichter kam mir zunächst bekannt vor. Jeder suchte nach einer freien Sitzmöglichkeit, bevor der Direktor gleich mit seiner Rede beginnen würde. Als ein Großteil Platz genommen hatte und die Lage übersichtlicher wurde, entdeckte ich einige meiner früheren Mitschüler, die in der vorderen Reihe saßen und mir von dort aus fröhlich zuwinkten. Auch Lita und Martin waren dabei. Nach all dem, was sie und ihre Mütter mir angetan hatten, wusste ich gar nicht, woher die Freude der beiden kam. Ich winkte aber trotzdem allen kurz zurück und wandte dann meinen Blick der Bühne zu, denn der Schuldirektor betrat gerade den Saal.

Obwohl die Rede des Rektors relativ lange dauerte, war sie im Grunde doch nicht anders als die Reden, die ich von meinen bisherigen Schulen kannte. Er erzählte etwas über die Schule und ihre Geschichte, erwähnte die wichtigsten Regeln und stellte uns einige Lehrer vor, die besondere Aufgaben erfüllten oder die Verantwortung für verschiedene Projekte hatten. Dabei fielen mir besonders zwei Lehrerinnen auf, zwei Psychologinnen, die erzählten, dass sie Kinder dieser

Schule bei Problemen kostenlos und unkompliziert unterstützen würden. Oder ihnen auch nur zuhören, wenn sie gerade in schulischen oder familiären Problemen steckten.

Das war neu für mich, denn weder auf der Grundschule noch auf der Orientierungsstufe hatte es so etwas gegeben. Die eine mit den kurzen, blond gelockten Haaren kannte ich schon: Das war Frau Richter, die frühere Klassenlehrerin von Leya. Sie war auch schon öfter bei uns zu Hause gewesen, und obwohl wir uns nie richtig miteinander unterhalten hatten, war sie mir sehr sympathisch. Die andere, Frau Horn, kam mir ebenfalls bekannt vor, wenngleich ich mich momentan nicht erinnern konnte, woher.

Nach dieser Vorstellungsrunde wurden noch kurze Theaterstücke vorgeführt und einige Lieder gesungen. Dann begann der Rektor, die Klassen aufzuteilen: Die Klassenlehrer standen auf der Bühne und die Kinder, die für die erwähnte Klasse aufgerufen wurden, reihten sich in der Schlange hinter ihren jeweiligen Lehrern ein. Jedes Mal, wenn eine Klasse vollständig war, durfte sie mit ihrem Lehrer zum Klassenzimmer gehen. Da der Rektor über die Vorfälle auf der Orientierungsstufe natürlich Bescheid wusste und das auch schon bei der Anmeldung ein Thema zwischen uns gewesen war, versuchte ich, jeden direkten Kontakt zu ihm zu vermeiden. Er starrte mich auch nur kurz an und zeigte dann mit dem Kopf in die Richtung, in die ich gehen sollte. Ich habe wirklich nichts anderes erwartet. Es war nur erstaunlich, dass er bei den vielen neuen Schülern mein Gesicht und meinen Namen nicht vergessen hatte. Ich denke, der Rest der sitzenden Schüler hat diesen Vorfall sehr gut mitbekommen, denn als Schüler der zukünftigen 7 a war ich einer der Ersten auf der Bühne. Bald waren wir vollzählig und machten uns auf den Weg zu unserem neuen Klassenzimmer. Leise und unauffällig setzte ich mich in die letzte Reihe und wartete mit den anderen auf unsere Klassenlehrerin. Ich hatte schon auf der Bühne gemerkt, dass ich niemand von meinen neuen Mitschülern kannte. Der Rektor hat mich tatsächlich in eine Klasse gesetzt, in der ich ganz allein war – dass ich damit auch die Chance eines Neuanfangs hatte, habe ich damals nicht verstanden.

Neidisch schaute ich zu, wie sich meine Klassenkameraden aufeinander freuten, sich umarmten, küssten und gleich anfingen, sich gegenseitig von ihren Ferienerlebnissen zu erzählen. Viele waren im Süden, manche auch an ganz exotischen Orten gewesen, die ich noch nicht einmal vom Namen her kannte. Ich saß allein und unbeachtet inmitten dieses Trubels.

Als die Lehrerin gekommen war, fingen wir erst einmal an, uns alle gegenseitig vorzustellen, erzählten kurz etwas über uns und berichteten, was wir die Ferien über unternommen hatten. Die Vorstellung war mehr oder weniger nur für Frau Berg, so hieß meine Klassenlehrerin, und mich. Wer nicht gerade mit Erzählen dran war, beschäftigte sich mit etwas anderem oder unterhielt sich leise mit dem Nachbarn, da sich sowieso schon alle kannten. Je näher die Reihe zu mir kam, desto nervöser wurde ich. ›Was ist, wenn hier jeder meinen Namen kennt, wenn mich hier auch alle gleich in die Schublade des sexuellen Nötigers stecken?‹, fragte ich mich panisch. Am liebsten hätte ich einfach meine Tasche gepackt und wäre, ohne etwas zu sagen, aus dem Raum gerannt. Doch das ging natürlich nicht.

»Okay, und der Nächste bitte«, sagte Frau Berg da auch schon und lächelte mich kurz an.

Zitternd stand ich auf, ohne dabei jemandem ins Gesicht zu gucken. Meine Blicke gehörten nur dem Tisch vor mir. Da mich aber tatsächlich keiner kannte, wurde es mucksmäuschenstill in der Klasse. Sämtliche Mitschüler schauten mich an und warteten gespannt auf das, was ich sagen würde. Leise begann ich, vor mich hin zu flüstern: »Mein Name ist Yosef Scheicho und ich bin dreizehn Jahre alt.«

»Und aus welcher Schule kommst du?«, fragte mich meine Lehrerin.

»Aus der Orientierungsstufe Bahlburg.«

»Ah, das ist ja schön, dann warst du also gleich unser Nachbar hier«, sagte sie lächelnd und fügte hinzu: »Darf ich dich fragen, aus welchem Land du kommst, dein Vorname ist Deutsch, der Nachname aber nicht. Außerdem siehst du mir auch gar nicht aus wie ein Deutscher.«

»Ich bin Araber und komme aus dem Libanon.«

Gerade als Frau Berg noch mal nachfragen wollte, erlöste mich die Schulglocke von meiner Not, was mich sehr erleichterte.

»Also gut, in der nächsten Stunde, die wir zusammen haben, machen wir weiter«, sagte sie noch kurz und packte dann ihre Sachen zusammen.

Als ich später auf dem Heimweg war, fing es an zu nieseln. Ich mochte den Regen schon immer gerne und es hatte mich noch nie gestört, wenn ich nass wurde. Also ging ich auch jetzt gemächlich meinen Weg weiter und genoss jeden einzelnen Tropfen, der meine Haut berührte. Bei uns im Arabischen sagt man immer: *Al-Matar fiyu Barake*, was auf Deutsch übersetzt *Regen bringt Segen* bedeutet.

Als ich zu Hause ankam und klingelte, öffnete meine Mutter mir die Tür und schenkte mir ein warmes, strahlendes Lächeln, das mich all meine Sorgen vergessen ließ. Wortlos lächelte ich zurück und wollte gleich die Treppe hochgehen.

»Yussuf?«, stoppte sie mich jedoch mit ihrer sanften Stimme. »Willst du mir denn nicht erzählen, wie dein erster Tag auf der Realschule war? Hast du schon Freunde gefunden?«

Langsam drehte ich mich um und sah noch mal ihr unbeschreiblich schönes Lächeln. »Es war ganz schön, Mummy, ich habe viele neue Klassenkameraden und neue Lehrer, die sehr nett sind.«

»Das freut mich, mein Junge. Habt ihr auch schon mit dem Unterricht begonnen?«

»Nein, Mummy, heute haben wir uns alle nur gegenseitig kennengelernt.«

»Na, dann wasch dir deine Hände und komm, mein Schatz«, forderte sie mich auf. »Das Essen ist fertig. Ich habe Lahmacun gemacht. Das magst du doch immer so gerne.«

Sie machte sich auf den Weg ins Wohnzimmer, und nachdem sie die Tür hinter sich geschlossen hatte, rannte ich weinend die Treppe hoch und suchte Zuflucht in meinem Versteck hinter der Couch. Dort lehnte ich meinen Kopf gegen die Fensterscheibe und betrachtete das mittlerweile starke Gewitter. Dicke Regentropfen prasselten gegen das Glas und suchten sich dann ihren Weg nach unten. Wie schön und beruhigend dieser Anblick doch war. Er ließ mich über alles nachdenken, wobei mir wieder das Lächeln meiner Mutter vor Augen kam.

Die folgende Zeit in der Schule war für mich nicht einfach. Da sich das Gerücht zum Teil auch dort verbreitet hatte, wollten viele meiner Mitschüler nichts mit mir zu tun haben. Und meine Unsicherheit trug wohl auch nicht dazu bei, die Situation zu verbessern. Zudem machte sich eine Gruppe von Jungs immer wieder einen Spaß daraus, mich im Klo abzufangen und zu begrapschen. Das war eine äußerst demütigende Situation für mich, mit der ich kaum fertig wurde. Ich vermied es, wann immer möglich, in der Schule auf die Toilette zu gehen.

Doch ganz langsam wurde die Situation besser und ich wurde mehr und mehr zu einem Teil der Klassengemeinschaft. Die guten Tage wurden langsam mehr als die schlechten.

Nach einem dieser guten Tage in der Schule war ich so voller Energie und guter Gedanken, dass ich einen Großteil des Weges nach Hause rannte und dann gleich in den Garten lief, weil ich mir dachte, dass meine Mutter an solch einem sonnigen Tag bestimmt dort sein würde. Ich konnte es kaum erwarten, ihr von den schönen Ereignissen des Vormittags zu berichten.

Sie war tatsächlich im Garten. Allerdings saß sie mit meinem Vater am Gartentisch und die beiden starrten sich wortlos an. Ich wollte meine Mutter überraschen, schlich mich ganz leise von hinten an und umarmte sie liebevoll. Doch plötzlich erstarrte ich mitten in der Bewegung, denn auf dem Tisch zwischen meinen Eltern funkelte das ganze wertvolle Gold meiner Mutter, das sie von den Eltern meines Vaters als Mitgift zu ihrer Hochzeit geschenkt bekommen hatte.

Das ist eine uralte Tradition in unserer Kultur; das Gold der Braut ist unbezahlbar und nicht mit Geld aufzuwiegen. Niemand käme je auf die Idee, die Mitgift zu Geld zu machen – außer man wäre aufgrund einer existenziellen Notlage dazu gezwungen.

Langsam ließ ich sie wieder los und schaute von Mutter zu Vater, von Vater zu Mutter, bis ich mich getraute zu fragen: »Mummy, warum liegt dein ganzes Gold hier herum?«

Unmittelbar nach meiner Frage erhob sich mein Vater wie auf Knopfdruck und verpasste mir eine heftige Ohrfeige. Meine Mutter sprang auf und stellte sich zwischen uns, um mich vor diesem erhitzten Feuerdrachen zu schützen. Sie sagte zwar nichts, aber die Blicke einer tapferen Mutter sagten mehr als tausend Worte. So fasste mein Vater mich zwar tatsächlich nicht mehr an, dafür schrie er aber umso lauter: »Warum mischst du dich immer in Angelegenheiten ein, die dich nichts angehen? Woher hast *du*, so etwas komplett Nutzloses, den Mut, dich in Familienangelegenheiten einzumischen?«

Ich antworte ihm nicht, sondern versteckte mich nur zitternd hinter dem Rücken meiner Mutter. Mein Vater wandte sich wieder dem prachtvollen Gold zu, sammelte alles ein und packte es sorgfältig in eine edle Tasche. Ohne ein weiteres Wort verließ er samt Mutters Gold den Garten.

Den Blick meiner Mutter werde ich nie vergessen – es musste etwas Furchtbares geschehen sein.

9

»Was habt ihr mit deinem Gold vor?!«, schrie ich meine Mutter panisch an.

»Dein Vater hat dir mehr als einmal gesagt, du sollst dich nicht in etwas einmischen, was dich nichts angeht. Gehorche ihm. Jetzt geh und iss. Dein Mittagessen steht in der Küche«, sagte sie kühl, während sie das Geschirr auf dem Tisch zusammenräumte.

»Ich hab dich was gefragt!«, schrie ich noch lauter, »Wo will dieses Schwein …«

Noch bevor ich meinen Satz beenden konnte, klatschte die Ohrfeige meiner Mutter gegen meine Wange. Ich hatte sie wirklich wütend gemacht mit meinen Worten. Aber auch ich war wütend und konnte meine Worte einfach nicht zurückhalten.

»Wie oft soll ich dir noch sagen, dass du Respekt vor Älteren haben sollst?! Insbesondere deinem Vater gegenüber!«, schrie sie mich nun ihrerseits an und zerrte mich in Richtung Terrassentür.

Gerade als ich mich wieder zu ihr drehte und anfangen wollte, darüber zu diskutieren, spürte ich eine kräftige Hand in meinem Nacken, die mich erst von meiner Mutter befreite und dann sehr bestimmt zur Tür zerrte. Mustafa. Er führte mich mit hartem Griff weiter und schaute mich dabei verschlagen an. Das verhieß nichts Gutes. Panisch versuchte ich mich zu befreien, aber er war einfach zu kräftig für mich. ›Was sucht der denn hier? Um diese Uhrzeit ist er doch sonst immer in der Schule‹, ging es mir durch den Kopf. Doch mir blieb nicht viel Zeit zum Nachdenken.

»Was sagtest du da grade? Du hast wohl deinen Vater mit dir selbst verwechselt, als du ihn Schwein nanntest, nicht wahr, du nutzlose Schwuchtel?«, sagte er verächtlich und wütend zugleich.

Noch bevor ich etwas erwidern konnte, schlug er meinen Kopf gegen den Holzrahmen der Terrassentür. Nach dem Schlag ließ er mich los und ich rutschte langsam mit dem Rücken an der Glastür herunter. Wie betäubt starrte ich ihn vom Boden aus an.

»Mustafa! Nein!«, schrie meine Mutter laut auf und rannte zu uns. Bevor sie bei uns angekommen war, kickte er mit seinem Fuß gegen meinen Bauch.

»Verdammt! Hör endlich auf, habe ich gesagt!«, rief sie noch mal und versuchte, mich auf die Beine zu stellen. Doch sie hatte nicht genügend Kraft und ließ mich immer wieder fallen, was mir noch mehr Schmerzen zufügte. Mühsam schaute ich zu ihr hoch und wollte ihr durch eine Kopfbewegung andeuten, sie möge mich liegen lassen, damit ich kurz ruhen und wieder richtig Luft holen könnte. Unterdessen versuchte Rüya, Mustafa ins andere Zimmer zu zerren. Aber er schubste sie brutal aus dem Weg, sodass sie auf den Boden fiel, und stapfte dann wie ein wild gewordener Stier wieder auf mich zu. Meine Mutter stellte sich ihm in den Weg und flehte ihn an, mich in Ruhe zu lassen. Doch auch an ihr drängte er sich einfach vorbei, hob mich noch mal hoch und verpasste mir einen Faustschlag genau unter mein rechtes Auge.

»Wirst du wohl auf deine Mutter hören, du Monster?! Er ist doch noch ein Kind!«, schrie ihn unsere Mutter wie eine Furie an. »Wie willst du denn jemandem Respekt beibringen, wenn du selbst nicht auf deine eigene Mutter hörst!«

Mit all ihrer verbliebenen Kraft packte sie ihn an den Schultern und schleuderte ihn so nach hinten, dass er stolperte und auf den Rücken fiel. Sofort sprang er wieder auf und machte seinem Unmut Luft: »Weshalb nimmst du ihn eigentlich in Schutz? Er ist nutzlos, blamiert uns in jeder Hinsicht und beleidigt dann auch noch meinen Vater! Doch dem nicht genug, dazu ist er auch noch eine miese kleine Schwuchtel!«

Was Schwuchtel bedeutet, habe ich natürlich die Jahre über gelernt. Es tat immer wieder weh, als so etwas bezeichnet zu werden, nur weil ich ein weicheres Herz habe, kreativ bin und nicht den üblichen, eng gesteckten Traditionen folge. Doch wie sollte ich denn auch den Traditionen folgen, wenn ich in der eigenen Familie so brutal und lieblos behandelt wurde? Durch sie entfernte ich mich immer weiter von meiner ursprünglichen Kultur und beneidete im Gegensatz dazu die tolerante und harmonische Art der Deutschen, die ich kannte. Zudem hatte Mustafas letzter Satz klargemacht, dass es ihm nicht um meine Beschimpfungen unserem Vater gegenüber ging, sondern um alles, was die letzten Wochen geschehen war.

Nach seinem letzten Wort *Schwuchtel* spuckte ihm meine Mutter zweimal mitten ins Gesicht und erniedrigte ihn damit vor unser aller Augen. Ihr gegenüber wurde niemals jemand frech, deswegen reagierte Mustafa nicht darauf, auch wenn es ihm innerlich sehr schwerfiel. Das wusste ich ganz genau. Ohne etwas zu sagen, schubste er unsere Mutter nur etwas zur Seite, packte mich am Kragen und zog mich hoch.

»Wenn ich dich heute noch mal hier unten sehen sollte«, drohte er, »dann bringe ich dich um, hast du verstanden?!«

Irgendwie schaffte ich es, mich aus seinem Griff zu befreien. Dann krallte ich meine Hände um seinen Arm und biss so fest ich konnte zu, sodass er vor Schmerz laut aufschrie und auf die Knie sank.

Gerade als er nach mir greifen wollte, umklammerte ihn seine Frau am Hals, zog ihn mit aller Mühe nach hinten und schrie mir zu: »Yussuf! Los! Lauf weg!«

Ohne mich noch mal umzusehen, rannte ich ins Gäste-WC und schloss mich ein. Und noch während ich heulend und mit schweren Atemzügen an der Innenseite der Tür lehnte, konnte ich Rüyas laute Hilfeschreie hören und wie meine Mutter versuchte, sie vor den Misshandlungen meines Bruders zu schützen.

Es tat mir sehr weh, sie so zu hören – und das alles nur, weil sie mich hatte retten wollen. Immer wieder kamen mir Bilder vor Augen, was dieser Tyrann wohl gerade mit seiner Frau machte. Irgendwann konnte ich ihr Geschrei nicht mehr aushalten und hielt mir die Ohren zu. Doch das brachte auch nichts. Sie schrie so laut, dass man sie mit Sicherheit schon bis zur Straße hören konnte.

Es dauerte eine ganze Weile, bis mir klar wurde, was da gerade vor sich ging. Alles war so plötzlich gekommen. Einerseits war ich stolz darauf, dass ich endlich den Mut aufgebracht hatte, mich gegen meinen großen Bruder zu wehren, andererseits wusste ich, was das für Konsequenzen für mich haben würde.

Und trotz allem hatte ich immer noch keine Antwort auf meine Frage erhalten: Was hatte mein Vater mit Mutters Gold vor? Was war da los? Etwas Gutes konnte es kaum sein bei dieser angespannten Atmosphäre. Zudem liebte meine Mutter ihr Gold, sie würde es mit Sicherheit nicht so ohne Weiteres hergeben.

Langsam herrschte wieder Ruhe im Haus, das heißt, Rüyas Schreie hatten aufgehört. Dafür schrie nun meine Mutter Mustafa an und beschimpfte ihn auf jede erdenkliche Art. Natürlich fasste Mustafa sie weder an, noch hielt er verbal dagegen, denn dafür hat die Mutter bei uns in der Religion und Kultur einen viel zu hohen Stellenwert. Auch unsere Mutter wurde schon immer sehr von uns verehrt.

Irgendwann merkte ich, wie mein Magen vor Hunger laut knurrte. Ich hatte nur das kleine Butterbrot gegessen, das meine Mutter mir wie jeden Morgen für die Schule gemacht hatte, und lag nun bestimmt schon mehrere Stunden auf dem kleinen Fliesenboden des Gäste-WCs. In der Hoffnung, dass es dann besser würde, stand ich auf und drehte den Wasserhahn an, um etwas zu trinken. Doch davon ließ sich mein Magen auch nicht beruhigen, er knurrte nach wie vor weiter. Als ich mich wieder hinsetzen wollte, streifte mein Blick den Spiegel und ich starrte erschreckt auf dieses Bild, das mir da mit zwei dicken Beulen im Gesicht entgegensah.

Vorsichtig berührte ich eine der Beulen, zuckte aber vor Schmerz gleich zusammen. Wie ich mir da so zerschunden aus dem Spiegel entgegenblickte, war ich mir selbst nur noch zuwider. Ich begann, mich zu hassen und mich vor mir selbst zu ekeln. Kaum war ich wegen etwas glücklich und hatte wieder etwas Freude und Hoffnung, wurde auch schon wieder alles zunichtegemacht. Eigentlich hatte Mustafa ja recht mit dem, was er sagte: ›Wofür bin ich eigentlich gut?‹ Alles, was ich machte, war doch sowieso fast immer falsch. Zudem beschämte ich ja tatsächlich immer wieder meine Familie und fügte ihr Leid zu, auch wenn es keine Absicht war. Ich habe es immer wieder geschafft, mich selbst bei jeder Gelegenheit und Situation unbeliebt zu machen.

Je länger ich mein Spiegelbild ansah, desto mehr ekelte ich mich und desto mehr kochte die Wut in mir auf. Wieder verschleierte die Dunkelheit alles um mich herum, sodass außer mir und meinem Spiegelbild nichts mehr existierte. Fast hätte der Sog dieser Dunkelheit auch noch mein wahres Ich mit sich genommen. Doch bevor ich komplett verschwand, schlug ich mit voller Wucht meine Faust gegen den Spiegel und ließ ihn in tausend Scherben zerspringen. Erst durch diesen Lärm kam ich wieder zu mir. Heftig atmend stand ich da und schaute mich um, während mir der Schweiß aus allen Poren lief. Ich spürte zwar, wie langsam Blut aus meiner Hand tropfte, aber ich blickte nur starr auf die am Boden verstreuten Glassplitter. Mit dem Fuß schob ich vorsichtig einige Scherben zur Seite, sodass ich eine kleine freie Fläche hatte, auf die ich mich nun hinsetzte. Ich zog meine Beine hoch, ließ den Kopf auf den Knien ruhen und wiegte mich leicht vor und zurück.

›Warum lebe ich eigentlich noch? Wäre es nicht besser, dies alles zu beenden, um endlich Ruhe zu haben?‹

Ich schloss die Augen: schlafen, einfach nur schlafen … Meine Gedanken schienen sich zäh wie Honig in meinem Kopf im Kreis zu drehen, ohne dass ich hätte sagen können, was diese bedeuteten. Eine riesige schwarze Decke senkte sich über mich, hüllte mich ein wie in einen Kokon, aus dem nichts mehr nach außen drang und nichts mehr nach innen. Ganz so, als hätte ich mich von der Schwerkraft der Erde gelöst, um wie in einer Raumkapsel in die absolute Schwärze des Weltalls zu fliegen und nie wieder von dort zurückzukehren. Meine Beine gaben nach, ich streckte sie langsam aus und wollte es mir bequemer machen, um endlich von diesem Planeten wegzukommen …

Krrriiik.

Das grässliche Knirschen drang an meine Ohren wie tausend spitze Nadeln und holte mich zurück in die Realität. Ich schlug die Augen auf: Genau vor mir lag zwischen meinen Beinen eine ziemlich große Scherbe des Spiegels. Sie sah wie ein winziger Eisberg aus: unten breit und nach oben hin spitz zulaufend. Das Licht spiegelte sich darin, als läge ein Diamant vor mir auf dem Fliesenboden. Ohne mir dessen bewusst zu sein, bewegte sich mein Arm wie von selbst in Richtung der Scherbe und hob sie auf. Meine Faust umschloss den unteren Teil der Glasscherbe. Sie war scharfkantig und schnitt wie ein Messer in meine Handinnenflächen, sodass noch mehr Blut durch meine Finger auf den Boden tropfte. Dennoch verspürte ich absolut keinen Schmerz. Ich legte meinen linken Arm auf mein Knie, die rechte Hand mit der Scherbe näherte sich meinem linken Arm. Es war, als seien meine Arme vollkommen selbstständig und ich nur ein unbeteiligter Zuschauer. Nur noch wenige Zentimeter …

Ganz weit weg konnte ich ein Pochen hören, aber das Schauspiel meiner Arme faszinierte mich zu sehr, als dass ich dem Pochen Beachtung geschenkt hätte. Noch ein paar Millimeter …

Bumm … Bumm … Bumm.

Ich schreckte auf – hatte ich das alles bloß geträumt?

»Yussuf«, schrie eine tiefe Stimme hinter der Tür. »Yussuf, mach die verdammte Tür auf oder ich schlage sie ein!«

Mein Vater – kein Traum also.

Und wieder pochte seine Faust hart an die Tür.

»Los, Yussuf, komm raus. Ich werde dir nichts tun.«

Ich reagierte nicht, ich glaubte ihm kein Wort. Stattdessen zog ich die Beine fest an meinen Körper, umklammerte sie mit den Armen und ließ den Kopf auf meinen Knien ruhen. Die Scherbe des Spiegels in meiner Faust schnitt noch tiefer in meine Hand. Voller Angst wartete ich auf das, was nun unweigerlich folgen würde. Leise fing ich an, für meinen Schutz zu Allah zu beten. Ich wiederholte mein Gebet immer und immer wieder und fügte beim letzten Mal hinzu: »*Ya Allah*, ich bitte um deine allmächtige Gnade. Bitte, bitte, bitte schicke mir jemanden, der mich vor diesem Menschen beschützt.«

Plötzlich machte es *Tack* und die Tür öffnete sich mit einem Ruck. Ich vergrub mein Gesicht zwischen meinen Oberschenkeln, die schmerzhaft gegen meine Beulen drückten. Vater packte mich an meinem T-Shirt und riss mich grob hoch. Sein Gesicht war so nah an meinem, dass ich seinen nach Zigarettenrauch riechenden Atem als Luftzug über meine Wange wehen spürte. Ich hatte Angst wie nie zuvor in meinem Leben. Er würde mich umbringen, dessen war ich mir in jenem Augenblick vollkommen sicher. Da siegte auf einmal und ohne, dass ich es bewusst wollte, der

Überlebenstrieb in mir: Wie verrückt begann ich um mich zu schlagen, meine dünnen Arme ruderten wild durch die Luft.

Plötzlich schrie mein Vater wie ein Tier auf. Noch nie hatte ich so etwas aus dem Mund eines Menschen gehört – es klang wie das Heulen eines Wolfes. Er ließ mich los, und jetzt sah ich auch den Grund seines Schmerzes: Während ich so um mich schlug, hatte ich ihn wohl versehentlich mit der rasiermesserscharfen Scherbe, die ich ja immer noch in meiner Hand umklammert hielt, am Oberarm erwischt. Durch den Stoff seines hellblauen Hemdes konnte man den Schnitt sehen. Das Blut breitete sich auf dem Stoff des Hemdes wie ein kleiner roter See aus, während es vom Baumwollstoff aufgesogen wurde und ein bizarres Muster zu formen begann.

Im selben Augenblick ergriff mich eine Panik, die sich nun zu meiner Angst hinzugesellte. Alles geschah ganz schnell: Die Glasscherbe fiel mit einem hellen Pling auf den Fliesenboden, mein Vater heulte wie ein verletztes Tier weiter, seine Hand ließ mein T-Shirt los, ich duckte mich instinktiv, huschte an ihm vorbei, durch den Türrahmen und war schon im Korridor … als mich etwas Hartes wie eine Klammer aus Stahl am Arm packte und zu Boden warf. Er hatte mich erwischt.

Zusammengerollt auf dem Korridor liegend, versuchte ich mich, so gut es ging, zu schützen und spürte, wie die Schläge von allen Seiten auf mich einprasselten. Jedes Mal, wenn der Gürtel mich traf, klang es wie das Klatschen von nassem Schnee, wenn dieser bei Tauwetter von den Dächern der Häuser auf den Asphalt fällt.

Irgendwann ließ ich alles los, mein Herz konnte und wollte diese Schmerzen nicht mehr ertragen und ich betete zu Allah, er möge mich jetzt endlich sterben lassen.

Auf einmal spürte ich, wie sich etwas Schweres direkt auf meinen Körper legte. Ich bekam fast keine Luft mehr und dachte: ›Das ist das Ende. So fühlt es sich an, wenn man stirbt.‹ Die Stimme, die ich nun hörte, war so nah an meinem Ohr, dass ich das Gefühl hatte, sie käme direkt aus dem Innersten meines Schädels: »Hör auf! Hör sofort auf!«

Mummy … es war meine Mutter, die sich wie ein Schutzschild auf mich geworfen hatte, um mich vor meinem rasenden Vater zu retten.

Plötzlich war es still. Das Gewicht auf mir war weg, ich konnte wieder freier atmen. Ich lag immer noch auf dem Boden, wälzte mich mühsam auf den Rücken und nahm meine Eltern über mir wie durch einen dichten Schleier wahr. Und nun geschah etwas, das ich bis an mein Lebensende nicht vergessen werde: Bebend vor Zorn packte meine Mutter meinen Vater fest am Kragen, schüttelte ihn und schrie wie von Sinnen: »Wage es nicht, meinen Jungen nochmals zu schlagen, oder ich bringe dich um!«

Die Zeit schien stehen zu bleiben: Mein Vater stand wie zur Salzsäure erstarrt da. Nur das leise Ticken der

Uhr im Flur deutete an, dass die Zeit trotz allem weiterlief. Ich weiß nicht, wie lange meine Eltern sich so gegenüberstanden, während ich am Boden lag und kaum noch meine anschwellenden Augenlider heben konnte.

Irgendwann stieß mein Vater eine Mischung aus Seufzen und Stöhnen aus, sein Arm mit dem Hosengürtel in der Hand hob sich noch ein weiteres Mal, aber meine Mutter stoppte seinen Arm auf halbem Weg nach oben und hielt ihn eisern fest. Ihre Stimme klang nun sehr beherrscht, als sie meinem Vater betont ruhig auseinandersetzte: »Wenn du Allah und unseren Propheten Muhammad liebst, so hörst du jetzt auf! Wenn *ich* dir in unserer ganzen Ehe nur ein einziges Mal etwas bedeutet habe und du mich wirklich liebst, so lass es jetzt gut sein! Und wenn du ein *richtiger* Mann bist, so lass endlich diesen Jungen in Ruhe!«

Ich schloss meine Augen. Das Letzte, an was ich mich erinnern kann, waren die langsamen schweren Schritte meines Vaters, der die Treppe hochging.

Weit weg spürte ich eine Hand, die zart an meiner Schulter rüttelte. Ich öffnete langsam meine Augen, schaute mich verschlafen um und versuchte, mich zu orientieren. Alles tat mir weh. Erst als ich mich mühsam aufsetzte, wurde mir klar, dass ich in meinem Bett lag und es schon Morgen war.

Meine Mutter saß auf der Bettkante und schaute mich traurig an. Dann forderte sie mich sanft auf:

»*Yalla Habibi*, steh auf. Du musst zur Schule. Du bist schon viel zu spät dran.«

Ich reagierte nicht darauf, denn ich war gerade dabei mich zu erinnern, was eigentlich geschehen war. Doch meine Mutter gab mir keine Gelegenheit dazu. Sie stand auf und zog mich sanft hoch, bis ich laut aufschrie: »Aua! Mummy, bitte lass mich, es tut weh!«

»Mein Sohn, du musst zur Schule. Bitte steh auf. Sonst wird dein Vater wieder schimpfen.«

»Wo ist er?«

»Er schläft noch, Yussuf. Bitte geh, bevor er aufwacht. Und lass dir Zeit mit dem Nachhausekommen.«

Noch mal versuchte sie mir hochzuhelfen. Am meisten schmerzten mich die Hüfte, der Rücken und zum Teil die Rippen. Immerhin konnte ich aber ganz gut gehen. Trotzdem begleitete sie mich bis zum Kleiderschrank und half mir beim Umziehen. Während sie mir das T-Shirt auszog, hob sie entsetzt die Hand vor den Mund.

»Was ist denn, Mummy?«

Sie antwortete nicht und wollte mir gerade ein neues Shirt überziehen, als ich einen Schritt zur Seite trat, um in den Spiegel zu schauen – blaue Flecken überall. Das war keine große Überraschung, das hatte ich vorher auch schon öfter gehabt. Nur dass es diesmal viel mehr waren. Ich sah mich um und bemerkte, dass die Betten meiner Brüder leer waren. Ich war wohl der Letzte, den sie heute geweckt hatte, und das auch bestimmt mit Absicht. Langsam hob ich meine Arme, damit sie mir das neue Shirt überziehen konnte, als sie mich plötzlich stoppte und meine Hand zu sich zog.

»Aua, was machst du denn da? Das tut mir weh!«, protestierte ich.

Ohne ein Wort zu sagen, schaute sie sich die ganzen Schnitte an, die ich von den Scherben des zerbrochenen Spiegels bekommen hatte. Bestimmt konnte sie sich denken, woher sie kamen. Sie schluckte kurz, fuhr sich hastig über die Augen und zog mich weiter an.

»Räum deine Schulbücher ein und komm dann in den Flur. Ich warte da auf dich«, sagte sie noch schnell und verschwand nach unten.

An diesem Tag mochte ich nicht zur Schule gehen. Mir war wirklich nicht danach. Dennoch wusste ich, dass das die bessere Alternative war, anstatt längere Zeit mit meinem Vater im Haus zu verbringen. ›Weshalb Mummy wohl wollte, dass ich länger wegbleibe? Ob es heute so weitergehen wird, wie es gestern aufgehört hat?‹, fragte ich mich. Nach diesem Vorfall hatte ich wirklich auf gar nichts mehr Lust. Ich fühlte mich, als wären all meine Träume und Hoffnungen fürs Leben verbrannt wie trockenes Holz, das zu Asche wird und dann von einem starken Windstoß in alle Richtungen davongeweht wird. Es schien mir nichts mehr zu bleiben: keine Hoffnung, keine Freude und kein Leben – absolut nichts mehr.

Als ich nach unten kam, wartete meine Mutter schon auf mich. Mit der Zahnbürste in der Hand forderte sie mich auf, meine Zähne im Gäste-WC zu putzen, das wäre unauffälliger. Doch ich stand nur stocksteif da und begann zu zittern. Ich wollte und konnte da einfach nicht rein, nicht noch mal … Wieder drängten sich die Bilder von gestern in mein Bewusstsein … und ganz plötzlich, wie aus dem Nichts, schrie ich laut auf und fing an zu weinen. Ich zitterte am ganzen Körper, schluchzte und war unfähig, mich auch nur einen Schritt zu bewegen. Verzweifelt versuchte mich meine Mutter zu beruhigen, umfasste mich mit ihren Armen und drückte mein Gesicht fest an sich. Sie wollte mich schützen, damit ich aus dem Haus wäre, bevor mein Vater aufwachte, das war klar.

»Pssst … Bitte sei still, Yussuf … Bitte …«, flüsterte sie, während sie mich fest in ihren Armen hielt und wie ein kleines Kind hin und her wiegte.

Als ich mich etwas beruhigt hatte, bugsierte sie mich sanft, aber bestimmt ins Gäste-WC, setze mich auf den Hocker neben dem Waschbecken und machte leise die Tür zu. Sie selbst nahm auf dem geschlossenen Toilettendeckel Platz, sodass wir auf Augenhöhe waren, bevor sie mir zart übers Gesicht streichelte und murmelte: »Was ist bloß aus meinem Sohn geworden?«

Nachdem ich Zähne geputzt hatte, stand sie auf und holte aus dem Spiegelschrank über dem Waschbecken eine kleine Verpackung heraus, von der ich erst gar nicht wusste, was es war. »Schminkpuder«, sagte sie, als sie meinen fragenden Blick sah. Sie nahm den Pinsel in die Hand, strich ihn über den Puder und tupfte zart damit über meine Beulen und blauen Flecken im Gesicht.

»Mummy? Was machst du denn da? Machen das nicht nur Mädchen?«, protestierte ich überrascht.

»Normalerweise ja. Ich möchte aber nicht, dass jemand dein Gesicht so sieht und fragt, was da passiert ist. Das willst du doch auch nicht, nicht wahr, *Habibi*?«

Ich schüttelte nur den Kopf und wartete, bis sie fertig war. Im Anschluss daran kramte sie ein paar Euromünzen aus ihrer Schürze hervor und sagte: »Hier hast du etwas Geld, mein Schatz. Wenn dir dein Brot nicht reichen sollte, holst du dir in der Pause ein Brötchen. Nach der Schule kannst du dir noch einen Döner kaufen. Damit wirst du bestimmt erst mal satt. Und komm, wie ich dir schon sagte, nicht gleich nach Hause. Spaziere erst ein bisschen herum.«

Döner? Ich durfte mir wirklich einen Döner kaufen? So etwas gab es bei uns nie. Vielleicht ein- oder zweimal im Jahr, und das auch nur zu bestimmten Anlässen, etwa zu Bayram, also einem muslimischen Feiertag. Ich schaute verwundert zu meiner Mutter hoch, die mich anlächelte und mir dann aufmunternd zunickte: »Na los, geh schon, du kommst noch zu spät.«

Als ich das Haus verlassen hatte und ein Stück gegangen war, drehte ich mich noch mal kurz um und sah, dass meine Mutter mir immer noch nachschaute. Sie winkte mir kurz zu und verschwand dann im

Haus. Kaum hatte sie die Tür hinter sich geschlossen, holte ich mein Brot aus der Tasche und aß es hektisch auf. Da ich gestern den ganzen Tag kaum etwas gegessen hatte, war ich ziemlich hungrig.

Als ich bei der Schule ankam, hatte der Unterricht schon begonnen. Ich lief noch in normalem Tempo über den leeren Schulhof, aber sobald ich das Gebäude betreten hatte, rannte ich humpelnd zu meinem Klassenzimmer. Vor der Tür holte ich erst mal tief Luft, bevor ich leise anklopfte und dann scheu den Raum betrat. Natürlich schauen immer alle, wenn jemand zu spät kommt, aber heute waren diese Blicke anders, ganz anders, und ich konnte die Botschaft, die im Raum stand, noch nicht entziffern. Plötzlich hörte ich aus jeder Ecke leises Geflüster. Meine Knie, die eh schon weich waren, wurden noch weicher. Noch bevor ich mich bei Frau Berg entschuldigen konnte, stand sie auf und eilte auf mich zu. Ich verstand die Welt nicht mehr. Was haben die nur alle, ich bin doch bloß ein paar Minuten zu spät gekommen? Als meine Lehrerin bei mir angelangt war, führte sie mich sofort nach draußen und schloss die Tür zum Klassenzimmer hinter uns. Außer uns war kein Mensch auf dem Flur zu sehen.

»Yosef? Was ist denn mit dir passiert?«, fragte sie entsetzt.

»Es tut mir leid, Frau Berg, ich habe verschlafen.«

»Das meine ich nicht. Was ist mit deinem Gesicht los?«

Mein Gesicht … die Beulen … die Flecken …, das hatte ich ja total vergessen! Aber meine Mutter hatte doch alles mit Schminke abgedeckt, sodass nichts mehr davon zu sehen war – oder doch? Schweigend starrte ich den Boden an.

»Yosef, ich rede mit dir! Ich will eine Antwort!«, bedrängte mich meine Lehrerin. Dann fiel ihr Blick auf meine Hand. »Und was ist hier los? Was ist mit dir passiert, du bist ja überall verletzt?«

Was sollte ich darauf antworten? Meine Mutter hatte doch gesagt, das Geheimnis des Hauses dürfe niemand erfahren. Ohne großartig nachzudenken, fing ich an, vor mir hin zu reden: »Gestern haben wir mit allen meinen Geschwistern im Dunkeln verstecken gespielt, dabei habe ich die Treppe übersehen und bin hinuntergestürzt.«

Das war eine dumme und erbärmliche Lüge, das wusste ich selber. Lange starrte mich meine Lehrerin schweigend an. Ich konnte ihrem Blick nicht standhalten und starrte meinerseits schweigend den Boden an.

»Und was ist mit deiner Hand?«, wollte sie dann wissen.

›Verdammt, die Hand!‹ Was sollte ich nur sagen? Nach kurzem Überlegen gab ich eine noch dümmere Ausrede von mir: »Auf der Treppe stand eine Glasvase. Bei meinem Sturz habe ich Halt gesucht und die Vase gepackt, die dann aber in meiner Hand zerbrochen ist.«

Ich kam mir wie ein Vollidiot vor. Sie schaute mich forschend an, dann forderte sie mich auf, zurück in die Klasse zu gehen, sie würde gleich nachkommen.

»Darf ich nicht hier draußen warten, bis Sie wiederkommen? Ich mag jetzt nicht da reingehen«, fragte ich.

»Es kann etwas länger dauern, Yosef. Es wäre besser, du würdest drin warten, damit dich niemand fragt, was los ist, wenn du hier so rumstehst.«

Das wollte ich nun gar nicht. Widerspruchslos betrat ich also wieder das Klassenzimmer und huschte mit gesenktem Kopf auf meinen Platz. Viele meiner Mitschüler versuchten mit mir zu sprechen und wollten wissen, was los sei. In meiner Panik gab ich allen die Erklärung, die ich auch Frau Berg gegeben hatte, und ließ mich auf keine tieferen Gespräche ein. Bald wurde ich auch wieder in Ruhe gelassen, denn jeder fing an, sich mit etwas anderem zu beschäftigen. Viele alberten herum und hatten ihren Spaß, andere machten Hausaufgaben oder unterhielten sich mit ihrem Nachbarn. Ich aber legte meinen Kopf vorsichtig auf meine Arme, schloss die Augen und wartete ungeduldig auf das Ende der Stunde, damit ich mir etwas zu essen kaufen könnte.

Plötzlich war es still im Raum, ich hob den Kopf und sah Frau Berg in der halb offenen Tür stehen: »Yosef, komm mal bitte kurz raus.«

Vor dem Klassenzimmer wartete bereits Frau Richter, die Schulpsychologin, auf mich. Sie war mittleren

Alters, sehr groß und schlank. Ihr schmales Gesicht wurde von hellblond gelockten Haaren umrahmt und auf der Nase ruhte eine Brille mit runden Gläsern. Trotz dieses etwas strengen Aussehens klang ihre Stimme sehr sanft und hatte einen beruhigenden Klang. Erst lächelte sie mich freundlich an, doch als sie mich dann genauer anschaute, wurde ihre Miene sehr ernst. Zweifelsohne fielen ihr mein zerschundenes Gesicht und die zerschnittene Hand auf. Nachdem sie mich längere Zeit forschend angesehen hatte, meinte sie: »Ich möchte, dass du in der sechsten Unterrichtsstunde zu mir kommst, denn ich glaube, es gibt es ein paar Sachen, worüber wir uns dringend unterhalten sollten, Yosef.«

»Ja, da stimme ich dir zu, Lisa«, mischte sich Frau Berg sofort ein.

Ich sagte gar nichts und guckte sie nur ängstlich an. ›Ich kann doch nicht vom Geheimnis des Hauses erzählen?‹, meldete sich da meine innere Stimme. ›Aber vielleicht könnte sie mir helfen und alles wird dann leichter werden?‹

Die Pausenklingel befreite mich aus meiner Zwickmühle. Als meine Klassenkameraden aus der Tür stürzten, nutze ich die Gelegenheit, mich unter sie zu mischen und zur Kantine zu laufen. Dort angekommen, wühlte ich in meiner Tasche nach dem Geld, das meine Mutter mir gegeben hatte. Drei Euro und ein paar Cent. Die drei Euro waren für den Döner gedacht. Mit dem Rest sollte ich mir eigentlich ein

Brötchen kaufen, aber als ich auf die Preisschilder schaute, sah ich, dass das Geld nicht für ein Brötchen und später auch noch für einen Döner reichen würde. Hungrig trottete ich wieder in die Klasse zurück.

Ich setzte mich auf meinen Platz und dachte darüber nach, was Frau Richter mir bald wohl für Fragen stellen würde und, vor allem, was ich ihr darauf antworten sollte.

Die Zeit bis zur sechsten Schulstunde verging quälend langsam. Doch dann kam Frau Richter tatsächlich wieder in die Klasse, entschuldigte mich bei meinem Lehrer und nahm mich mit in den dritten Stock, wo wir einen kleinen Raum betraten, in dem zwei große Sessel um einen Tisch in der Mitte gruppiert waren. In der Ecke stand noch ein kleiner Schrank und an der Wand hing ein großes, selbst gemaltes Kinderbild, das dem Raum eine sehr freundliche Atmosphäre verlieh. Genau in dem Moment, als Frau Richter mir einen Platz anbot, fing mein Magen laut zu knurren an.

»Hast du denn noch nichts gegessen?«, fragte sie mich verwundert. Ohne meine Antwort abzuwarten, holte sie ihr Handy aus der Tasche und bat, zwei Käsebrötchen und ein Glas Orangensaft hochzubringen. Ich bemühte mich, es mir nicht anmerken zu lassen, aber mein Herz freute sich wie ein Schneekönig.

Zunächst sagten wir nichts. Ich glaube, Frau Richter wollte erst auf das Essen warten, bevor sie loslegte. Wenig später wurde die Stille durch ein leises Klopfen unterbrochen und ein junger Mann stellte wortlos ein Tablett mit der vorhin aufgegebenen Bestellung auf den Tisch. Nachdem ich alles aufgegessen und auch noch den letzten Schluck Orangensaft getrunken hatte, konnte ich ihr endlich wieder einen Blick zuwenden und sah, wie sie mich mit einem nachdenklichen Gesichtsausdruck beobachtete.

»Bist du satt, Yosef? Magst du noch mehr?«, fragte sie mit rauer Stimme.

Ich schüttelte lächelnd den Kopf und bedankte mich höflich bei ihr. Sie erwiderte meinen Dank mit einem Lächeln und kam dann sofort zur Sache: »Wer hat dir das angetan?«, fragte sie knapp, aber bestimmt.

Ich saß da und schwieg und mein Herz schlug immer schneller und härter gegen meinen Brustkorb.

»Ich will die Wahrheit wissen. Du bist nicht von der Treppe gefallen und es ist dir auch keine Vase in der Hand zerbrochen. Wer hat dir das alles angetan?«

Ich sah sie kurz an, blickte dann aber gleich wieder auf den Boden und begann, verlegen mit meinen Fingern zu spielen. Einerseits hatte ich riesige Angst davor, mit ihr zu reden, alles auszusprechen, andererseits dachte ich mir aber, dass sie mir vielleicht helfen könnte. Ja, vielleicht würde ich aus diesem ganzen Leid rauskommen, wenn ich jemandem vertrauen und mein Herz öffnen würde. Vielleicht könnte sie die Dunkelheit, die sich immer mehr wie ein Schatten über mich gesenkt hatte, zerstören – das Dunkle sozusagen mit ihrem hellen Licht auslöschen.

Wieder versank ich in meinen Gedanken und nahm um mich herum nichts mehr wahr, bis Frau Richter plötzlich anfing, mit einem Feuchttuch vorsichtig die Schminke in meinem Gesicht abzutupfen. Sie sah mich längere Zeit nur schweigend an, bis sie schließlich sagte: »Yosef, bitte hab' Vertrauen zu mir. Du kannst mit mir über alles reden. Und alles, was hier drin gesprochen wird, bleibt auch in diesem Raum. Niemand wird davon erfahren, es ist alles nur eine Sache zwischen dir und mir.«

Langsam und mit Furcht in den Augen sah ich wieder zu ihr hoch und fragte leise: »Also unser eigenes Geheimnis? Nur Sie und ich?«

»Ja, das ist dann unser Geheimnis, das verspreche ich dir.«

Das erinnerte mich an unser blödes Geheimnis von zu Hause. Das wurde auch nie nach außen getragen. ›Warum sollte es also hier anders sein?‹, überlegte ich. Der einzige, aber entscheidende Unterschied war der, dass sie mir helfen wollte, sonst würde sie sich ja nicht so intensiv mit mir beschäftigen. Diese Einstellung, anderen selbstverständlich zu helfen, auch wenn man sie nicht kennt, habe ich an den Deutschen immer sehr geliebt. Für die Deutschen ist jeder Mensch zunächst etwas ganz Besonderes, eben weil er ein Mensch ist, so habe ich es jedenfalls erlebt.

Ich fing an zu überlegen. Auf der einen Seite wünschte ich mir nichts sehnlicher, als dass dieser Albtraum endlich ein Ende hätte. Und auf der anderen Seite war der Wunsch, besser gesagt das Gebot meiner Mutter, das Geheimnis des Hauses nicht zu verraten. Nun war ich kurz davor, genau dieses zu tun. Würde sie böse sein auf mich, sie, die immer zu mir stand und mich nie im Stich ließ? Meine Liebe zu ihr war unbeschreiblich, am ehesten ließe sie sich vielleicht erklären mit der Weite des Nachthimmels, an dem unendlich viele Sterne funkeln. Ich wollte meine Mutter, die mir so nahe ist wie mein eigenes Herz, auf keinen Fall traurig stimmen.

Ich versank immer tiefer in meine Gedanken und plötzlich hatte ich wieder den Vorfall im Gäste-WC und im Flur vor Augen. Stocksteif saß ich da und regte mich nicht, meine innere Bewegung war nur daran erkennbar, dass mir eine Träne die Wange hinunterlief.

Irgendwann spürte ich eine warme Hand auf meinem Arm. Verzweifelt sah ich hoch, und als ich Frau Richters offenen und zugleich mitfühlenden Blick erkannte, platzte es aus mir heraus: »Papa schlägt mich immer, schon seit ich ein kleines Kind bin. Er kann mich einfach nicht leiden. Eigentlich hatte ich noch nie einen richtigen Papa. Ich meine einen, der mich auch lieb hat. Meine Freunde spielen mit ihren Vätern oder machen Ausflüge mit ihnen. Meiner schlägt mich immer nur.«

Ich hielt inne, schob mein T-Shirt hoch und zeigte ihr wortlos meine blauen Flecken. Frau Richter starrte entsetzt auf meinen Körper. Sie gab mir mit der Hand ein kurzes Zeichen innezuhalten und nicht zu sprechen. Ich schloss die Augen und holte tief Luft. Auch mir tat eine Pause gut, denn es kostete mich ziemliche Überwindung, über all das zu sprechen, das ich bisher tief in mir verborgen gehalten hatte.

Irgendwann jedoch ging es weiter und Frau Richter fragte mich: »Seit wann, Yosef? Seit wann lebst du so?«

»Als ich in der ersten Klasse war, hat es richtig angefangen. Da hatte ich ein Kuscheltier, einen Hasen, und der war mein bester Freund. Mein Bruder schlug und erniedrigte mich dafür aber fast jeden Tag, weil er meinte, nur Mädchen spielen mit Kuscheltieren. Er sagte deshalb auch immer Schwuchtel zu mir. Aus Verzweiflung habe ich meinen Hasen dann im Garten begraben, aber die Schläge hörten trotzdem nicht auf.«

Ich hielt einen Moment an und wartete auf eine Reaktion von ihr. Als sie nur schwieg, sprach ich einfach weiter und erzählte ihr, wie mein Leben zu Hause so ablief. Von meinem Vater, meinen Brüdern, den vielen Schlägen, dem ständigen Geschrei …

Als ich aufgehört hatte zu sprechen, herrschte erst einmal völlige Stille, bis sie schließlich fragte: »Hast du schon mal jemandem davon erzählt? Einem Onkel vielleicht oder einem engen Freund, der dir helfen könnte?«

Energisch schüttelte ich den Kopf: »Auf keinem Fall, das darf ich nicht. Mummy will nicht, dass ich mit jemandem darüber rede. Sie sagt immer, dass alles, was im Haus geschieht, auch da bleiben muss, und dass es bald vorbei sein würde.«

»Und wann soll dieses *bald* sein, hat sie dir das auch gesagt?«

Das war eine gute Frage. Nach langem Überlegen sagte ich: »Na, wenn ich groß bin. Wenn ich erwachsen bin, wird alles vergessen sein. Papa wird mich lieben und ich werde mit meinen älteren Brüdern im Garten Kaffee trinken.« Ich machte eine kurze Pause und schob noch nach: »Sagt meine Mummy jedenfalls.«

Frau Richter sah mich für einen kurzen Moment fassungslos an, nahm sich dann aber zusammen und wollte wissen: »Findet deine Mutter das denn in Ordnung, dass du so geschlagen wirst?«

Wieder schüttelte ich entschieden den Kopf. Wie konnte sie so etwas bloß denken? »Niemals! Mummy rettet mich immer vor ihnen. Na ja, so gut sie kann.« Erneut stockte ich einen Augenblick. »Sie sagt, dass das alles irgendwann vergehen und Papa mich lieben wird. Ich muss nur Geduld haben.«

Noch mal guckte sie mich mit forschendem Blick an. Die Logik meiner Mutter gefiel ihr gar nicht, das merkte ich schon. »Deine Mutter hat dich also nie geschlagen?«

»Doch, ich kann mich aber nur an ein paar Mal erinnern.«

»Magst du mir das auch noch erzählen? Das würde mich nämlich auch sehr interessieren.«

Und so berichtete ich ihr von dem Verhältnis zu meiner Mutter und den wenigen Malen, als sie ernsthaft böse auf mich gewesen war, zuletzt in dieser schrecklichen Sache mit den Vorwürfen der sexuellen Belästigung und dem Brief von Direktor König.

»Warum seid ihr denn nach dem Brief nicht noch mal zum Rektor gegangen, um dieses Thema zu klären?«

»Papa hat mich nur ausgelacht deswegen. Der würde sich auch niemals die Mühe machen, mir zu helfen.«

»Ich glaube nicht, dass dein Vater keine Lust hatte, dir zu helfen. Ich glaube eher, dass er sich über deine angeblichen Taten gefreut hat, weil er so in dir endlich einen richtigen Mann, einen Macho sehen konnte.« Nach einer kurzen Pause sprach sie zögernd weiter: »Vielleicht verachtet dein Vater unsere Art zu leben. Die Offenheit, die Toleranz, die Freizügigkeit, die Lebensart der Deutschen überhaupt. Er setzt sich ja wohl auch nicht mit dieser Kultur und ihren Werten auseinander …«, sie brach ab, als hätte sie schon zu viel gesagt.

Damals hatte ich nicht wirklich verstanden, was Frau Richter mit diesen Worten gemeint haben könnte, ich sah nur meine eigenen Sorgen. Und die versuchte ich ihr so gut es ging zu erklären: »Papa und meine Brüder haben Angst, ich könnte schwul sein, weil ich nicht so bin wie sie und mich nicht immer streng nach unserer arabischen Kultur richte.«

Nun herrschte eine sehr unangenehme Stille. Über dieses Thema mochte ich nicht sprechen. Und rückblickend betrachtet: Warum sollte ich auch? Egal was die Männer zu Hause über mich glaubten, irgendwann würden meine Eltern doch sowieso eine passende Frau für mich aussuchen, die ich dann heiraten müsste. Höchstwahrscheinlich eine meiner Cousinen oder eine Verwandte zweiten Grades. Der Gedanke, eine Frau zu heiraten, die ich wie meine eigene Schwester sah, machte mir Angst. ›Wenn schon, dann will ich mir meine Frau selbst aussuchen! Es mag ja sein, dass diese Art der Vermählung für die Menschen früher gepasst hat, aber heute ist das anders.‹ Auch bei diesem Thema war ich meiner Familie immer zu europäisch.

»Hast du denn schon mal versucht, mit deinem Vater zu sprechen?«, wollte sie nun wissen. »So, dass du dich präsentierst und sagst: Hier bin ich!«

»Nein, Papa sagt mir inzwischen noch nicht einmal mehr Guten Morgen – wie soll ich mich denn da präsentieren können? Außerdem, selbst wenn Papa mir zuhören würde, würden meine Brüder sowieso wieder alles kaputt machen.«

»Deine Brüder?«

Nun berichtete ich ihr noch von dem Verhältnis zu meinen Brüdern, von deren Verhältnis untereinander, ihren Ansichten und wie sie aufgrund völlig überzogener Vorstellungen auch meinen Schwestern das Leben schwer machten.

Besonders schockiert hat Frau Richter die Geschichte von Leya und ihrem Gedichtbuch: Sie hatte es wie immer vor dem Schlafengehen auf ihren Nachtisch gelegt. An jenem Morgen wollte sich Hassan etwas von ihr ausleihen und ist deshalb sehr früh zu ihr ins Zimmer geplatzt. Als er das Buch auf ihrem Nachttisch liegen sah, wurde er neugierig und hat darin geblättert. Unter einem Gedicht war ein Schwarz-Weiß-Bild, auf dem ein Mann mit nacktem Oberkörper eine Frau in einem hochgeschlossenen Kleid umarmt. Nachdem Hassan das Bild gesehen hatte, attackierte er meine noch schlafende Schwester mit Fäusten und unterstellte ihr, sie würde Pornos anschauen. Das wurde dann in der ganzen Familie verbreitet, sodass sich Leya den ganzen Tag über nicht mehr aus dem Zimmer getraut hat. Ich habe ihr hin und wieder etwas zu essen reingeschmuggelt oder Wache gehalten, wenn sie aufs Klo musste. Auch meine Mutter beschimpfte sie zunächst. Erst als Leya ihr das Buch zeigte, ließ sich meine Mutter davon überzeugen, dass es keinerlei pornografischen Inhalt hatte. Für Hassan aber hatten seine völlig übertriebenen Unterstellungen und seine Gewalt unser Schwester gegenüber keinerlei Konsequenzen.

Je mehr ich erzählte, desto schockierter wurde meine Zuhörerin. Es war wirklich so, als hätte sie das Leben von dieser Seite noch nie kennengelernt. Erst in diesem Moment ist mir klar geworden, wie unterschiedlich unsere Kulturen doch sind. Dass Frau Richter so etwas wirklich dermaßen fremd war … Ich konnte gar nicht mehr aufhören zu erzählen, es war, als hätte ich ein Radio verschluckt. Es tat es mir richtig gut, endlich mein Herz bei jemandem ausschütten zu können, der mir wirklich zuhörte, egal wie lange es dauerte und um welche Themen es ging.

»Ich wünschte, ich könnte den anderen zeigen, wie es bei mir zu Hause zugeht«, sagte ich schließlich. »Vielleicht würden manche Menschen mich dann besser verstehen und mir nicht alles übel nehmen, wenn ich mal schlecht drauf bin.«

»Ich bin dir deswegen nicht böse, Yosef«, erwiderte Frau Richter und lächelte mich an. »Es ist einfach so, dass Kinder draußen oft so handeln, wie sie zu Hause behandelt werden.«

Wir vertieften uns immer weiter ins Gespräch, bis hin zu dem Vorfall im Gäste-WC und dem zerbrochenen Spiegel, der Glasscherbe, die so verführerisch in meiner Hand gelegen war, wie mein Vater die Tür aufgebrochen hatte, die Schläge im Flur, meine Mutter, die sich wie ein Schild auf mich geworfen hatte … Einfach alles sprudelte über meine Lippen, als sei ein Damm in mir gebrochen.

Nachdem ich alles erzählt hatte, schaute mich Frau Richter ernst an und fragte dann: »Yosef, weißt du eigentlich, dass man sich in Deutschland strafbar macht, wenn man seine Kinder schlägt?«

Das war mir völlig neu. In meiner Familie und auch in meinem kulturellen Umfeld gehörten Schläge so selbstverständlich zum Leben, dass ich darüber noch gar nie nachgedacht hatte. Etwas verwirrt schaute ich sie an, mir war nicht klar, worauf sie damit hinauswollte.

»Ich meine, möchtest du gerne etwas unternehmen, um aus diesem ganzen Leid herauszukommen?«

Ich wusste nicht recht, was ich sagen sollte. Schließlich fragte ich: »Was könnte ich denn machen, damit es aufhört, Frau Richter?«

»Ich kann, wenn du das möchtest, das Jugendamt benachrichtigen. Die würden erst mal zu dir nach Hause kommen und mit deinen Eltern sprechen. Und wenn sich dann immer noch nichts ändert, würden sie dafür sorgen, dass du bei einer anderen Familie oder in einem Kinderheim untergebracht wirst und ...«

Sie brach ab, als sie mein vehementes Kopfschütteln sah und die Tränen, die mir wie ein Sturzbach über die Wangen liefen. »... Mummy, was soll aus ... Und meine Schwester ... und die anderen ... Ich kann doch nicht Rima ... Ich will nicht weg von Mummy!«, schrie ich verzweifelt.

Sie stand auf, setzte sich neben mich und nahm mich fest in den Arm. Sanft wiegte sie mich hin und her und sprach beruhigend auf mich ein. Es dauerte zwar eine Weile, doch dann schaute ich zu ihr hoch und sagte ganz klar: »Mummy ist alles, was ich habe, ich mag nicht von ihr weggehen.«

Sie schwieg und streichelte mir über meine Haare.

Damit wurde unser heutiges Gespräch beendet. Bevor wir uns verabschiedeten, vereinbarten wir noch, uns von nun an öfter zu treffen. Befreit lächelte ich ihr zu; mein Herz fühlte sich leicht und beschwingt an.

Das lange Gespräch mit Frau Richter hatte mir wirklich gutgetan. Ich fühlte mich wie neugeboren, wie ein Vogel, der nach langer Gefangenschaft endlich fliegen darf. ›Natürlich werde ich Mummy nichts davon erzählen‹, beschloss ich. ›Sie wäre sicher sehr enttäuscht, wenn sie erfahren würde, dass ich unser Geheimnis des Hauses nach außen getragen habe.‹

Ich weiß nicht warum, aber ich hatte vollstes Vertrauen zu Frau Richter und dass sie unser Gespräch auch als unser Geheimnis behandeln würde. Mit der Zuneigung, die sie mir entgegenbrachte, brachte sie auch wieder Licht in mein Leben.

So gestärkt kehrte ich zwar zurück auf mein heimisches Schlachtfeld, wusste aber, wo ich alle meine Wunden von jetzt an heilen konnte. Lächelnd ging ich nach Hause.

١٥

Isa war ein warmherziger Mann und sein gütiges Wesen wirkte auf mich wie die milden Strahlen der Morgensonne. Und das war gut so, denn besagter Isa hatte um die Hand meiner Schwester Leya angehalten. Isas Vater war ein sehr stolzer Türke aus Balikesir, seine Mutter, von der er wohl sein gütiges Herz geerbt hatte, eine Deutsche. Seine Eltern ließen sich scheiden, als Isa noch sehr jung war, und da sein Vater wieder in die Türkei zurückging, wuchs Isa bei seiner Mutter in Deutschland auf. Sie lebte bei uns im Dorf und war dort eine sehr angesehene Frau.

Besonders bei Türken und Arabern ist es Brauch, dass der Vater des Bräutigams ins Haus der Braut kommt und um die Hand der Frau anhält. Da Isa keinen Vater oder Onkel ersten Grades in Deutschland hatte, bat er einen engen Vertrauten, die Vaterrolle zu übernehmen. Diesen Vertrauten kannten wir alle gut: Er war unser Islamlehrer, der einmal pro Woche zu uns ins Haus kam und uns das Gottesbild und die Auslegung des Korans lehrte, die Sprüche der Propheten und dass das Fasten, eine der fünf Säulen des Islam, eine Form des Gottesdienstes ist. Er predigte uns immer ein selbstverständliches und friedliches Miteinander von Christen und Muslimen, dass wir in einem christlichen Land Gäste seien und uns anderen Glaubensformen gegenüber respektvoll verhalten sollen.

Während dieser Zeremonie nun waren wir alle total aufgeregt, am meisten aber natürlich Leya. Als der Antrag gestellt worden war, herrschte zunächst völliges Schweigen, weil alle gespannt auf die Antwort meiner Schwester warteten. Sie tauschte mit Isa intensive Blicke aus und man merkte auch ihm an, wie aufgeregt er in diesem Moment war. Sein starrer, angespannter Gesichtsausdruck löste sich erst, als meine Schwester mit leiser Stimme »Ich will« sagte. Nach diesen zwei kurzen Worten begannen alle zu klatschen und zu jubeln. Isa konnte sein Glück noch gar nicht fassen und schaute Leya immer wieder mit glänzenden Augen an.

In den nächsten Tage begannen sofort die Vorbereitungen für die Verlobungsfeier, alles sollte so schnell wie möglich geregelt und festgesetzt werden. Den eigentlichen Grund für diese Hektik habe ich erst später verstanden. Durch diese Eile jedoch herrschte völliges Chaos bei uns. Die Verlobung sollte nur im engsten Familienkreis und deshalb bei uns zu Hause stattfinden. Den größten Teil der Vorbereitungen haben Leya und ich übernommen, was unsere sowieso schon enge Beziehung noch verstärkt hat.

Genau einen Tag vor der Verlobung, als wir mit allen Vorbereitungen fertig waren, nahm sie mich in den Arm, lehnte ihren Kopf an meinen und flüsterte mir zu: »Yussuf, ich werde diese Tage mit dir nie vergessen. Ab morgen wird alles ganz anders ablaufen, denn für mich wird ein ganz neues Leben beginnen. Ich danke dir für alles.«

Ich kann mich an diese Worte noch so gut erinnern, als wären sie erst gestern gesagt worden. Und sie hatte recht, nach jenem Tag begann für sie wirklich ein ganz neues Leben, etwas, was ich damals noch nicht wirklich begriffen habe. Am Tag der Verlobung füllte sich das Haus bis auf den letzten Platz, obwohl das Fest ja nur im kleinen Kreis hatte stattfinden sollen. Alle warteten ungeduldig auf das Erscheinen der Braut, standen herum und plauderten. Als Leya dann mit ihrem weit geschwungenen, lilafarbenen, mit Glitzer und Perlen bestickten Verlobungskleid den Raum betrat, blieb allen der Mund offen stehen. Alle schwiegen und staunten und betrachteten Leya voller Bewunderung – bis meine Mutter anfing zu applaudieren.

Es war wirklich eine traumhafte Verlobung, bis in den späten Abend wurde gesungen und getanzt. Als offizielle Verlobte von Isa und da ein islamischer Ehevertrag abgeschlossen worden war, durfte Leya an diesem Abend ihre Haare vor ihrem zukünftigen Mann öffnen. Nachdem sich alle Gäste verabschiedet hatten, ging ich mit in ihr Zimmer und half ihr, das reich geschmückte Kopftuch abzumachen und ihr dickes, langes Haar zu kämmen. Als wir fertig waren und mein Schwager hereinkommen durfte, brachte er zunächst nichts als ein schüchternes Lächeln zustande, als er seine wunderschöne Verlobte sah.

Wenig später fand die Hochzeit statt. Auch diese Feier war ein Fest voller Freude. Leya sah in ihrem weißen Kleid, dem Schleier und den weißen Handschuhen aus wie eine arabische Prinzessin. Auf dem Kopf trug sie eine kleine Krone mit Strass-Steinen, die im Abendlicht wie echte Diamanten funkelten.

Die Hochzeitsfeier wurde nach arabischer Tradition ausgerichtet. Solch eine arabische Hochzeit unterscheidet sich wesentlich von einer türkischen: Der Ehemann bezahlt alles rund um die Hochzeit – selbst das Brautkleid seiner Frau. Nach dem professionellen Schminken der Braut werden einige Fotos und Filmaufnahmen gemacht. Diese Aufnahmen werden später in das Hochzeitsvideo hineingeschnitten. Bevor die Braut das Haus verlässt, wird in unserer Tradition Glas zerschlagen. Das soll Glück bringen. Üblicherweise ist das eine Aufgabe, die die Mutter des Bräutigams übernimmt. Dann treffen sich alle an dem Ort, wo die Hochzeitsfeier stattfindet. Bei Leyas Hochzeit waren etwa 300 Gäste eingeladen, was für eine arabische Hochzeit extrem wenig ist. Gefeiert haben wir in einem schönen Restaurant im Nachbarort. Nach allen Gästen trifft zuletzt das Brautpaar an diesem Ort ein, und die Braut, auch dies ist Tradition, darf das Auto erst verlassen, wenn der Ehemann ihr die Tür öffnet, ihr beim Aussteigen hilft und sie, als sei sie eine Königin, ins Haus geleitet. Beim Eintreffen des Brautpaares klatscht und jubelt die Gästeschar und heißt die beiden willkommen. Allerdings ist das kein Jubeln, wie man es in Deutschland verstehen würde, sondern vielmehr eine Mischung aus schnalzenden Geräuschen, die irgendwie entfernt an Jodeln erinnern. Dazu wird das Brautpaar mit Reis beworfen – was für eine kinderreiche Ehe sorgen soll. Anschließend übergibt die Mutter des Ehemanns, und nur sie darf dies tun, der Braut eine reich geschmückte Vase, in der sich allerlei Leckereien und Süßigkeiten befinden sowie einige Geldmünzen. Die Braut zerbricht diese Vase, indem sie sie auf den Boden wirft. Und während sich die Kinder nun auf die Süßigkeiten und die Münzen stürzen, betritt das Ehepaar den Festsaal als Erstes, gefolgt von den Gästen.

An unserer Hochzeit wurde keine Musik gespielt, da meine strenggläubigen Eltern dies verboten hatten. Statt Musik wurden religiöse Lobgesänge auf Allah und den Propheten dargebracht, aber auch islamische Lieder, in denen die Ehe gepriesen wird. Begleitet wurde das Ganze von traditionellen *Dafs*. Die *Daf* ist eine Art Rahmentrommel, die im Orient, aber auch in Asien und Nordafrika sehr verbreitet ist. Sie besteht allgemein aus einem runden, flachen Holzrahmen, der einseitig mit Ziegen- oder Schaffell bespannt ist. Der Durchmesser kann bis zu 60 Zentimeter oder mehr betragen. Eine Daf wird zwischen den Fingern einer Hand oder beider Hände am Rahmen in Brust- oder Kopfhöhe gehalten und meist in senkrechter Position mit den Fingern geschlagen. Dafs sind besonders bei arabischen Hochzeiten beliebt, wo sie *tabl al-nikah* (was so viel wie Hochzeitstrommel bedeutet) genannt werden. Sie sind das einzige Musikinstrument, das an einer streng traditionellen Hochzeit verwendet wird.

Wir feierten bis spät in die Nacht, bevor wir uns dann alle voneinander verabschiedeten. Es war kaum fassbar, dass Leya von nun an nicht mehr bei uns wohnen würde. Und obwohl ich mich noch bis heute für sie freue, dass sie in ihrer eigenen Familie so glücklich ist, vermisse ich sie und ihr bezauberndes Lächeln jeden Tag. Die Hochzeit war eine schöne Ablenkung für mich gewesen, doch danach ging mein Alltag wieder weiter.

Was ich zu diesem Zeitpunkt noch nicht wusste: Es würde sich etwas ändern in meinem Leben. Etwas, das ich nie für möglich gehalten hätte.

١١

Tage wurden zu Wochen, Wochen zu Monaten und so verging die Zeit auf der Realschule. Zweimal pro Woche traf ich mich nun mit Frau Richter, und unsere Gespräche drehten sich meist um meine Familie und die dortigen Auseinandersetzungen. Bei jeder Gewalttätigkeit mir gegenüber rief sie mir in Erinnerung, dass so etwas in Deutschland strafbar sei und ich Anzeige erstatten könne.

Eine Anzeige war für mich kein Thema. So etwas tut man in meiner Familie einfach nicht – es ist schlicht undenkbar, den eigenen Vater anzuzeigen. Aber ansonsten wandte ich das an, was mir Frau Richter vermittelte: zum Beispiel wie man Konflikte mit Worten lösen kann und dass, auch wenn man gedemütigt, ja gar geschlagen wird, dies kein Grund sei, dasselbe Verhalten anzunehmen, sondern dass man erst recht auf Vernunft und Gespräche setzen sollte. Und wenn das alles nichts half, so sei es manchmal besser, auf Beschimpfungen gar nicht zu reagieren, sondern stattdessen eine Zeit lang das Zimmer oder das Haus zu verlassen, denn auch der ärgste Zorn würde sich meist legen, wenn man »kein Öl ins Feuer gießen würde«, wie sie das nannte.

All das tat mir gut und ich nutzte dieses Wissen auch immer wieder bei den Konflikten, die wir zu Hause hatten. Zwar wurde ich weiterhin als »Möchtegern-Europäer« und »Schwuchtel« bezeichnet, aber das Wissen um Frau Richter und das, was sie mich lehrte, gab mir eine innere Kraft, die mich stärker und selbstbewusster machte. Und mit der Zeit nützte es auch wirklich. Mein Vater schlug mich kaum noch und meinen älteren Brüdern wurde es schnell langweilig, mich zu demütigen, wenn ich so tat, als sei nichts gewesen und ich ihre Gehässigkeiten einfach an mir abprallen ließ.

Ich verdanke Frau Richter wirklich sehr viel, sie hat mich in dieser Zeit gerettet. Und sie war in dieser Zeit auch meine beste Freundin. Manchmal haben wir zu Beginn eines Treffens ausgemacht, heute über nichts Schlechtes zu sprechen; dann haben wir die ganze Stunde nur herumgekaspert und Spaß gemacht – eine wunderbare Abwechslung für mich. Es war das erste Mal in meinem Leben, dass ich mit jemandem über wirklich alles reden konnte, was mich bedrückte. Das war eine völlig neue Erfahrung für mich – einfach alles sagen zu können, ohne Angst zu haben, dafür bestraft zu werden. Je öfter ich mich mit Frau Richter traf, desto besser ging es mir. Durch die Gespräche mit ihr verbreiteten sich Ruhe und Ausgeglichenheit in mir wie warme Sonnenstrahlen an einem Frühlingstag.

Ich kann mich nicht mehr an jedes Gespräch mit Frau Richter erinnern, aber ein Satz, den sie mir immer wieder gesagt hat, ist mir bis heute im Gedächtnis geblieben: »Yosef, es ist nicht wichtig, was die anderen über dich sagen oder denken. Das Wichtige ist, dass *du* an dich glaubst und überzeugt davon bist, dein Leben selbst in die Hand nehmen und gestalten zu können. *Glaub an deine Träume, Yosef* – dann werden sie auch wahr.«

Der Tag begann zunächst wie ein ganz normaler Schultag. Ich stand auf, machte mich schnell fertig und verließ das Haus so früh wie möglich. Hier folgte ich einer Empfehlung von Frau Richter. Auf der einen Seite begegnete ich so keinem meiner älteren Brüder oder meinem Vater, auf der anderen Seite tat es gut zu wissen, die nächsten sieben Stunden aus dem Haus zu sein.

Ich war gut gelaunt, der Himmel war strahlend blau und man konnte den nahenden Frühling förmlich riechen. Fröhlich und leise vor mich hin pfeifend schlenderte ich in Richtung Schule: Nichts deutete darauf hin, dass ich heute erfahren sollte, dass ich gar nicht der war, der ich zu sein glaubte, und dass alles, aber wirklich alles, ganz anders war, als es bis dahin schien.

Wie immer kasperten wir im Flur herum, bis die Schulklingel das Pausenende ankündigte und wir alle auf unsere Plätze stürmten. Da einer der Lehrer krank war, hatten wir in der vierten Stunde Vertretung durch Herrn Müller, dem Rektor, der mit uns so etwas wie eine Psychologiestunde machte, in der wir über unsere

Zukunftsvorstellungen und Träume sprechen sollten. Mit diesem Mann kam ich nach wie vor gar nicht zurecht. Deshalb versuchte ich auch jetzt, mich so unauffällig wie möglich zu verhalten und mich nicht zu meinen eigenen Träumen zu äußern.

Zuerst klappte das ganz gut, doch als dann alle von sich erzählt hatten, sprach er auch mich an: »Nun, Yosef? Man hört ja gar nichts von dir. Was hast du denn so für Träume?«

»Das habe ich mir noch nicht wirklich überlegt, ich habe ja noch eine Menge Zeit«, antwortete ich nach kurzem Schweigen.

»So, so. Was sagt denn deine Familie über diese Einstellung? Ich meine, wie du mit deiner Zeit umgehst? Die denken da bestimmt ganz anders, oder?«

Ich hatte keine Ahnung, worauf er hinauswollte. Nachdem wir uns eine Zeit lang angestarrt hatten, fügte er in lockerem Plauderton hinzu: »Du weißt doch, dass ihr Türken seid, oder? Ich nehme an, dass ihr in eurer Familie über alles redet? Wie lange hast du denn noch Zeit, in Deutschland zu leben?«

Auf einmal fingen alle an zu flüstern.

Verwirrt sah ich ihn an, konnte seinen Satz aber nur mit einem schockierten Blick erwidern. Ich brachte einfach keinen Ton heraus. Doch ich brauchte auch nichts zu sagen, denn mein Gesichtsausdruck sagte genug: ›Nein! Ich weiß gar nichts!‹

»Na, dann ist ja jetzt alles klar«, sagte er nur kurz und wandte sich wieder der Klasse zu.

Doch mittlerweile hatte ich mich aus meiner Schockstarre gelöst. Ich sprang auf und fragte ihn direkt: »Was soll das bedeuten, ich sei Türke? Jeder weiß, dass ich Araber bin! Und was meinen Sie damit, wie lange ich noch Zeit hätte, hier zu leben?!«

»Nun, Yosef«, erwiderte der Rektor, »ich denke, es ist nicht meine Aufgabe, dir darüber zu berichten. Dafür sind deine Eltern zuständig, auch wenn sie das bisher anscheinend alles vor dir verschwiegen haben.«

Ich saß da und wusste nicht, wie mir geschah. All die Dunkelheit, die in letzter Zeit durch die Gespräche mit Frau Richter keinen Zugriff mehr auf mich gehabt hatte, brach wieder über mich herein. In meinem Kopf drehte sich alles nur noch im Kreis: *Ich* sollte Türke sein? ›Das ist wohl ein schlechter Scherz! Jeder weiß, dass wir aus dem Libanon kommen und Araber sind. Das beweist doch schon allein die Tatsache, dass keiner von uns in der Familie Türkisch spricht, alle aber fließend Arabisch. Und wieso sollten wir Deutschland verlassen müssen? Das passt doch alles gar nicht zusammen!‹ Ich war dermaßen in meinem Gedankenkarussell gefangen, dass ich das laute Klingeln der Pausenglocke gar nicht bemerkt hatte. Erst als mein Banknachbar meinen Namen rief, erwachte ich wie aus einem Traum und schaute mich hektisch um. Herr Müller – wo war er? Obwohl mich meine Freunde aufforderten, mit ihnen auf den Schulhof zu kommen, rannte ich los, um den Rektor zu suchen. Ich musste das klären.

Nach kurzer Suche hatte ich ihn auf dem Weg zu seinem Zimmer gefunden. »Herr Müller, bitte reden Sie mit mir«, flehte ich ihn an. »Ich weiß nichts von dem, was Sie da angedeutet haben. Von so etwas hat meine Familie noch nie gesprochen. Was ist da los?«

»Wie ich schon sagte, ich möchte mich in diese Sache nicht weiter einmischen. Frag deine Eltern, die können dir das sicher alles genau erklären.«

Ohne ein weiteres Wort drehte er sich um und verschwand in der Menge. Solchermaßen stehen gelassen, brauchte ich dringend Ruhe und Zeit zum Nachdenken, aber auch Klarheit. Da ich von meiner Familie für diese Fragen sowieso nur Schläge, aber keine Antworten bekommen würde, beschloss ich, mit diesem Thema zu Frau Richter zu gehen. Ich hatte zwar wirklich Angst vor der Antwort, aber ich musste einfach Bescheid wissen. Herr Müller hatte so selbstbewusst und überzeugt von diesem Thema gesprochen, das machte mich stutzig.

Kurz darauf stand ich also weinend und verzweifelt vor dem Lehrerzimmer und fragte nach Frau Richter. Leider war sie schon seit der zweiten Stunde nicht mehr da, und das brachte mich kurzzeitig aus dem Konzept.

Was sollte ich jetzt tun?

Schließlich lief ich zu den Toiletten, wusch mir gründlich das Gesicht und beriet mich mit meinem Spiegelbild. Dabei wurde mir klar, dass ich nun nichts anderes machen konnte, als nach der Schule mit meiner Familie darüber zu sprechen, so unangenehm das auch werden würde.

Wie auf Kohlen sitzend wartete ich das Unterrichtsende ab und rannte dann sofort nach Hause. Ohne wirklich etwas zu sehen, überquerte ich Straßen, lief über rote Ampeln und rempelte Passanten an. Kurz darauf stand ich atemlos zu Hause vor der Tür und klingelte Sturm. Als Rüya mir öffnete, preschte ich wortlos an ihr vorbei und lief angezogen, wie ich war, direkt in die Küche. Meine Eltern saßen, das restliche Gold meiner Mutter vor sich, am Tisch und tranken Kaffee. Ich ließ ihnen gar keine Zeit, sich über meinen Auftritt zu wundern, sondern fragte sofort ganz direkt: »Stimmt es, dass wir Türken sind?«

Meine Eltern tauschten vielsagende Blicke, bis meine Mutter etwas zögerlich sagte: »Aber Yussuf, wo nimmst du bloß diesen Unsinn her? Wer behauptet denn so was?«

Doch ich ließ mich nicht täuschen: »Hör auf, so mit mir zu reden! Ich will wissen, was los ist. Sind wir Türken oder nicht?«

Zu meiner großen Verwunderung verließ mein Vater wortlos den Raum, ohne mich irgendwie zu beachten, sodass meine Mutter und ich allein zurückblieben. Noch einmal versuchte sie mich abzulenken.

»Komm, Yussuf, setz dich. Du hast bestimmt Hunger, ich mache dir etwas zu essen.«

Ich konnte es nicht fassen, dass sie so mit mir redete. Wütend schleuderte ich ihr entgegen: »Ich hasse euch alle! Ich werde Allah für den Tag danken, an dem ich euch endlich los sein werde!«

Damit drehte ich mich um, rannte auf mein Zimmer und knallte die Tür hinter mir zu. Ohne mir die Schuhe auszuziehen, legte ich mich weinend auf mein Bett.

Eine zarte Hand streichelte zart über mein Gesicht. Ich öffnete verschlafen die Augen und erkannte meine Mutter, deren Umrisse im Gegenlicht der Abendsonne zu sehen waren. Irgendwann war ich wohl eingeschlafen, doch ich fühlte mich physisch und psychisch so erschöpft, als hätte ich die letzten Stunden Schwerstarbeit geleistet.

Eine Zeit lang sahen wir uns nur schweigend an, bis sie leicht zögerlich das Wort ergriff: »Du bist kein kleines Kind mehr, Yussuf. Auch du hast das Recht, die Wahrheit zu erfahren. Ich habe das mit deinem Vater sehr lange diskutiert und er ist derselben Meinung.«

Langsam setzte ich mich auf und lehnte mich gegen die kalte Wand hinter mir. Ich schwieg noch immer und wartete gespannt auf das, was sie mir sagen würde.

Das Reden fiel ihr nicht leicht, doch schließlich fuhr sie fort: »Ich weiß gar nicht, wie ich anfangen soll … Es ist alles so ein Durcheinander und wir wollten nicht, dass es so weit kommt. Ich meine, was soll ich sagen … Yussuf … Es ist wahr, wir sind keine Libanesen.«

Eine Welt brach für mich zusammen. Mit offenem Mund saß ich im Bett, unfähig, auch nur einen Ton von mir zu geben. Meine Mutter spielte nervös mit ihren Händen und blickte an mir vorbei. War es ihr peinlich, ihrem Sohn eröffnen zu müssen, dass sie ihn seit vierzehn Jahren über seine wahre Herkunft belogen hatte? Dass er gar nicht der war, der er zu sein glaubte? Dass er eigentlich weder in Deutschland noch im Libanon noch in der Türkei eine wirkliche Heimat hatte, von zu Hause ganz zu schweigen?

Lange Zeit saßen wir uns gegenüber und schwiegen, bis sie sich ein Herz fasste und zu sprechen begann: »Wir sind tatsächlich aus der Türkei. Dein Vater ist dort groß geworden. Meine Familie ist mit mir in den Libanon ausgewandert, als ich noch ein ganz kleines Kind war. Ab dem Alter von fünf Jahren habe ich dort bei reichen Menschen geputzt.«

Ich versuchte meine aufkommenden Tränen zu unterdrücken. Die Tatsache, ein Türke zu sein, machte mich völlig fassungslos, sodass ich nur fragte: »Wir sind also tatsächlich Türken, was?«

Ich konnte selbst nicht glauben, was da aus meinem Mund kam. Es ist nicht so, dass ich etwas gegen Türken hätte, ganz im Gegenteil, wir hatten viele türkische Freunde, die in Hamburg lebten und mit denen ich mich blendend verstand. Aber ich habe in diesem Moment einfach nicht verstanden, warum ich mein ganzes Leben lang über meine wahre Identität belogen worden war.

»Nicht wirklich, Yussuf«, begann meine Mutter mir zu erklären. »Wir sind arabische Türken. Also Türken mit arabischer Abstammung. Du musst wissen, die Türkei ist nicht einfach nur Türkei. Sie besteht eigentlich aus drei Völkern: einem türkischen, einem arabischen und einem kurdischen. Viele Europäer wissen das gar nicht, aber Mitte des siebten Jahrhunderts eroberten die Araber Südostanatolien und Nordmesopotamien. Nach diesem Krieg wurden viele einheimische Familien von der arabischen Halbinsel nach Südostanatolien und Nordmesopotamien umgesiedelt. Bis heute leben die arabischstämmigen Menschen hauptsächlich im Süden und Südosten der Türkei an der Grenze zu Syrien und dem Irak.«

Meine Mutter hielt inne und wartete, ob ich irgendwie darauf reagieren würde. Als ich sie aber nur verwirrt anschaute, fuhr sie fort:

»Auch dein Vater wanderte in den Libanon aus. Da er und ich dieselbe Herkunft hatten, begegneten wir uns sehr oft in Beirut. Es dauerte nicht lange, da hielt dein Vater um meine Hand an und wir heirateten kurz darauf in der Türkei. Ein knappes Jahr später brachte ich dort auch deinen ältesten Bruder zur Welt. Da wir im Libanon aber mehr Geld verdienen konnten, kehrten wir bald wieder nach Beirut zurück und deine nächsten Geschwister wurden dort geboren. Schon Mitte der Siebzigerjahre des letzten Jahrhunderts brach der Bürgerkrieg im Libanon aus. Zunächst ging es noch, aber Jahr um Jahr wurde es schlimmer. Wir waren gerade dabei, unsere Existenz aufzubauen, als sich Anfang der Achtzigerjahre die israelische Armee massiv in den Krieg einzumischen begann. Es war eine grausame Zeit für uns, in der wir viele Freunde und Verwandte verloren. Bald glich das einst so blühende und schöne Beirut einer Trümmerwüste. Weißt du, dass Beirut vor dem Bürgerkrieg in der ganzen Welt ›das Paris des Nahen Ostens‹ genannt wurde, Yussuf?«

Sie schien jetzt mehr zu sich selbst zu sprechen als zu mir; ihre Augen wurden feucht und ihre Stimme sank fast zu einem Flüstern herab, als sie fortfuhr: »Krieg ist eine schlimme Sache, mein Sohn. Wer es nicht selbst erlebt hat, der kann das niemals auch nur im Geringsten verstehen. Tag und Nacht wurde in den Straßen geschossen, Bomben regneten vom Himmel, wie Blätter im Herbst von den Bäumen fallen. Jedes Mal, wenn ich zum Putzen ging und das Haus verließ, wusste ich nicht, ob es bei meiner Rückkehr noch stehen würde. Den ganzen Tag über dachte ich nur an deine älteren Geschwister, die ich in unserer kleinen Wohnung eingesperrt hatte – ob sie verletzt wurden von einer Bombe oder einem Geschoss, ob sie von jemand entführt wurden, ob sie überhaupt noch am Leben waren. Tagein, tagaus trug ich diese Angst in mir. Und die Nächte waren noch schlimmer: das Knattern der Kalaschnikows, manchmal ganz nah, das erst leise und dann immer lauter werdende Heulen der Artilleriegranaten, wenn sie im Anflug waren. Dein Vater und ich lagen im selben Bett und drückten unsere vor Angst zitternden Kinder ganz fest an uns. Das Schlimmste waren immer die Bomben, dieses unbeschreibliche Geräusch, das immer lauter und kreischender wird, sodass man meint, man würde wahnsinnig werden … und dann die Sekunden vor dem Einschlag – Ewigkeiten, in denen man sich in den Abgrund der Hölle gezogen fühlt und …«, sie stockte einen kurzen Augenblick, Tränen liefen jetzt über ihre Wangen, »… und dann der Einschlag! Manchmal so nah, dass du denkst, eine riesige unsichtbare Faust habe deinen Körper getroffen und würde dich in tausend Stücke zerreißen …« Ihre Stimme war kaum noch zu hören. Sie wischte sich die Tränen von den Wangen und schaute mich eine Weile nur an.

Ich starrte sie mit großen Augen und offenem Mund an, als säße eine Fremde neben mir und nicht meine eigene Mutter. Alles war so unwirklich, dass ich kein Wort, keine Frage über meine Lippen brachte.

Sie musste gemerkt haben, was in mir vorging, denn sie streichelte sanft über meine Haare und sagte: »Aus Angst um unsere Kinder sind wir wieder in die Türkei zurückgekehrt, wo dann unser nächster Sohn zur Welt kam. Der Krieg hatte deinen Vater verändert. Er äußerte sich mir gegenüber zwar nie darüber, aber ich fühlte, dass etwas in ihm anders geworden war. Als wir wieder in der Türkei waren, sprach er in den ersten Wochen kaum noch. Und mit jedem Tag, der verstrich, wurde er mürrischer. Mit der Zeit regte er sich bei jeder Kleinigkeit dermaßen auf, dass ich kaum noch etwas zu sagen wagte. Täglich verließ er das Haus, um Arbeit zu suchen, doch immer erfolglos. So ging es uns ständig schlechter und wir waren auf die Unterstützung meiner Mutter angewiesen. Wir bewohnten alle zusammen nur ein kleines Zimmer. Aus der Toilette, die wir benutzten, sprangen uns immer wieder Straßenratten entgegen. Ich mag gar nicht mehr daran zurückdenken. Etwa ein Jahr später beschloss dein Vater, dass wir als Flüchtlinge nach Europa ausreisen würden. Obschon er mich gar nicht nach meiner Meinung dazu gefragt hatte, stimmte ich zu: Die Hoffnung, in Europa, in Deutschland, ein besseres Leben führen zu können, war größer als alle meine Bedenken. Alle hatten uns gesagt, Europa wäre das Paradies. Den Rest kennst du ja, nach zwei Jahren kamst du auf die Welt, und dann noch Ali und Rima, weiter muss ich ja nicht erzählen.«

Schweigend saßen wir uns gegenüber und schauten uns einfach nur an. Das alles hatte ich eben zum ersten Mal gehört. Ich bemühte mich, diese Geschichte irgendwo einzusortieren, was mir aber wirklich schwerfiel. Dabei kamen mir dann plötzlich wieder Herrn Müllers Worte in den Sinn.

»Und warum müssen wir vielleicht Deutschland für immer verlassen?«, platzte es aus mir heraus.

Sichtlich überrascht schaute mich meine Mutter an. »Yussuf? Woher weißt du davon?«

»Hast du mir vielleicht immer noch nicht alles erzählt? Was verschweigst du mir noch?«, fragte ich erst wütend zurück, lenkte dann aber sofort ein: »Der Schulrektor hat heute Morgen vor der ganzen Klasse davon gesprochen. Mir war das alles so peinlich. Ich wusste gar nicht, was ich sagen sollte. Und ich fühlte mich total im Stich gelassen, weil ihr mich darüber immer nur angelogen habt.«

Meine Mutter begann zu verstehen. Entschuldigend legte sie einen Arm um mich, doch die Erklärung, die nun folgte, machte es auch nicht besser. Sie erzählte mir nämlich, dass sie die Schulen gebeten hätten, uns Kindern von dieser Geschichte nichts zu erzählen.

Ich konnte es nicht fassen: Alle wussten Bescheid, nur ich und meine kleinen Geschwister nicht?! Und Frau Richter, hatte sie vielleicht auch die ganze Zeit Bescheid gewusst? Gehörte sie auch zu denen, die mich anlogen? Je mehr ich erfuhr, desto unfassbarer wurde alles, und ein Gedanke, nein, mehr noch, eine kaum beschreibbare Angst begann sich in mir auszubreiten: ›Wir sollen Deutschland, das Land, in dem ich geboren und aufgewachsen bin, vielleicht für immer verlassen müssen?! Und was dann?‹ Mein Kopf brummte, als hätte sich ein ganzer Schwarm Bienen darin verirrt. Trotzdem wollte ich jetzt aber auch noch wissen, wie es meine Eltern damals überhaupt nach Deutschland geschafft hatten.

Meine Mutter senkte den Kopf ein wenig und begann zu erzählen: »Wir fuhren erst mit dem Zug von Istanbul nach Wien. Zu der Zeit brauchte man dazu kein Visum. Als wir in Wien angekommen waren, warteten schon ein paar Männer auf uns. Sie würden uns, sagte dein Vater, nach Deutschland bringen.«

»Wer waren diese Männer?«

»Ich weiß es nicht so genau. Finstere Gestalten – türkische Mafia vielleicht. Jedenfalls …«

»Waas? Ihr hattet auch noch Kontakt zur Mafia? Wie konntest du so etwas tun?«, unterbrach ich sie.

»Sei still, Yussuf, und hör mir zu! Glaubst du tatsächlich, dass ich dem Ganzen leichten Herzens zugestimmt habe? Glaubst du im Ernst, dass ich bloß aus einer Laune heraus meine Heimat verlassen habe? Dann kennst du deine Mutter schlecht!« Sie schaute zur Seite und ihre Stimme bebte, als sie weitersprach: »Ich wollte nur meine Kinder in Sicherheit bringen. Nur darum ging es mir. Ich habe das getan, was jede Mutter dieser Welt für ihre Kinder tun würde.«

»Und wie hat es die Mafia geschafft, euch nach Deutschland einzuschleusen?«, fragte ich etwas beschämt.

»Die Schlepper sollten uns eigentlich bis Hannover bringen. Wir fuhren in einem normalen Auto, mit dem der Chauffeur extra aus Deutschland gekommen war. Es war ein fürchterlicher Tag. Durch den vielen Schneeregen hat man fast nichts gesehen und es war extrem kalt. Der Chauffeur brachte uns bis zu einer bestimmten Stelle in der Nähe der Grenze. Dort ließ er uns aussteigen. Er erklärte uns den Weg durch den Wald und wo wir uns auf der anderen Seite der Grenze wieder treffen würden. Doch er hat uns sitzen lassen und ist einfach abgehauen. So waren wir plötzlich mitten in der Nacht auf uns allein gestellt. Es war kein Lebewesen zu sehen, noch nicht einmal Tiere trauten sich bei diesem Wetter aus ihrem Bau. Wir sind dann unzählige Kilometer zu Fuß gegangen. Deine Geschwister haben wir abwechselnd getragen, sie haben vor lauter Kälte ihre Beine schon gar nicht mehr gespürt. Dein Bruder war damals gerade ein Jahr und zwei Monate alt. Bei dieser Kälte hatten wir einfach Angst um ihn. Zudem hatten wir unterwegs seinen Schnuller verloren, weshalb er dann ununterbrochen geweint hat. Es war schrecklich, in dieser Situation auch noch dauernd sein verzweifeltes Weinen hören zu müssen. Wir versuchten ihn zu beruhigen, indem wir ihm abwechselnd unsere eiskalten Finger in den Mund steckten, doch das hat nicht funktioniert. Deswegen musste dann Leya ihren Schnuller mit ihm teilen, was allerdings dazu geführt hat, dass deine große Schwester auch immer wieder mal anfing zu weinen.

Irgendwann mal, Gott weiß nach wie vielen Stunden Gehen, fanden wir am Waldrand ein Gebäude, das noch im Rohbau war. Wir verbrachten die Nacht dicht aneinandergekuschelt im Inneren dieses Hauses, wo es immerhin nicht ganz so kalt war. Am nächsten Morgen wurden wir von den Bauarbeitern geweckt. Sie sprachen die ganze Zeit mit uns, aber wir haben leider kein Wort verstanden und hatten Angst, es könnten Beamte sein, die uns jetzt gleich wieder zurückschicken. Deine Geschwister haben vor Hunger nur noch geweint und wir wussten alle nicht mehr weiter. Irgendwann haben die Bauarbeiter in ihrer Verzweiflung die Polizei gerufen. Die sorgte erst einmal dafür, dass wir etwas zu essen und warme Kleidung bekamen und brachte uns anschließend in ein Heim, wo wir uns aufwärmen und bleiben konnten. Es dauerte nicht lange, da hat sich dein Vater wieder mit irgendwelchen dubiosen Menschen zusammengesetzt, die uns gesagt haben, wir müssten es bis Hannover schaffen, weil dort unsere nächsten Verwandten lebten. Sie wiesen uns an, über den Zaun des Heims zu springen und im nahen Wald auf sie zu warten. Für damals fast siebentausend D-Mark brachten sie uns dann mit ihrem nagelneuen Mercedes nach Hannover. Als wir dort unsere kompletten Daten mit dem Namen Scheicho eingaben, erwähnten wir nichts von der Türkei, aus Furcht, dass sie uns vielleicht wieder zurückschicken würden – und das wollten wir auf keinen Fall. Wir erhielten Asyl und leben nun seit sechzehn Jahren hier in Bahlburg.«

»Mummy? Was meinst du damit? Warum sagst du ›*mit dem Namen Scheicho*‹? Heißen wir etwa gar nicht so?«, fragte ich fassungslos.

Meine Mutter blickte mich beschämt an. »Nein, Yussuf, wir heißen nicht so.«

»Und wo kommt dann der Name Scheicho her?«

»Ich schwöre bei Allah, dass ich nicht weiß, was dein Vater vorhatte, als er in Deutschland einfach den

Namen eines guten Freundes angab und komplett die Namen deiner Geschwister auf den Papieren änderte. Bitte glaube mir, Yussuf. Ich meine, wir hatten ja unsere Pässe mit den richtigen Namen, aber die legte er nicht vor. Er hielt sie versteckt. Ich hatte damals aber wirklich keine Ahnung, warum er das so gemacht hat. Erst später wurde mir klar, warum dein Vater unsere wahre Herkunft verschleiert hatte – wir hätten nie Asyl erhalten als Türken.«

Nachdenklich betrachtete ich meine Mutter und fragte dann: »Und was ist jetzt so schlimm daran, dass ihr vor vielen Jahren mit einem anderen Namen Asyl beantragt habt? Das hat doch schon längst jeder vergessen, weshalb ist das jetzt wieder Thema?«

Meine Mutter lächelte kurz über diese für sie vermutlich naive Frage. Da es schon fast dunkel war, erhob sie sich kurz, um das Licht anzumachen. Als sie sich wieder neben mich setzte, sah ich ihre roten Augen, mit denen sie mich erschöpft ansah und dann zu erzählen fortfuhr: »Das, was wir damals getan haben, ist nach deutschem Gesetz strafbar, Yussuf, denn wir haben wissentlich falsche Angaben gemacht, also den Staat betrogen. Damals wusste zumindest ich nichts davon, aber aus Angst, wieder zurückgeschickt zu werden, haben wir uns auch später nie getraut, die Wahrheit zu sagen. Vor etwa drei Jahren aber hatte irgendjemand mitbekommen, dass wir nicht Libanesen, sondern Türken sind, und anonym bei der Gemeinde angerufen. So ist alles ans Tageslicht gekommen, auch dass wir Şimşek und nicht Scheicho heißen. Ein Bekannter deines Vaters arbeitete damals bei der Gemeinde und hat uns gewarnt, so haben wir überhaupt erst davon erfahren.«

Nach all dem Durcheinander mit den verschiedenen Namen und Ländern kam mir eine andere Frage in den Sinn: »Als ich noch sehr klein war, sind wir einmal zu Omi geflogen. War das die Türkei oder der Libanon?«

»Das war die Türkei.«

»Ah … Jetzt verstehe ich, weshalb Baba und meine Brüder unsere ganzen schönen Urlaubsbilder vernichtet haben …«

»Genau, weil diese aus der Türkei und nicht aus dem Libanon stammen. Damit die Polizei keine Beweismittel gegen uns hat, falls sie einmal mit einem Hausdurchsuchungsbefehl zu uns kommen sollte«, vervollständigte meine Mutter den Satz.

Plötzlich und ohne Vorwarnung sprang ich vom Bett hoch und rief: »Mummy! Was ihr da macht, ist nicht richtig. Ihr seid auch nicht besser als die Mafia!«

Sie gab mir eine Ohrfeige als Erwiderung auf diesen Vorwurf. »Sei still, du dummes Kind! Wir haben nur versucht, dich und deine kleinen Geschwister zu schützen! Deine älteren Geschwister, die schon volljährig sind, könnten hierbleiben, wenn sie das wollen, aber wir anderen müssten zurück. Und was willst du dann in der Türkei anfangen? Du sprichst doch noch nicht einmal ein Wort Türkisch!«

Langsam setzte ich mich wieder zurück und begann nachzudenken. Von dieser Perspektive aus hatte ich das noch gar nicht betrachtet. Nun verstand ich auch, weshalb Leya bereits so kurz nach ihrer Verlobung verheiratet wurde. Und ich verstand auch, warum unser ganzer Hausrat verschickt wurde – er sollte uns als Grundstock dienen, falls wir demnächst in die Türkei ausgewiesen würden. All die Ungereimtheiten der letzten Zeit lösten sich auf, alles passte perfekt zusammen. Mir wurde immer mulmiger im Bauch, diese Geschichte war einfach unglaublich.

Abgeschoben, ausgewiesen werden – das heißt, für immer in die Türkei zurückzukehren und Deutschland nie mehr zu betreten, wie mir meine Mutter erklärte.

Deutschland nie mehr betreten? Nein, das durfte einfach nicht sein, hier lebte ich doch, das war meine Heimat! Und stattdessen in ein völlig fremdes Land zu ziehen, dessen Sprache ich noch nicht mal kannte? ›Niemals, nein …‹ Ich fing an zu weinen und flehte meine Mutter an, irgendetwas zu unternehmen, damit dieser Albtraum nicht wahr würde.

»Wir haben alles versucht, Yussuf. Als die Wahrheit ans Tageslicht kam, haben wir uns mit einem Anwalt zusammengesetzt. Aber Anwälte sind teuer, und so dauerte es nicht lange, bis unser ganzes über die Jahre zusammengespartes Geld ausgegeben war. Also haben wir angefangen, Rüyas und mein Gold zu verkaufen, um den Anwalt weiter bezahlen zu können – obwohl er vermutlich wusste, dass wir sowieso abgeschoben würden, hatte er keine Skrupel, unsere gesamten Ersparnisse einzukassieren. Das angesparte Geld war eigentlich für eure Zukunft gedacht. Wir haben schon immer für eure Zukunft gehungert und uns nichts gegönnt, damit ihr später ein besseres Leben führen könnt und nicht so leiden müsst wie wir. Und ich hoffe, dass ihr hier weiterleben könnt und euch eine gute Zukunft aufbaut. Ich weiß nämlich, dass das in der Türkei schwierig sein wird. Eine Mutter spürt einfach, was für ihr Kind gut ist und wie es ihm geht. Bei dir zum Beispiel weiß ich oft, wie es dir geht, auch wenn du nichts sagst. Und mein Muttergefühl sagt mir, dass ihr es in der Türkei nicht schaffen werdet, genauso wie mein Gefühl mir sagt, dass du jemanden gefunden hast, mit dem du über deine Probleme reden kannst, mein Schatz.«

Ich fiel aus allen Wolken über diesen abrupten Themenwechsel. Außerdem machte sich Empörung in mir breit: Hatte Frau Richter meiner Mutter tatsächlich über unsere Gespräche berichtet, obwohl wir abgemacht hatten, dass alles unter uns bleiben würde?

»Sie hat dir tatsächlich gesagt, dass wir oft miteinander reden?«, fragte ich enttäuscht.

»Ach, Yussuf, keiner hat mir was gesagt. Mein Gefühl hat mir dein Geheimnis verraten. Du brauchst keine Angst zu haben, ich habe es niemandem gesagt. Und ich freue mich auch für dich, dass du jemanden gefunden hast, dem du vertrauen kannst und der versucht, dir zu helfen. Sei aber bitte so gut und halte dich mit deiner Drohung, Anzeige zu erstatten, zurück. Das können wir zurzeit überhaupt nicht brauchen, denn das könnte tatsächlich das Ende für unseren Aufenthalt in Deutschland sein.«

Ich wusste nicht, was sie damit meinte, und wollte mich auch gar nicht näher damit beschäftigen. Lieber lenkte ich vom Thema ab und kam noch mal zurück auf das, was wie ein Damoklesschwert über mir schwebte, seit ich davon erfahren hatte: »Ja, aber … was ist denn jetzt, Mummy? Müssen wir nun zurück oder nicht?«

»Der Anwalt konnte die Abschiebung um drei Jahre verzögern. Aber zurzeit sieht es einfach schlecht aus, mein Sohn. Sogar die deutschen Pässe von dir, Ali und Rima wurden eingezogen, obwohl ihr hier geboren wurdet und mit allem nichts zu tun habt. Eigentlich wollte unser Anwalt dafür extra ein Gerichtsverfahren eröffnen, aber unser Geld reicht nicht mehr aus, ihn dafür zu bezahlen. Dieser Anwalt war ein Schurke, denn das meiste Geld behielt er für sich, ohne etwas dafür zu tun. Und zudem erfuhren wir von einem Freund später, dass wir als mittellos galten und in Deutschland für solche Menschen ein Anwalt kostenlos vom Staat zur Verfügung gestellt wird. Das wurde uns erst bewusst, als es zu spät war. Aber so oder so, ich glaube, der deutsche Staat will so viele wie möglich von denen, die falsche Angaben gemacht haben, abschieben. Nicht einmal ein Schreiben von Alis

Arzt, der ihn damals operiert hatte und der bestätigt, dass Ali weiterhin in Kiel medizinisch betreut werden muss, hat etwas genützt. Ja, wie gesagt, im Moment sieht es schlecht aus und es tut mir auch leid, dass du das alles erst jetzt erfährst. Aber du und deine kleineren Geschwister, ihr seid noch sehr jung. Wir hatten Angst, ihr könntet euch verplappern.«

Weinend zuckte sie mit den Schultern und schwieg. Auch ich konnte nichts mehr sagen. Wir sahen uns nur an und weinten zusammen.

Nicht einmal mehr einen Pass hatte ich. Auch das war mir neu. Ich spürte, dass es momentan zu diesem Thema nichts mehr zu sagen gab. Und ich wollte auch nichts mehr hören. So viel war heute auf mich eingeströmt, jetzt brauchte ich Zeit für mich.

Nachdenklich sah ich meiner Mutter nach, wie sie mein Zimmer verließ und langsam die Treppe hinunterging.

12

Der nächste Morgen begann zunächst ganz normal: Meine Mutter weckte mich, als habe unser Gespräch am vorigen Abend nie stattgefunden. Ich war irgendwie froh darüber und machte mich für die Schule fertig. Obwohl ich genügend geschlafen hatte, war ich noch total müde. Ich ließ unser gestriges Gespräch noch mal an mir vorüberziehen und wusste immer noch nicht, was ich davon halten sollte. ›Ob Baba mich wohl darauf ansprechen wird?‹, fragte ich mich.

Als ich kurz darauf zum Frühstück in die Küche gehen wollte, blieb ich abrupt vor der Tür stehen, denn ich hörte, wie sich mein Vater und Hassan unterhielten. Eigentlich wollte ich gerade diese beiden jetzt nicht sehen. Und großen Hunger hatte ich auch nicht. Eben wollte ich mich umdrehen und aus dem Haus schleichen, als meine Mutter mich von hinten sanft ins Zimmer schob: »Was stehst du da vor der Tür, Yussuf? Komm rein und iss etwas, bevor du zur Schule gehst.«

Vor Schreck zuckte ich leicht zusammen, betrat dann aber widerstandslos mit ihr die Küche. Mein Vater beachtete mich wie immer nicht, er unterhielt sich weiter mit Hassan und trank genussvoll seinen Kaffee. Mein Vater, der mich mein Leben lang schlecht behandelt und angelogen hatte und der durch seine Betrügereien dafür verantwortlich war, dass wir vielleicht bald für immer in der Türkei leben mussten, hielt es nicht für nötig, sich mir gegenüber irgendwie dazu zu äußern.

Erst als meine Mutter mein Pausenbrot in die Tasche packte, schaute er zu mir hoch. Schlagartig wurde aus dem gemütlichen Kaffeetrinker ein zorniger Drache: »Was ist los? Steh hier nicht so nutzlos rum, schau lieber, dass du zur Schule gehst!«

»Baba?«, fragte ich leise: »Willst du mir nichts sagen?«

»Was willst du denn hören?«, meinte er verächtlich. »Was soll ich so einem Nichtsnutz wie dir, der nur Stress und Leid nach Hause bringt und sich zu allem Überfluss noch wie ein Mädchen benimmt, schon sagen wollen? Na ja, aber ich wollte dich ja eh noch nie haben.«

Nach diesem Satz drehte sich meine Mutter ruckartig vom Herd in seine Richtung und sah ihn entsetzt an: »Abed, was sagst du da?!«

»Was denn? Hast du ihm das gestern nicht gesagt, wo ihr doch so lange über alles miteinander gesprochen habt?«, fragte er mit einer Mischung aus Zorn und Verachtung in seiner Stimme. Dann schaute er mich von oben bis unten an und sagte: »Du sollst ruhig wissen, dass ich dich nur gezeugt habe, um mehr Kindergeld zu bekommen. Schließlich waren wir immer knapp bei Kasse, da konnten wir ein bisschen mehr Geld gut brauchen.«

Fassungslos schaute ich ihn an. Dieser Kommentar zog mir völlig den Boden unter den Füßen weg.

Meine Mutter aber warf ihr Handtuch auf den Boden und schrie: »Abed! Verdammt noch mal! Sei jetzt einfach still!«

Bevor ich wortlos hinausrannte, fing ich den schmerzhaften Blick meiner Mutter auf. Sie folgte mir noch, doch ich ließ mich nicht aufhalten, ich rannte nur immer weiter – raus aus diesem Haus, weg von diesem Vater, der mich nie haben wollte.

Erst als ich außerhalb der Sichtweite unseres Hauses war, verlangsamte ich meine Schritte und ließ das Geschehen in der Küche noch mal Revue passieren. Vermutlich stritten sich meine Eltern jetzt wegen dieser Bemerkung, die ja nichts erklären, sondern mich nur demütigen sollte. Und meine arme Mutter musste es wieder mal ausbaden. Obwohl sie selbst gefangen war in dem engen Korsett unserer eigenen Welt, half sie mir immer mit all ihrer Liebe und ganzen Kraft.

Kaum hatte ich das Schulgebäude erreicht, lief ich sofort zum Lehrerzimmer, klopfte an und fragte nach Frau Richter.

»Yosef? Was ist denn los?«, fragte sie, als sie kurz darauf vor der Tür erschien. »Ist etwas passiert? Du siehst ja ganz verstört aus?«

Als Antwort liefen mir nur die Tränen übers Gesicht. »Baba … Baba … hat gesagt, … dass … dass …«, stotterte ich schließlich vor mich hin, ohne den Satz zu Ende zu bringen.

»Komm, Yosef, du bist doch ein starker junger Mann! Was war denn los?«, hakte sie nach und streichelte über meine dünnen Oberarme.

»Baba hat gesagt …, er hat gesagt, dass er …, dass er mich gar nicht haben wollte und ich nur geboren wurde, damit er mehr Kindergeld bekommt.«

Schockiert blickte sie mich an und nahm mich dann fest in den Arm, was mich nur noch mehr weinen ließ.

Mit dieser Aussage war eine Welt in mir zusammengebrochen. Bis heute weiß ich nicht, was an ihr wirklich dran war und mit welcher »Absicht« zum Beispiel Rima und Ali gezeugt wurden.

Langsam schob mich Frau Richter wieder ein Stückchen von sich weg. »Ich habe in der sechsten Stunde frei, Yosef«, sagte sie. »Hol mich am Lehrerzimmer ab, dann sprechen wir in Ruhe über alles. Ich sage deinem Lehrer gleich Bescheid, dass du in dieser Stunde bei mir bist.«

Ich hielt es den Vormittag über kaum aus, ihr alles erzählen zu können. Als wir dann endlich zusammensaßen, bestellte sie uns zuerst noch zwei Tassen Kräutertee und brachte mich ein paar Mal richtig zum Lachen. Ich mochte Frau Richter wirklich sehr, vertraute ihr vorbehaltlos und erzählte ihr alles, was geschehen war: angefangen von Herrn Müllers Kommentar, über den langen Bericht meiner Mutter und der drohenden Abschiebung, bis hin zu der demütigenden Aussage meines Vaters heute Morgen. Während des Erzählens brauchte ich vor lauter Weinen Frau Richters gesamten Taschentuchvorrat auf. Sie hörte mir aufmerksam zu, ohne je zu kommentieren, sondern nickte nur ab und zu zum Zeichen, dass sie mir folgte. Als ich dann endlich fertig war, sagte Frau Richter immer noch nichts. »Es war einfach ein seltsames Gefühl, erst nach vierzehn Jahren zu wissen, wer oder was man in Wirklichkeit ist, verstehen Sie?«, fügte ich deshalb noch hinzu.

»Aber Yosef, das Wichtige ist doch, dass jetzt auch du über alles Bescheid weißt, oder nicht?«

»Wie meinen Sie das, Frau Richter?«, fragte ich verwirrt.

»Na ja, dass du jetzt auch die Wahrheit weißt. Es spielt ja keine Rolle, wer es dir zuerst gesagt hat. Hauptsache, du weißt es jetzt, verstehst du?«

»Ja, aber ich verstehe nicht, warum Sie die ganze Zeit ›auch‹ sagen. Was meinen Sie damit?«, wollte ich wissen, bevor mir schlagartig die Erkenntnis kam: »Wussten Sie vielleicht auch die ganze Zeit schon Bescheid? Meine Mutter hat mir gestern gesagt, sie hätte die Schule gebeten, nicht mit uns Kindern darüber zu sprechen. Gehörten Sie also auch zu denen, die alles wussten und mir nichts sagten?«, fügte ich nach einer kurzen Pause hinzu.

»Yosef, nein, ich meine … Also eigentlich ist es so …«

Das durfte einfach nicht wahr sein! Nach so vielen Sitzungen und so vertrauten Gesprächen bekam ich nun mit, dass auch *sie* alles gewusst hatte. Im Rückblick verstehe ich ihr Verhalten, sie wollte es mir wohl sanft und sachte über die Zeit beibringen, ohne mich noch weiter aus der Bahn zu werfen, aber in diesem Moment war das einfach zu viel für mich. Wie von Sinnen schrie ich sie an: »Ich habe Ihnen bei allem vertraut, Frau Richter! Wir hatten uns doch versprochen, keine Geheimnisse voreinander zu haben! Warum haben Sie mich verraten?«

»Yosef, bitte beruhige dich, ich erkläre dir alles«, versuchte sie mich zu besänftigen, erhob sich langsam von ihrem Sessel und wollte auf mich zugehen.

Aber ich schnellte wie eine Stahlfeder aus meinem Stuhl hoch und wollte nur wissen: »Seit wann?«

»Seit wann was?«

»Seit wann wissen Sie schon Bescheid?«

Es fiel ihr sichtlich schwer, mir zu antworten, doch schließlich holte sie tief Luft und sagte: »Kurz nachdem du dich hier eingeschult hattest, wurden der Rektor und ich darüber informierte, dass ein Ausweisungsverfahren gegen eure Familie im Gang sei. Da sich ein solches Verfahren jedoch sehr lange hinziehen kann und man nie weiß, wie das Gerichtsurteil letztendlich ausfallen wird, hatten deine Eltern uns gebeten, darüber zu schweigen.«

Ich konnte es nicht glauben. Seit zehn Monaten wusste sie Bescheid und hatte mir nie etwas davon gesagt. Das war zu viel für mich. Fassungslos starrte ich sie an, packte meine Tasche und rannte wortlos hinaus.

Das war leider das letzte Gespräch zwischen Frau Richter und mir. Sie hat sich wirklich sehr bemüht, wieder Kontakt zu mir aufzubauen, aber ich habe ihre Bemühungen immer sofort blockiert. Meine Enttäuschung war zu groß und ich war zu dieser Zeit nicht in der Lage, mich ihr wieder zu öffnen.

Dann und wann trafen wir uns zwar noch zufällig auf dem Flur oder auf dem Pausenhof und wechselten ein paar Worte, wobei sich mich zu überzeugen versuchte, unsere persönlichen Gesprächsstunden wieder aufzunehmen, aber ich wehrte immer ab.

Durch das ganze Chaos um mich herum war mein Kopf einfach zu voll, sodass ich manchmal nicht mehr nachdachte, sondern nur noch blind handelte. Ohne die regelmäßigen Gespräche mit Frau Richter nahm mein Leben jedoch wieder eine Wendung an, die mir überhaupt nicht guttat. Ich fühlte mich sehr einsam, verlor mein Selbstbewusstsein und auch meine Hoffnung.

Die nächsten Wochen und Monate zogen sich dahin und es war eine unangenehme Situation für uns alle, da wir keine Ahnung hatten, was nun passieren würde. Auch meine Mutter sprach nie mehr mit mir über dieses Thema und ich traute mich nicht, sie zu fragen, ob es etwas Neues gäbe. Die angespannte Atmosphäre und das ewige Warten verwandelten den neuen Yosef wieder in den alten, das heißt in den scheuen, ängstlichen und oft auch frechen und aggressiven Jugendlichen, der ich nie mehr hatte sein wollen. Ich hatte niemanden mehr, mit dem ich über meine Probleme sprechen konnte, und war wieder ganz auf mich allein gestellt. Frau Richter bemühte sich zwar nach wie vor, doch ich hatte mich total verschlossen. So lächelte sie mir nur noch von Weitem zu – und dieses kleine Lächeln war oft das Einzige, was mich motivierte, überhaupt noch zur Schule zu gehen.

Kurz vor den Sommerferien passierte es dann.

Es war ein sonniger und heißer Tag. Nichts deutete auf die nahende Katastrophe hin. Wie an jedem Schultag packte ich nach der sechsten Stunde meine Tasche und trödelte langsam nach Hause. Dunkle Wolken, die sich wie Berge am Horizont aufzutürmen begannen, kündigten ein Gewitter an. In der Annahme, dass mich daheim sowieso nichts Großartiges erwartete, hatte ich mir vorgenommen, mich dort gleich ins Bett zu legen.

Ich betrat das Haus und wollte mich gerade unauffällig nach oben verziehen, als ich sah, wie Mustafa auf der Terrasse stand und gebannt auf den Garten hinunterschaute. Neben ihm stand Nebil, der einen verzweifelten Gesichtsausdruck hatte und abwechselnd von Mustafa zum Garten und wieder zurück blickte. Neugierig geworden, trat ich zu den beiden, um zu schauen, was da unten im Garten so Interessantes zu sehen war. Je näher ich zur offenen Terrassentür kam, desto lauter drang das Geschrei aus dem Garten an meine Ohren. Mein Blut stockte in den Adern, meine Knie wurden weich wie Butter und einen Augenblick lang wurde mir schwarz vor Augen ob des Anblicks, der sich mir bot. Das herannahende Gewitter, der schwarze Himmel und das Donnergrollen verstärkten zusätzlich noch den Eindruck dieser Szenerie im Garten: Meine Mummy lag schreiend auf dem Rasen und versuchte, sich vor meinem Vater zu schützen, der mit einem Plastikhocker auf sie einschlug! Noch nie hatte ich bisher mitbekommen, dass mein Vater meine Mutter geschlagen hätte – und jetzt so etwas! Und Mustafa stand einfach bloß da, anstatt ihr zu Hilfe zu eilen.

»Tu doch was!«, schrie ich Mustafa weinend an. »Was stehst du hier nur rum, du siehst doch, dass er völlig verrückt geworden ist!«

Mustafa beachtete mich nicht, sondern verfolgte weiterhin das Geschehen im Garten, als handelte es sich um einen neuen Hollywoodfilm. Nebil machte schon eher den Eindruck, als ob er etwas unternehmen wollte. Als ich mich verzweifelt und nach Hilfe suchend umblickte, sah ich, dass Rüya, Ali und Rima weinend am Wohnzimmerfenster standen und ebenfalls entsetzt, aber wie angewurzelt dastanden und zuschauten. Eine Mischung aus unbändiger Verzweiflung und Wut überkam mich. Etwas in mir zerriss in jenem Augenblick – ich drehte mich um und rannte wie ein wildes Tier Richtung Garten.

Im selben Moment konnte sich meine Mutter befreien und rannte schreiend an mir vorbei die Treppe hoch. Mit einem dicken Baumast bewaffnet, verfolgte mein Vater sie mit wutverzerrtem Gesicht. Gerade als er an mir vorbei die Treppe hochlaufen wollte, stellte ich mich ihm wie ein Fels in den Weg und stieß ihn mit beiden Armen und mit aller Kraft gegen die Brust. Er war dermaßen überrascht, dass er taumelnd zu Boden stürzte. Ohne auch nur eine Sekunde nachzudenken, warf ich mich auf ihn und drosch mit aller Kraft, die ich aufbringen konnte, auf ihn ein. Die ganze, über die Jahre angestaute Wut entlud sich, als wir es nun am Boden liegend miteinander aufnahmen.

»Hör sofort auf, meine Mummy zu schlagen, sonst zeige ich dich an!«, schrie ich unentwegt, während ich weiterschlug.

Aber er war stärker. Schon nach kurzer Zeit schüttelte er mich ab. Ächzend stand er auf, packte mich an meinem T-Shirt und zog mich mit einem Ruck zu sich hoch. Doch ich verpasste ihm einen Fußtritt gegen das Schienbein, der wohl sehr schmerzhaft war, denn sein Griff lockerte sich kurz, sodass ich mich befreien und zur Haustür rennen konnte.

Ohne mich umzudrehen, schrie ich wie von Sinnen und übertönte dabei sogar das mittlerweile ohrenbetäubende Donnern des Gewitters: »Ich hatte dich gewarnt! Das wirst du büßen … NIEMAND schlägt meine Mummy!«

Damit riss ich die Haustür auf und rannte, so schnell ich konnte, auf unsere Straße. Innerhalb weniger Sekunden war ich völlig durchnässt. Keine Menschenseele war bei diesem strömenden Regen zu sehen. Sturmböen peitschten den Regen fast waagerecht durch die Luft. Obwohl ich kaum noch meine Hand vor Augen sah, lief ich, ohne anzuhalten oder langsamer zu werden, mitten auf der Fahrbahn die Straße entlang.

Ich hatte nur noch ein Ziel vor Augen: die Polizei.

١٤

Ich konnte einfach nicht mehr. Schon seit Jahren wurde ich geschlagen und gedemütigt, mein ganzes Leben war auf einer Lüge aufgebaut, die Situation in der Schule war oft schwierig und zu all dem schlug mein Vater jetzt auch noch meine Mutter! Das alles war zu viel für mich und mir fehlte die nötige Kraft, um überhaupt noch klar denken zu können. Ich wusste nur noch eins: Irgendetwas musste geschehen.

Der Regen war noch stärker geworden, der Himmel fast schwarz und das Stakkato von Donner und Blitz schien das Ende der Welt ankündigen zu wollen. Als ich etwa die Hälfte der Strecke hinter mir hatte, drehte ich mich noch mal um, um sicherzugehen, dass weder mein Vater noch einer meiner älteren Brüder mir folgten. Was ich dann allerdings sah, überraschte mich sehr: Ali und Rima, meine beiden kleinen Geschwister, rannten auf mich zu und winkten mir, stehen zu bleiben. Als sie bei mir angekommen waren, waren sie völlig außer Atem und ebenfalls von Kopf bis Fuß durchnässt.

»Was wollt ihr denn hier? Ich gehe zur Polizei, das mache ich lieber allein, geht wieder nach Hause!«, forderte ich sie mit lauter Stimme auf, um mich durch das Getöse des Gewitters überhaupt verständlich zu machen.

»Yussuf, nein! Mama hat sich in ihr Zimmer eingeschlossen, jetzt ist Baba auf Rüya losgegangen. Er weiß nicht mehr, was er tut. Wir bleiben nicht zu Hause, bitte nimm uns mit«, flehte mich mein kleiner Bruder an.

Mir war klar, dass ich die beiden nicht wieder zurückschicken konnte. Für keinen von uns gab es mehr ein Zurück, denn schon allein, weil sie mir gefolgt waren, würde mein Vater sie bestrafen. So nahm ich die beiden an die Hand und wir rannten zu dritt weiter.

Als wir bei der Polizeistation angekommen waren und geklingelt hatten, öffnete sich die Tür automatisch und wir traten ein. Unsicher sahen wir uns an. Bisher war alles klar gewesen, wir waren gerannt, hatten unser Ziel erreicht – aber jetzt, wie würde es jetzt weitergehen?

Vom Eingangsbereich aus sahen wir mehrere Schreibtische voller Unterlagen. Zwei ältere Polizisten standen diskutierend davor, unterbrachen aber sofort ihr Gespräch, als sie uns sahen.

»Was ist denn mit euch los, Kinder, ihr seid ja völlig durchnässt? Braucht ihr Hilfe?«

Bevor Ali und Rima auch nur den Mund aufmachen konnten, sagte ich schnell: »Seit Jahren schlagen mich Papa und unsere älteren Brüder fast jeden Tag. Und heute ist er total ausgerastet und hat auch noch unsere Mama geschlagen. Wir halten das nicht mehr aus.«

Die beiden Polizisten sahen sich erstaunt an. Während der eine begann, sich Notizen zu machen, schaute uns der andere forschend von oben bis unten an. Erst jetzt betrachtete auch ich meine kleinen Geschwister genauer und bemerkte dabei, dass sie barfuß waren. Vor lauter Angst und Hektik hatten sie gar nicht daran gedacht, sich wenigstens Schuhe überzuziehen.

Mitfühlend forderten die Beamten uns auf, erst einmal Platz zu nehmen. Dann verließ einer der beiden das Zimmer und kehrte kurz darauf mit drei großen Wolldecken zurück, in die wir uns einwickelten. Anschließend befragten uns die beiden Polizisten nach Namen, Adresse, Alter und Schule und baten uns, ihnen alles zu erzählen, was uns hergeführt hatte.

»So, ihr drei«, sagte schließlich einer der beiden, als wir unseren Bericht beendet hatten. »Ihr bleibt jetzt hier sitzen, mein Kollege bringt euch gleich noch etwas Warmes zu essen und zu trinken. Währenddessen fahre ich mal zu euch nach Hause und schaue, was da los ist. Und wenn ich dann wiederkomme, besprechen wir, was zu tun ist, einverstanden?«

Schüchtern nickten wir und sahen zu, wie er hinter der Tür verschwand. Ein mulmiges Gefühl breitete sich aus. Was würde als Nächstes passieren? Wie würde mein Vater reagieren, wenn jetzt gleich die Polizei bei ihm klingelte und ihm sagte, dass seine drei jüngsten Kinder das Leben zu Hause nicht mehr aushielten? Ungeduldig saßen wir da und warteten auf die Rückkehr des Polizisten.

Die Zeit verging quälend langsam. Wir bekamen zwar wie versprochen etwas zu essen und zu trinken, aber unsere innere Anspannung war einfach zu groß, als dass wir dieses gut gemeinte Angebot hätten genießen können. Während sich Rima mittlerweile an mich gekuschelt hatte, sah ich alle paar Minuten auf die Uhr an der gegenüberliegenden Wand.

»Müssen wir jetzt ins Gefängnis?«, fragte Ali in die Stille hinein.

Mit einem strafenden Blick brachte ich ihn zum Schweigen und hing dann wieder meinen Gedanken nach. Unzählige Fragen wirbelten durch meinen Kopf. War das jetzt richtig gewesen oder doch ein Fehler, dass ich meine Drohung wahr gemacht hatte? Wie sollte ich jemals wieder meinem Vater ins Gesicht sehen? Ob ich zu Hause überhaupt noch etwas zu essen bekäme oder in meinem Bett schlafen dürfte? Gab es dieses Zuhause überhaupt noch?

Nach etwa einer Stunde kam der Polizist zurück und lächelte uns aufmunternd an. Mir fiel ein großer Stein vom Herzen, als ich ihn wiedersah, denn das Warten war mir wie eine Ewigkeit vorgekommen. Hoffnungsvoll sah ich ihn an.

»So, Kinder, ihr könnt jetzt beruhigt wieder nach Hause gehen«, sagte er, während er vor meinen Geschwistern niederkniete und aus einer Tüte deren Socken und Schuhe herausholte.

Wow! Sogar daran hatte er gedacht.

Ich war wirklich beeindruckt. Diese Fürsorge habe ich bei den Deutschen immer sehr geliebt und in dieser Form auch nur bei ihnen erlebt. Und nun half er Ali und Rima auch noch beim Anziehen.

Besorgt beobachtete ich ihn und fragte: »Was war denn jetzt zu Hause los? Kommt Papa nun ins Gefängnis?«

Der Polizist blickte kurz zu mir hoch und antwortete dann ernst: »Nein, junger Mann. Ich weiß, es ist nicht leicht für euch, mit ihm zusammenzuleben. Aber ich habe ihn mit deutlichen Worten ermahnt. Das heißt, ihr könnt ruhigen Gewissens wieder zurückkehren.«

Ungläubig sah ich ihn an. Er wollte uns tatsächlich wieder ins Schlachtfeld schicken, und das, nachdem ich meinen eigenen Vater angezeigt hatte?

»Deine Mutter hat alle deine Aussagen bestätigt, ebenso eine nette junge Dame namens Rüya. Dein Vater und dein Bruder Mustafa meinten jedoch, solche Streitereien seien in eurer Kultur normal und nicht weiter tragisch, denn ihr würdet euch sowieso am selben Tag wieder vertragen. Ihr braucht also keine Angst mehr zu haben. Ich verspreche dir, dass künftig bei euch niemand mehr geschlagen wird.«

Ich konnte es nicht fassen. Das Thema war für die beiden Beamten damit tatsächlich beendet. Sie fuhren uns nach Hause, und bevor wir aus dem Auto stiegen, wandte sich der Polizist noch mal an uns: »Wenn doch wieder etwas passieren sollte, dann kommst du aber auf jeden Fall wieder zu mir, okay?« Er holte eine Visitenkarte aus seiner Tasche und drückte sie mir in die Hand: »Hier hast du meinen Namen und meine Telefonnummer.«

Ich traute dem Frieden zwar nicht, bedankte mich aber trotzdem bei ihm und kletterte zusammen mit meinen Geschwistern aus dem Auto. Dann liefen wir über die Straße und klingelten mit klopfendem Herzen an der Haustür. Sofort öffnete uns Mustafa die Tür und schaute uns voller Zorn an. Ich schaffte es nicht, seinen Blick zu erwidern, sondern nahm nur Ali und Rima fest an die Hand und ging vorsichtshalber einen Schritt zurück. Einige Sekunden später wurde mein Bruder von hinten zur Seite geschoben und mein Vater erschien im Türrahmen. Bei meinem Anblick fing er an zu grinsen. Das war nun eine Reaktion, die ich gar nicht erwartet hatte.

»Du!«, sagte er und zeigte mit dem Finger auf mich. »Du hast soeben dein eigenes und unser aller Leben kaputt gemacht!« Seine Miene verfinsterte sich, sein Grinsen war wie weggeblasen, als er unheilvoll hinzufügte: »Du wirst noch sehen, was ich damit meine, wenn sie uns nun deinetwegen zurückschicken.«

Ohne ein weiteres Wort drehte er sich um und verschwand mit Mustafa wieder im Wohnzimmer. Wir drei schauten uns verwirrt an, denn wir konnten uns keinen Reim auf das Verhalten meines Vaters machen. Nachdem wir unsere Schuhe ausgezogen hatten, ging ich sofort in die Küche, um nach meiner Mutter zu sehen. Sie saß weinend auf einem Hocker und wurde von Rüya getröstet. Doch anstatt sich über meine Anwesenheit zu freuen, sprang sie auf, packte mich an den Oberarmen und schüttelte mich.

»Bist du wirklich so dumm oder tust du nur so? Was hast du da gemacht, du Nichtsnutz! All die Mühe die ganzen Jahre über ist nun umsonst!«, schrie sie und verpasste mir eine heftige Ohrfeige. »Ich will dich nicht mehr sehen, du Narr! Verschwinde aus meinem Leben! Ich schäme mich so, dich zum Sohn zu haben!«

Bestürzt schaute ich sie an. Was war das nun wieder? Weinend versuchte ich, ihr meine Situation zu erklären: »Ich musste das tun, Mummy! Nicht nur meinetwegen, auch für dich. Ich kann nicht mehr, verstehst du nicht? Ich kann einfach nicht mehr!«

Sie hörte mir gar nicht richtig zu, sondern schubste mich grob von sich: »Du nutzloser Narr! Verschwinde aus meinem Blickfeld, bevor ich mich vergesse! Ich werde dir nichts mehr erklären! Du verstehst es ja doch nicht, du Möchtegern-Deutscher! Ich hatte dir doch alles erklärt. Ich hatte dir doch immer und immer wieder gesagt, dass unser Geheimnis nie nach außen getragen werden darf.« Ihre Stimme überschlug sich fast, als sie mir den letzten Satz ins Gesicht schrie: »Und jetzt raus hier, habe ich gesagt!«

Mein Vater stand im Türrahmen und ballte wütend seine Fäuste, hielt sich jedoch sichtlich mühsam zurück.

Bevor sich alle noch mehr gegen mich verschwören würden, drehte ich mich um und rannte an meinem

Vater vorbei in mein Zimmer. Und irgendwann schlief ich dort auf meinem Bett vor Erschöpfung ein.

In der darauffolgenden Woche hatten mein Vater und Mustafa einen so heftigen Streit, dass mein Bruder seiner Frau befahl, ihre Sachen zu packen, sie würden sofort zu meiner Schwester nach Harburg fahren. Fest entschlossen, dieses Haus nie mehr zu betreten, warf er die Tür hinter sich zu. Nach einigen Tagen versöhnte er sich zwar wieder mit meinem Vater, zog aber nicht mehr bei uns ein. Den Grund für diesen Streit habe ich niemals erfahren, aber das kümmerte mich auch nicht. Ich war nur überglücklich, als ich hörte, dass Mustafa eine Umzugsfirma beauftragt hatte, seine Sachen abzuholen.

Das nun frei gewordene Zimmer wurde mir überlassen, was mich sehr freute. Nun hatte ich endlich meinen eigenen Rückzugsort und auch genügend Platz für meine Zeichnungen.

Meine Mutter hatte zwei Wochen lang kein Wort mehr mit mir gesprochen. Egal wie oft ich es versuchte, sie wies mich immer nur ab. Der Grund dafür war mir zu diesem Zeitpunkt immer noch völlig schleierhaft, denn ich hatte sie ja nur beschützen wollen. Welche dramatische Unglückskette meine Anzeige noch auslösen sollte, war mir damals nicht bewusst. Doch wie dem auch sei: Seit ich bei der Polizei gewesen war, hatte mich wirklich keiner mehr geschlagen oder auch nur verbal attackiert. ›Warum habe ich das bloß nicht schon viel früher gemacht?‹, fragte ich mich. Vielleicht wäre mir da einiges erspart geblieben.

Langsam fing auch meine Mutter wieder an, mit mir zu sprechen, und ich dachte mir, nun würde endlich alles gut werden. Ich war glücklich und hatte mir vorgenommen, mich nach den Ferien in der Schule so richtig anzustrengen. Nun hatte ich ja zu Hause keinen Druck mehr und ich könnte endlich allen zeigen, was wirklich in mir steckte. Und als ich dazu noch an einem späten Abend heimlich ein Gespräch zwischen Mustafa und meinen Eltern belauschte, da dachte ich, dass tatsächlich nichts mehr schiefgehen konnte.

»Nein, Vater, du brauchst keine Angst zu haben«, hörte ich meinen Bruder nämlich sagen. »Unser Anwalt hat mir bestätigt, dass ihr auf keinen Fall abgeschoben werdet. Er ist sich ganz sicher.«

»Ich weiß nicht so recht«, zweifelte meine Mutter. »Es sieht doch einfach nicht gut aus.«

»Doch, Mutter, du kannst wirklich völlig unbesorgt sein. Er hat erst heute wieder mit der Ausländerbehörde telefoniert und der zuständige Beamte hat ihm versichert, dass zurzeit keine Abschiebung geplant ist. Ihr habt also nichts zu befürchten.«

Nach diesen Worten fiel mir ein Stein vom Herzen. Erleichtert rannte ich in mein Zimmer, bevor mich noch jemand erwischen würde. Ich war so froh, dass ich mir fest vornahm, auch ohne Frau Richter und meinen Hasen wieder der neue Yosef zu werden. Ich wollte aus meinem Leben etwas Gutes machen und war bereit, dafür mein Bestes zu geben.

Doch dieser Traum hielt nur etwa einen Monat an, bevor er sich diesmal in einen wahrhaftigen und realen Albtraum verwandelte.

١٦

»Yussuf.«

Ich wälzte mich auf die andere Seite.

»Yussuf, steh auf, schnell!«

Als ich mich aufsetzte, sah ich, dass Ali vor meinem Bett stand.

»Schnell, komm, Baba hat unten einen Riesenstreit mit jemand.«

»Sag mal, spinnst du! Das ist mir doch egal, was der macht!«, empörte ich mich und schaute auf die Uhr: »Es ist kurz vor drei Uhr morgens! Ich bin müde! Lass mich schlafen und mach gefälligst die Tür von außen zu!«

Wortlos verließ Ali wie befohlen meinen Raum. Gerade als ich mich wieder hingelegt hatte, wurde meine Zimmertür nach einem kurzen Klopfen erneut geöffnet und dazu noch das Licht angeschaltet.

»Yosef Scheicho?«, fragte eine freundliche weibliche Stimme.

Verwirrt blinzelte ich ins Licht und sah eine junge Polizistin im Raum stehen.

»Ja?«

»Yosef Scheicho, das ist eine nächtliche Abschiebung. Sie haben eine halbe Stunde Zeit, Ihre Sachen zu packen.«

Die Worte der Polizistin trafen mich wie ein Blitz, der mich sofort paralysierte und bewegungsunfähig machte. Völlig überfordert mit dieser Nachricht, starrte ich nur auf den Boden und spürte, wie die Dunkelheit von mir Besitz ergriff. Ich schlug die Hände vors Gesicht und fing an zu weinen.

Als ich dann verzweifelt nach meiner Mutter rief, spürte ich, wie sich jemand zu mir aufs Bett setzte und freundlich sagte: »Ich weiß, es ist nicht leicht, aber du musst dich beeilen, junger Mann, du hast nur eine halbe Stunde.«

Vorsichtig öffnete ich die Augen und sah die nette Polizistin bei mir sitzen.

»Na los, komm schon, pack bitte deine Sachen«, forderte sie mich nochmals auf.

Dabei lächelte sie mich freundlich an, was mir wieder etwas Kraft gab und mich klar denken ließ. Schnell sprang ich auf, rannte zu meinem Schrank und packte erst einmal meine ganzen Bilder und Erinnerungen ein. Ich weiß nicht, warum ich gerade das als Erstes einpackte, doch vielleicht ahnte ich in dem Moment bereits, dass ich mein schönes und geliebtes Deutschland nie mehr wiedersehen würde.

Als ich dann schnell ins Wohnzimmer lief, um meine Mutter zu fragen, was ich sonst noch einpacken soll, fand ich sie weinend an der Küchentür stehen. Sie verfolgte von dort aus das heftige Wortgefecht meines Vaters mit einem mir völlig unbekannten Mann. Das war wohl der Streit, weswegen mich Ali kurz zuvor geweckt hatte.

»Was soll das?! Einfach so mitten in der Nacht in mein Haus einzubrechen und uns nur eine halbe Stunde zum Kofferpacken zu geben?!«

»Ich muss Sie wohl nicht daran erinnern, dass das nicht Ihr Haus ist, sondern dass Sie hier zur Miete leben, die Sie noch nicht einmal selbst bezahlen, Herr Scheicho! Oder soll ich Sie lieber Şimşek nennen? Und jetzt packen Sie gefälligst Ihre Sachen!«

Nach diesem Wortwechsel wollte mein Vater auf den Mann in Zivilkleidung losgehen, doch die anwesenden Polizisten hielten ihn davon ab. Sie waren im ganzen Haus verteilt, stellte ich nun fest. Wie ein Überfallkommando bei einem Antiterror-Einsatz waren sie über die offen stehende Terrassentür zu uns eingedrungen.

Ich rannte zu meiner Mutter und zog sie an der Hand: »Mummy, ich weiß nicht, was ich einpacken soll.«

Sie schaute mich nur kurz an und schubste mich dann in Richtung der Schlafzimmer: »Pack alles ein, was du siehst, wir haben keine Zeit, schnell.«

Wieder in meinem Zimmer, stopfte ich hektisch meine Kleidungsstücke in eine Tasche und überlegte gerade, ob ich noch etwas vergessen hätte, als Rima zu mir kam. Tränenüberströmt stand sie vor mir und bat mich um Hilfe. Ich nahm sie an der Hand, rannte mit ihr in ihr Zimmer und öffnete schnell ihre kleine Tasche, um zu schauen, was sie schon alles eingepackt hatte. Die Tasche war voller Kuscheltiere und Barbies, an Kleidung oder andere wichtige Dinge hatte sie überhaupt nicht gedacht. Aber klar, sie war erst neun Jahre alt und wusste einfach nicht, was sie jetzt tun sollte.

Nachdem ich mich um die Sachen meiner kleinen Schwester gekümmert und Kleidung statt Spielsachen in ihre Tasche gepackt hatte, wandte ich mich an den Polizisten, der in Rimas Zimmer stand: »Warum müssen wir zurück? Was ist der Grund dafür?«

Der Beamte guckte mich nur mitfühlend an und meinte, dass er den Grund nicht wisse.

»Und weshalb dann so? Mitten in der Nacht, als wären wir Kriminelle?«

»Die Ausländerbehörde hatte vor knapp zwei Wochen einer anderen Familie eine Woche vorher Bescheid gesagt. Als wir dann kamen, um sie abzuholen, war das Haus total leer geräumt und die komplette Familie irgendwo untergetaucht.«

Noch bevor ich weiter diskutieren konnte, kam ein anderer Polizist und fragte, ob wir fertig wären. Die vielen Polizisten, die nicht nur im ganzen Haus, sondern sogar bis auf die Straße verteilt waren, passten auf, dass alles reibungslos ablief.

»Ist die halbe Stunde schon vorbei?«, fragte ich hektisch.

»Ja, fast. Ihr solltet euch beeilen, Kinder.«

Schnell drehte ich mich wieder zu Rimas Tasche, machte sie zu und wollte sie gerade vor die Tür stellen, als mich meine kleine Schwester an die Hand nahm und weinend ihre Spielsachen ansah.

»Darf ich wenigstens Ahmini mitnehmen?«, fragte sie, ihr Lieblingskuscheltier, das sie auch vom Roten Kreuz bekommen hatte, entschlossen an sich gedrückt.

Das erinnerte mich an meinen Hasen, Mr. Rabbit. Sie konnte, genauso wie ich damals, ohne dieses Kuscheltier nicht schlafen. Natürlich sagte ich Ja.

Nachdem ich die restlichen Fotoalben zusammengepackt hatte, lief ich wieder zu meiner Mutter ins Zimmer, um zu fragen, ob ich noch etwas machen könnte. Sie und mein Vater waren gerade damit beschäftigt, ihre Wertsachen einzupacken. Beide schauten mich erst nur verzweifelt an, forderten mich dann aber auf, meinen Geschwistern zu helfen. Ich nickte und lief zu Ali, um mit ihm zu packen. Nebil schrie mich nur an, als ich ihm helfen wollte, er war wohl auch völlig überfordert.

Kurz darauf hörten wir unten einen Mann rufen: »Die halbe Stunde ist um! Alle zum Wagen! Aber schnell!«

Mit unseren Taschen in der Hand führten uns die Polizisten zum Auto. Meine Eltern, Nebil, Ali, Rima und ich mussten mit. Hassan durfte bleiben, da er schon volljährig war. Alle verabschiedeten sich von ihm. Es war ein harter Abschied, bei dem viele Tränen vergossen wurden, besonders von meiner Mutter. Ich beobachtete das Ganze nur und traute mich nicht zu ihm, weil ich dachte, er würde mich genauso anschreien wie Nebil vorhin, obwohl ich nur hatte helfen wollen. Genau in dem Moment kam jemand schnell mit einem sehr teuren Mercedes angefahren, aus dem gleich darauf Mustafa ausstieg. Wer hatte ihm um diese Uhrzeit Bescheid gegeben? Wie hatte er es geschafft, in einer halben Stunde hierherzukommen? Und woher hatte er ein solches Auto?

Er nahm beim Abschied alle außer mir fest in den Arm. Trotzdem er ebenfalls Tränen in den Augen hatte, versuchte er, einen besonnenen Eindruck zu machen – was ihm jedoch nicht ganz gelingen wollte. Auch bei ihm vermied ich es, näher zu kommen, und schaute diesem bitteren Abschied lieber nur von Weitem zu. Ich hörte noch, wie er versprach, uns Geld zu schicken, da mein Vater kaum noch welches hatte.

»Nun los!«, unterbrach schließlich einer der Polizisten das Gespräch. »Wir sind schon spät dran!«

Während wir alle weinend einstiegen, stand er an der Tür des Wagens und beobachtete das Geschehen. Das ertrug mein Vater in diesem Moment überhaupt nicht. Er machte seinem Unmut Luft und wurde dem Beamten gegenüber handgreiflich, sodass er schließlich gewaltsam in den kleinen Bus gezerrt werden musste. Wir Kinder kletterten hinterher. Ich war der Letzte in der Reihe, und gerade als ich einsteigen wollte, hörte ich jemand meinen Namen rufen. Als ich mich umdrehte, sah ich Mustafa auf mich zulaufen. Zu meiner Überraschung nahm er mich in den Arm und begann zu weinen. Meine Arme blieben steif an meinem Körper, ich konnte diesen plötzlichen Wandel nicht so recht glauben.

»Pass auf dich auf, mein Junge, und hab keine Angst, alles wird gut«, sagte er mit bebender Stimme. Da ich ihm nicht antwortete, fuhr er fort: »Sei lieb zu deiner Familie und bleib immer stark, sei ein richtiger Mann. Ich weiß nicht, wann wir uns wiedersehen werden, aber falls der Tod uns daran hindern sollte, so vergib mir bitte, wenn ich dein reines Herz gebrochen habe. Vieles, was in den letzten Jahren geschehen ist, vieles, was ich dir in all den Jahren angetan habe, war falsch. Das ist mir erst jetzt bewusst geworden, mein kleiner Bruder. Du bist anders, als wir es sind – und das ist auch gut so.«

War das Mustafa? War das wirklich der Mustafa, der mich die letzten Jahre immer nur geschlagen, gedemütigt und die gesamte Familie auf mich gehetzt hatte?

»Mustafa, ich …«, stotterte ich und wusste gar nicht, was ich darauf antworten sollte.

»Na los, Junge«, unterbrach mich einer der vielen Polizisten, nahm mich am Arm und führte mich langsam in den Wagen.

Gerade hatte ich Mustafa noch sagen wollen, wie sehr ich es mir gewünscht hätte, mich vorher mit ihm zu versöhnen, doch dann wurde schnell die Tür zugeschoben. Unsere Reise begann. Ich lehnte mich noch ein letztes Mal ans Fenster, sah meinen beiden großen Brüdern, unserem schönen Haus und unserer Straße nach und war mir plötzlich gewiss, dass ich das alles nie wieder sehen würde.

Erst als das gleichmäßige Brummen des Motors aufhörte, erwachte ich wieder aus meinem traumlosen Schlaf. Wir legten eine Pause an einer Autobahnraststätte ein, und ich hatte keine Ahnung, wie lange ich geschlafen hatte und wo wir überhaupt hinfuhren.

»Nach Düsseldorf zum Flughafen«, antwortete mir die freundliche Polizistin, die mit im Bus saß, auf meine Frage. »Von dort aus geht es dann für euch weiter nach Istanbul.«

›Istanbul? Was sollen wir denn in Istanbul?‹, fragte ich mich in Gedanken.

»Das liegt in der Türkei«, fuhr sie auf meinen verwirrten Blick hin fort.

›Klar, wir sind ja Türken, das hatte ich total vergessen.‹ Ich schaute schweigend aus dem Fenster, bis ich meine Mutter von der Toilette zurückkommen sah. Als sie wieder in den Bus geklettert war, setzte ich mich gleich neben sie.

»Alles wird gut, Yussuf, du brauchst keine Angst zu haben«, versuchte sie mir Mut zu machen.

»Ich habe aber Angst«, sagte ich leise. »Mummy … bin ich an allem schuld?«

Sie lächelte mich an und streichelte mir leicht übers Gesicht: »Ich hatte dir gesagt, dass du dich noch etwas gedulden sollst, dass bald alles zu Ende wäre und du dann deine Ruhe hättest. Und ich hatte dir auch gesagt, dass du das mit der Anzeige lassen sollst, weil wir so etwas in unserer Situation gar nicht brauchen können, nicht wahr?«

»Also ist es doch meine Schuld«, sagte ich weinend.

»Das weiß nur Allah, der Allmächtige und allwissende Schöpfer, Yussuf.« Sie machte eine kurze Pause und fuhr dann nachdenklich fort: »Und vielleicht musste ja auch alles so kommen.«

Plötzlich hörten wir draußen lautes Geschrei. Durch das Fenster sahen wir, wie Nebil sich mit einer Polizistin stritt. Mehrere andere Polizisten schritten ein und versuchten, die beiden zu trennen. Dieser Streit bedeutete das abrupte Ende der Pause, schnell wurden alle wieder in den Bus gedrängt. Nebil allerdings setzte seine verbalen Attacken so lange fort, bis mein Vater ihm rigoros befahl, endlich den Mund zu halten.

Als dann irgendwann Ruhe eingetreten war und alle schwiegen, lehnte ich mein Gesicht ans Fenster und fing an nachzudenken. Unzählige Frage tobten wie ein Wirbelsturm in meinem Kopf: ›Was wird nun aus uns? Wie wird unser Leben weitergehen? Kann ich meine Schule beenden? Wie soll ich überhaupt Türkisch lernen? Werde ich in diesem Umfeld wieder geschlagen werden? Wovon sollen wir da leben? Wer wird Geld verdienen?‹

Dazu drängten sich die Worte meiner Mutter in mein Bewusstsein. Als sie mir damals gesagt hatte, wir könnten eine Anzeige von mir gerade nicht brauchen, stand wohl sowieso schon alles auf der Kippe. Mit meinem Gang zur Polizei hatte ich vermutlich alles ins Rollen gebracht. ›Das ist der Grund, weshalb mich mein Vater damals auslachte und meinte, dass ich soeben auch mein eigenes Leben zerstört hätte. Das meinte meine Mutter damit, als sie an jenem Tag sagte, dass alle Mühe und aller Kampf gegen die Ausländerbehörde nun umsonst gewesen seien. Dass das ganze Geld und Gold damit für nichts ausgegeben worden seien.‹

Schuldgefühle kamen in mir hoch und ich dachte, dass meine Familie wieder einmal meinetwegen leiden müsste. Das stimmte so zwar nicht, denn der eigentliche Grund lag ja bei den falschen Angaben meines Vaters, der sich ein Bleiberecht in Deutschland erschlichen hatte. Doch das konnte ich in diesem Moment nicht sehen. Zudem hatte ich enorme Angst vor der Gewalt, die nun vielleicht wieder über mich hereinbrechen würde. Ich wusste ja nicht, wie das in der Türkei wäre, aber wenn schon in meinem kulturellen Umfeld in Deutschland so viel geschlagen wurde, wie würde es dann erst dort sein?

Auch wie Mustafa mich beim Abschied umarmt hatte, seine Worte, alles spielte sich noch einmal vor meinem geistigen Auge ab: Wie er sich bei mir für alles entschuldigt und dabei gesagt hatte, »falls der

Tod uns daran hindern sollte, uns noch mal wiederzusehen …« Was hatte das zu bedeuten? Dass wir nun wirklich nie wieder nach Deutschland kommen dürften? Sah so der endgültige Abschied von diesem Land aus? ›Und außerdem: Warum hat sich Mustafa nicht schon vorher mit mir versöhnt? Warum gerade jetzt beim Abschied? Diese ganzen zurückliegenden Jahre, die vergangen sind, all die kostbare Zeit, die nie mehr wieder zurückgewonnen werden kann …‹

Alles in meinem Kopf schien durcheinander zu sein, weder fand ich Antworten auf meine Fragen, noch konnte ich bewusst erfassen, dass ich nun Deutschland – das Land, in dem ich geboren und aufgewachsen war – für immer würde verlassen müssen. Meine Freunde, meine Lehrer, die Schule – nichts und niemanden davon sollte ich je wiedersehen? Ich war vierzehn Jahre alt und hatte in diesem Moment das Gefühl, dass mein Leben zu Ende sei.

Nach etwa vier Stunden Fahrt kamen wir am Flughafen in Düsseldorf an und wurden dort in einen Raum geschoben, in dem bereits andere Ausländer saßen und warteten. Sie befanden sich wohl alle in derselben Situation wie wir. Ein Teil von ihnen sah wirklich aus wie Kriminelle. Aber vielleicht tat ich damals jenen, die ich mit meinen jugendlichen Augen als kriminell einstufte, unrecht. Später in meinem Leben habe ich gelernt, dass man Menschen nicht nach ihrem Äußeren beurteilen oder vorverurteilen sollte. Zudem waren selbst wir in dieser Situation schließlich – im Sinne des deutschen Gesetzes – Kriminelle, die deshalb nun ausgewiesen wurden. Nein, natürlich hatte keiner von uns eine Bank oder eine Tankstelle überfallen, war auch nicht bei jemandem eingebrochen, keiner von uns hatte je etwas Derartiges getan, nein, unsere Familie – und damit meine ich alle von uns – hatte sich in diesem Sinne nie etwas zuschulden kommen lassen.

Viele Jahre später aber, ein paar Monate vor Erscheinen dieses Buches, als ich mich mit meiner Vergangenheit nochmals intensiv auseinandersetzte, wollte ich es doch ganz genau wissen. Ich wollte wissen, ob in den vielen Jahren, die wir in Deutschland gelebt hatten, die damaligen Falschangaben meines Vaters zur Staatsbürgerschaft wirklich der einzige Grund für diese nächtliche Abschiebung gewesen waren. Ich schrieb einen Brief an die zuständigen deutschen Behörden und schon zwei Wochen später wurden mir die gesamten Akten bezüglich unserer Ausweisung zugeschickt. Es waren über einhundert Seiten. Das meiste davon war kompliziertes Juristendeutsch, das ich kaum verstand. Die wichtigsten Teile jedoch verstand ich sehr wohl. Hier sind einige wenige Passagen aus dem Original-Urteil – die ich einfach wiedergeben möchte, ohne sie zu kommentieren:

S. 3 ff.: Die Einbürgerungsverwaltungsakte wurde durch arglistige Täuschung im Sinne des § 48 II Nr.

1 VwVfg erlangt. Zwar ist ein arglistiges Handeln der begünstigten Kinder selbst nicht gegeben, die Täuschungshandlungen der Eltern als gesetzliche Vertreter der Kinder sind diesen jedoch zuzurechnen. Arglist liegt vor, wenn die schuldhafte Irreführung darauf gerichtet ist, auf den Erklärungswillen der Behörden einzuwirken. Ihre Mandanten haben bei den deutschen Behörden bewusst und willentlich, also vorsätzlich, den Irrtum erweckt, dass sowohl sie als auch ihre Kinder Staatenlose seien. Sie wussten, dass sie selbst türkischer Staatsangehörigkeit sind und dass die Staatsangehörigkeit in der Türkei vom Vater bzw. von der Mutter an die Kinder weitergegeben wird.

Ziel ihrer falschen Angaben war unter anderem die Einbürgerung der in Deutschland geborenen Kinder.

Weder zum damaligen noch zum heutigen Zeitpunkt hätte den beiden Kindern aufgrund einer anderen Rechtsvorschrift ein Anspruch auf Einbürgerung zugestanden. Hierbei ist zu berücksichtigen, dass der Aufenthalt Ihrer Mandanten in der Bundesrepublik Deutschland niemals rechtmäßig erfolgte. Die Aufenthaltsgenehmigung der Kinder war stets an die unrechtmäßig erteilten Aufenthaltsgenehmigungen ihrer Eltern gekoppelt.

[…]

Im Rahmen des Ermessens ist zwischen den schutzwürdigen Interessen der Kinder an der

deutschen Staatsbürgerschaft und am Verbleib in Deutschland einerseits und dem öffentlichen Interesse an der Aufrechterhaltung von Sicherheit und Ordnung andererseits abzuwägen. Dabei ist der Grundsatz der Verhältnismäßigkeit zu beachten. Zugunsten der Kinder ist zu berücksichtigen, dass sie ihre Kindheit und ihre bisherige Schulzeit in Deutschland verbracht haben und seit 1999 glaubten, sie wären deutsche Staatsangehörige.
Nach pflichtgemäßem Ermessen ist das Interesse der begünstigten Kinder an einem Fortbestand der deutschen Staatsangehörigkeit niedriger zu bewerten als das öffentliche Interesse an einer Rücknahme der Einbürgerungsakte. […]
[…] Auch generalpräventive Gründe sprechen für die Rücknahme der Einbürgerung, da es im Interesse einer geordneten Ein- und Zuwanderung von Ausländern wichtig ist, deutlich zu machen, dass durch falsche Angaben erschlichene Einbürgerungen keinen Bestand haben.
[…] Die privaten Interessen der Kinder müssen nach Abwägung aller Faktoren hinter den Interessen der Bundesrepublik Deutschland an der Rücknahme der Einbürgerung zurücktreten.

S. 5 ff.: […] Die sofortige Rücknahme der Einbürgerung ist als das geeignetste Mittel anzusehen, weitere Beeinträchtigungen der öffentlichen Sicherheit und Ordnung zu verhindern. Die sofortige Voll-

ziehbarkeit ist auch aus generalpräventiven Gründen geboten. Anderen Ausländern wird dadurch vor Augen geführt, dass die durch falsche Angaben über Namen, Geburtsort und Nationalität erschlichenen Einbürgerungen durch für sofort vollziehbar erklärte Verfügungen unmittelbar zurückgenommen werden.

[…] Indem sie ihre türkische Staatsangehörigkeit verschwiegen haben, haben sie fortlaufend Aufenthaltsgenehmigungen für sich und ihre Kinder erschlichen, die sie bei Bekanntgabe der richtigen Fakten nicht erhalten hätten.

[…] Die falsche Angabe der libanesischen Staatsangehörigkeit im Asylverfahren und die der Staatenlosigkeit bei den späteren Anträgen auf Aufenthaltsgenehmigung erfolgte durch Ihre Mandanten bewusst und willentlich zum Zwecke der Erschleichung der entsprechenden Duldungen und Aufenthaltsgenehmigungen.

[…] Nach § 46 Nr. 6 kann insbesondere ausgewiesen werden, wer für sich oder seine Familienangehörigen, die sich im Bundesgebiet aufhalten und denen er allgemein zum Unterhalt verpflichtet ist, oder aufgrund einer Zusage zu tragen hat, Sozialhilfe in Anspruch nimmt oder in Anspruch nehmen muss. Auch dieser Tatbestand ist erfüllt. Während des Aufenthaltes Ihrer Mandanten wurden diesen laufende oder einmalige Leistungen nach dem Bundessozialhilfegesetz (BSHG) gezahlt.

[…] Die Ausweisung ist geeignet und erforderlich, um auf andere Ausländer eine abschreckende Wirkung zu erzielen und sie so von der Begehung ähnlicher Vergehen abzuhalten (Generalprävention). Es besteht ein erhebliches öffentliches Interesse daran, dass sich die Einreise und der Aufenthalt von Ausländern in geregelten Bahnen vollziehen […]

So weit ein Auszug des Schreibens der zuständigen Behörden, zu dem ich nun doch einen abschließenden Kommentar abgeben möchte: All die Jahre nach unserer Ausweisung hatte ich, ohne es je einem Menschen zu sagen, eine Befürchtung, besser gesagt einen Zweifel in meinem Hinterkopf, dass es vielleicht doch noch weitere Gründe für die Ausweisung gegeben haben könnte, die mir, wie so oft, keiner verraten hatte. Nein, gab es nicht! Dies mit Gewissheit zu wissen, wenn auch erst nach all den Jahren, macht mich sehr glücklich.

Der Raum, in den wir gebracht wurden, war jedenfalls sehr voll, es gab keinen freien Platz mehr zum Sitzen und es roch ziemlich stark nach Schweiß und abgestandener Luft. Kein Wunder, sämtliche Fenster waren geschlossen, und das bei so vielen Menschen.

Bei unserem Kommen schauten alle auf und einer der jüngeren Männer bot meiner Mutter sofort einen Platz an. Während der zwei Stunden, die wir in diesem Raum wartend verbrachten, sprach keiner von uns auch nur ein Wort. Nur meine Mutter unterhielt sich mit einer anderen Frau.

Das Eintreten eines Beamten beendete die Wartezeit.

»Bitte alle aufstehen, wir sind so weit!«, forderte er uns auf.

Alle stellten sich zunächst vor einer Glastür in die Reihe und machten sich dann auf den Weg zum Flugzeug. Meine Familie und ich gehörten zu den Letzten. Als ich einige Stufen zum Flugzeug hochgegangen war, blieb ich noch mal kurz stehen und warf einen letzten Blick auf das Land, in dem ich so gerne gelebt hatte. Dann drehte ich mich schnell um und rannte den Rest der Treppen hoch. Ich hatte angefangen zu weinen und wollte nicht, dass alle anderen das sahen. Dennoch lieferte ich mir mit einer Polizistin an der Flugzeugtür ein heftiges Wortgefecht, in das sich auch meine Mutter einmischte. Als die Situation zu eskalieren drohte und meine Mutter die Beamten, die ja nur ihren Job machten, zu beschimpfen begann, packte mein Vater sie fest am Arm und führte sie wortlos, aber entschieden ins Flugzeug.

١٥

Am späten Nachmittag landeten wir in Istanbul. Eine völlig andere Atmosphäre schlug mir entgegen: Es war sehr warm, die Gebäude sahen ganz anders aus und die für mich fremden Menschen sprachen eine Sprache, die ich nicht verstand.

Wir glaubten zuerst, dass wir gleich loskönnten, nachdem wir unsere Koffer bekommen hatten, doch dem war nicht so. Unmittelbar nachdem wir türkischen Boden betreten hatten, wurden wir von Polizisten gleich wieder in einen Raum mit vielen anderen Menschen gebracht, der aber dieses Mal klimatisiert war. Permanent stellten uns die Beamten irgendwelche Fragen, die aber außer meinem Vater keiner von uns verstehen und beantworten konnte. Meine Mutter war zwar in der Türkei geboren worden und hatte eine Zeit lang dort gelebt, allerdings in einem Dorf im Südosten des Landes, in dem bis heute nur Arabisch gesprochen wird. So konnte auch sie sich hier nicht verständigen und mein Vater wurde zum Sprachrohr für uns alle.

Die türkische Sprache kam mir so kompliziert vor, dass ich mir überhaupt nicht vorstellen konnte, sie eines Tages fließend zu beherrschen. Irgendwann wurde mir dieses Gequassel zu viel, sodass ich mich etwas abseits setzte und von dort aus beobachtete, wie mein Vater Fragen beantwortete sowie etwas Bargeld vorlegte und meine Mutter schließlich ihr restliches Gold herzeigte. Mir war dieses ganze Vorgehen schleierhaft und ich habe auch später nie nachgefragt, was da alles abgelaufen war.

Stunden vergingen, ohne dass irgendetwas passierte. Jeder hing nur in einer Ecke und wartete, bis wir endlich gehen konnten. Und immer wieder diese endlosen Fragen. Galten wir nun als Kriminelle aufgrund dessen, was mein Vater gemacht hatte? Und ständig wurde um mich herum diese Sprache gesprochen, die mir schon allein von ihrem Klang her zuwider war. Ich hielt mir die Ohren zu und dachte an Leya. Ob sie schon mitbekommen hatte, dass wir gar nicht mehr da waren? Wie würde es ihr wohl damit gehen?

Ein Polizist betrat den Raum, endlich schien wieder etwas Bewegung in die Sache zu kommen. Da er aber nur Türkisch sprach und mein Vater gerade mit einem anderen Beamten unterwegs war, konnten wir uns nicht verständigen. Irgendwann wechselte er deshalb zur Zeichensprache und bedeutete uns, mit nach draußen zu kommen. Froh, endlich etwas frische Luft schnappen zu können, machten wir uns auf den Weg.

Als wir an der Außentür angekommen waren, stoppte uns jedoch ein anderer Polizist und redete wild gestikulierend auf uns ein. Wir verstanden kein Wort und schauten uns alle nur verwundert an, bis er meine

Mutter an der Schulter packte und versuchte, sie energisch zurückzuschieben. Sofort entwand sie sich seinem Griff und begann ihn auf Arabisch zu beschimpfen. Er ballte schon seine Hand zur Faust, als andere Beamte einschritten und die Situation entschärften. Sie machten uns mit Handbewegungen verständlich, dass wir wieder zurücksollten, doch ich konnte nicht mehr. Eine Welle von Angst und Unsicherheit schwappte über mich und zog mir buchstäblich den Boden unter den Füßen weg. Was würde noch alles passieren in diesem Land, von dem ich weder die Kultur noch die Sprache kannte? Meine Beine hatten keine Kraft mehr, ich klappte einfach zusammen. Alle schlechten Erinnerungen kamen wieder hoch und nahmen mich gefangen. So saß ich eingerollt und mit geschlossenen Augen am Boden, umklammerte meine Beine und schrie nach meiner Mutter. Jemand versuchte, mich wieder auf die Füße zu stellen, doch ich hielt meine Beine immer noch fest umklammert, sodass ich nur wie ein Fisch auf dem Trockenen zappelte. Dem Stimmengewirr nach mussten viele Menschen um mich herumstehen, von Weitem hörte ich die Rufe meiner Mutter.

Plötzlich hob mich jemand hoch und brachte mich zu ihr. Sie legte ihren Arm um mich und wiegte mich wie ein kleines Kind hin und her: »*Khalas Habibi … Khalas baqa*, alles ist vorbei … Keiner sagt oder tut dir mehr was.« Weinend ließ ich mich in ihre Umarmung fallen.

Spät in der Nacht weckte mich Nebil und forderte mich auf, mit ihm zu kommen. Als ich mich verschlafen umsah, fiel mir auf, dass der Raum schon viel leerer geworden war. Ich stand auf und folgte meinem Bruder Richtung Außentür, hielt dann aber abrupt an: »Aber Nebil, da dürfen wir doch nicht hin«, sagte ich ängstlich.

»Halt einfach deinen Mund und komm jetzt mit!«, rief er wütend. »Immer wieder blamierst du uns und musst allen zeigen, was für ein Weichei du bist. Wenn du wüsstest, wie sehr ich mich deinetwegen schäme, dann würdest du in zehn Meter Abstand hinter mir gehen.«

Auf diese erniedrigende Bemerkung hin schwieg ich nur, folgte ihm aber nach draußen. In einem anderen Raum warteten schon meine Eltern, meine kleinen Geschwister, einige Polizisten und zwei mir unbekannte Männer auf uns.

»Ah, da sind sie ja«, sagte meine Mutter und nahm mich in den Arm. »Yussuf, das ist mein großer Bruder Yakup und sein Sohn Ahmed. Ihr werdet heute Nacht bei ihnen schlafen.«

»Und was ist mit euch, Mummy?«, fragte ich meine Mutter und ließ meinen Blick von ihr zu meinem Vater wandern.

»Wir kommen schon nach«, antwortete er. »Erst einmal müssen wir hier noch ein paar Dinge erledigen. Da ihr mit allem nichts zu tun habt und noch minderjährig seid, haben wir gebeten, euch gehen zu lassen. Wir konnten sie nur sehr schwer dazu überreden, also seid bitte brave Kinder und tut das, was euer Onkel euch sagt, kapiert?«

Schüchtern sahen wir drei jüngeren Geschwister uns an und nickten. Dann verabschiedeten wir uns von unseren Eltern und Nebil, der nicht mitkommen durfte, und folgten unserem Onkel, einem älteren, großen und schlanken Mann.

Die folgende Autofahrt legten wir alle schweigend zurück. Nach etwa einer halben Stunde erreichten wir die Stadt, bei deren Anblick ich fast vergaß, dass ich gerade meine Heimat für immer verloren hatte. Ich war völlig überwältigt und nutzte die Gelegenheit, mir diese Metropole durch die Autofenster anzuschauen. Schon bei diesem allerersten Mal, als ich Istanbul sah, war ich fasziniert davon, aber erst viel später wurde mir bewusst, um welche unglaubliche Stadt es sich dabei handelte: Die Stadt liegt am Nordufer des Marmarameeres auf beiden Seiten des Bosporus, also sowohl im europäischen Thrakien als auch im asiatischen Anatolien. Istanbuls geografische Lage ist einzigartig: Es liegt nicht nur zwischen zwei Kontinenten, nämlich Europa und Asien, sondern auch zwischen zwei Meeresgebieten, dem Schwarzen und dem Mittelmeer. Der südliche Teil Istanbuls ist eine zwischen dem Marmarameer und dem Goldenen Horn liegende Halbinsel, auf der sich auch der historische Kern der Stadt befindet. Nördlich davon liegen die an das historische Galata und Pera anschließenden

Stadtteile. Mehr als 1500 Jahre lang diente Istanbul, früher Konstantinopel, nacheinander dem Römischen, dem Byzantinischen und dem Osmanischen Reich als Hauptstadt. In dieser Zeit hat die Stadt insgesamt 120 Kaiser und Könige erlebt. Die Geschichte Istanbuls ist so lang und ereignisreich wie die kaum einer anderen Metropole dieser Welt – die Stadt kann auf eine über 2500-jährige Geschichte zurückblicken. Schon um 680 vor Christus gründeten die aus Griechenland stammenden Megaraner die erste Siedlung, die sie nach ihrem Führer Byzas benannten und dem Gebiet den Namen Byzantion gaben. Die außergewöhnliche geografische Lage und die Anbindung an den Hafen machten die Stadt innerhalb kürzester Zeit zu einem wichtigen Handelszentrum. 100 Jahre nach der Gründung wurde Byzantion von den Persern eingenommen, dann, im Jahre 407 vor Christus, von den Athenern und kurze Zeit später von den Spartanern, denn die Stadt eignete sich hervorragend für die Kontrolle des Schwarzmeerhandels – was für die Griechen von sehr großer Bedeutung war. Etwa 300 nach Christus machte der römische Kaiser Konstantin I. die Stadt zu seiner Residenz, denn auch er erkannte die Vorteile dieser Lage. Kurz darauf ließ er die Stadt stark erweitern und prächtig ausbauen. In dieser Epoche erhielt sie den Namen Konstantinopel. Mit der Namensgebung der Stadt folgte Konstantin einer Tradition hellenistischer Könige und früherer römischer Kaiser. Etwa Mitte des 15. Jahrhunderts eroberte Fatih Sultan Mehmet zusammen mit den Janitscharen an seiner Seite die Stadt nach langer Belagerung. Dieser große Herrscher der Osmanen sah sich als Erbe von Byzanz. Durch ihn bekam die Stadt ihren jetzigen Namen Istanbul, was aus dem Griechischen abgeleitet ist und in etwa mit »in die Stadt« übersetzt werden kann. Istanbul wurde zur Residenz und Hauptstadt seines Reiches erklärt und Fatih Sultan Mehmet begann unmittelbar nach der Eroberung mit diversen Bautätigkeiten. Unter anderem kümmerte er sich um die Renovierungsarbeiten der ruinierten Hagia Sophia, die er anschließend in eine Moschee umwandelte. Wichtige Gebäude, die zu seiner Zeit gebaut wurden und die Stadt bis heute bereichern, sind beispielsweise der Topkapi Palast und der Große Basar. Unter Mustafa Kemal, genannt Atatürk, begann schließlich 1919 der türkische Befreiungskrieg, der 1923 endete. Istanbul verlor in diesem Jahr seinen Status als Regierungssitz an Ankara, womit sich die neue Republik von der Tradition der Osmanen abgrenzen wollte. Die türkische Republik war geboren.

All das lernte ich jedoch erst viel später, während der nächtlichen Fahrt konnte ich nur staunen.

Als wir nun am Meer vorbeifuhren, waren so viele Schiffe zu sehen, dass man sie gar nicht zählen konnte. Dann erhaschte ich einen kurzen Blick auf zwei unglaublich schöne Gebäude, die damals in meinen Augen wie Paläste aus einer längst vergangenen Zeit anmuteten. Erst später erfuhr ich, dass es sich dabei um die Hagia Sophia und die Sultan-Ahmed-Moschee handelte, die mein jugendlicher Blick jeweils als Palast eingestuft hatte.

Ich lächelte vor mich hin, schloss die Augen und versank in meiner eigenen Traumwelt, in der ich als Herrscher dieser unglaublich schönen und sehr alten Stadt Einzug hielt. Das Auto rumpelte und ächzte bei jedem Schlagloch und ich erwachte jäh aus meinem Traum und der Vorstellung, als Held einer antiken Stadt hier angekommen zu sein. Rechts und links von uns standen lange Reihen alter Hochhäuser und statt eines Gehwegs gab es nur kleine Straßen, die in noch finsterere Gegenden führten als die, durch die wir gerade kamen. Das Einzige, was ich jetzt noch wahrnehmen konnte, waren die alten und verschmutzten Häuser. Der Traum war endgültig ausgeträumt. Ich bekam ein mulmiges Gefühl im Bauch.

Als wir angekommen waren, nahm jeder eine unserer Taschen, und so stiegen wir die Treppen in einem der alten Gebäude hoch. Etwa im neunten Stock öffnete uns eine ältere Frau, die nur schlecht gehen konnte, die Tür, neben ihr stand eine jüngere, sehr hübsche Dame. Wie sich herausstellen sollte, waren das unsere Tante und die Frau unseres Cousins Ahmed. Leider konnten wir Letztere nicht verstehen, da sie kein Arabisch sprach, doch als sie *Hoşgeldiniz* sagte und ihre smaragdgrünen Augen dabei sympathisch aufblitzten, wussten wir, dass sie uns herzlich willkommen hieß.

Die Wohnung, in die sie uns geführt hatten, war sehr alt und klein. In dem länglichen Flur stand eine Waschmaschine, an der wir uns gerade noch vorbeiquetschen konnten. Das lila gestrichene Wohnzimmer war mit allerlei Krimskrams vollgestellt, von der hohen Decke hing eine nackte Glühbirne ohne Lampenschirm. Der durchgewetzte Bezug der alten Sofas war mit einer hässlichen Stoffdecke überzogen und im Fernsehen konnte man flimmernde Bilder in schlechten Farben sehen.

»Wie geht es euch, Kinder?«, fragte uns unsere Tante freundlich, nachdem sie uns zur Begrüßung umarmt hatte. Sie sprach perfekt Arabisch, sicherlich entstammte auch sie unserem weiteren Verwandtenkreis und hatte so meinen Onkel kennengelernt und geheiratet.

»Danke, uns geht es ganz gut, und euch?«, übernahm ich sofort das Wort.

»Uns geht es auch gut, danke. Ihr habt sicherlich Hunger, nicht wahr?« Und, ohne unser zustimmendes Nicken abzuwarten, rief sie ihrer Schwiegertochter zu: »Jamilia! Hol das Essen, unsere Gäste haben Hunger!«

»Ja, esst nur«, meinte unser Onkel. »Solange Abed und Meryem noch festsitzen, bleibt ihr erst mal bei uns. Fühlt euch ganz wie zu Hause.«

Es vergingen drei Tage, bis unsere Eltern und Nebil endlich entlassen wurden. Während dieser drei Tage taten wir kaum etwas anderes als aufzustehen, auf dem Sofa zu sitzen und zu warten, bis wieder Schlafenszeit war. Kein einziges Mal verließen wir das Haus oder unternahmen etwas zusammen. Mein Onkel arbeitete zwar als Straßenverkäufer für Damenbekleidung, aber Ahmet war derjenige, der tatsächlich für den finanziellen Unterhalt der Familie sorgte. Der Straßenverkauf diente, soweit ich das verstanden hatte, meinem Onkel mehr oder weniger nur als Unterhaltung, weshalb er vermutlich auch keine Lust hatte, mit uns einen Ausflug zu machen oder uns die Umgebung zu zeigen. Und alleine konnten wir nicht raus, weil wir zum einen die Sprache nicht beherrschten und zum anderen alle Häuser gleich aussahen. Wir wären sofort verloren gegangen.

So waren die Anrufe von Leya oder Rüya die jeweils einzige Unterbrechung dieses eintönigen Tagesablaufs, was dann aber immer mit vielen Tränen endete. Oft betrachtete ich von dem kleinen Balkon aus die unbeschreiblich schöne Moschee, an der wir bereits auf der Fahrt vom Flughafen vorbeigekommen waren. Sie war zwar sehr weit weg, aber doch so groß, dass sie mir immer noch nahe schien. Besonders eindrucksvoll wirkte dieses Bild noch, wenn zusätzlich der laute Gebetsruf von allen Moscheen aus ganz Istanbul zu hören war. So etwas war mir natürlich sehr fremd – in Deutschland hatte ich dergleichen nie gehört.

Als meine Eltern und Nebil endlich wiederkamen, rannten wir unseren Eltern sofort voller Freude entgegen. Meine Mutter umarmte uns weinend, während mein Vater uns nur leicht übers Haar strich und dann sofort mit meinem Onkel ins Wohnzimmer verschwand, wohin Nebil ihnen umgehend folgte. Das Wiedersehen von meiner Mutter und ihrer Schwägerin war unglaublich bewegend. Sie hatten sich das letzte Mal vor knapp zwanzig Jahren im Libanon gesehen und sich dort als Flüchtlinge getrennt.

Nach zwei weiteren Tagen in Istanbul packten wir unsere Sachen und der Bruder meiner Mutter brachte uns zu der großen Hauptbushaltestelle, von der aus Busse in alle Richtungen fuhren. Es war bereits Abend, als wir einen Bus bestiegen, auf dem vorne in großen Buchstaben *Hatay* stand – der Name einer türkischen Provinz, wie ich später erfahren sollte.

Als ich am nächsten Morgen erwachte, waren wir immer noch im Bus. Die Uhr im Bus zeigte 8:26 an, also waren wir schon knapp 13 Stunden unterwegs. Wir fuhren vorbei an Bergen, Wäldern und Seen, die mit der Landschaft in Deutschland überhaupt keine Ähnlichkeit hatten, bis wir eine sehr alte und für mich damals sehr fremd wirkende Stadt erreichten.

»ISKENDERUUUN!«, schrie der Busfahrer und hielt kurz darauf an.

Mit einer Kopfbewegung bedeutete uns mein Vater, dass wir hier aussteigen sollen. Als wir draußen waren, schlug uns gleich die warme, stickige Luft entgegen, die meine Kleidung innerhalb kürzester Zeit an meinem Körper kleben ließ. Mein Vater rief eines dieser sehr alten Taxis herbei, das im Inneren einen so unangenehmen Geruch verbreitete, dass mir beinahe schlecht wurde. Über eine holprige Straße, die fast nur aus Erde und Schottersteinen bestand, brachte es uns zu einem abgelegenen Ort, der sich auf einem Hügel befand. Überall standen sehr alte und halb kaputte Häuser, von denen die Farbe schon zur Hälfte abgeblättert war, an einigen Stellen waren es sogar nur Hütten. Die Grundstücke wurden entweder durch Draht oder durch aufeinandergestapelte Steine abgetrennt. Die Straße entlang war etwa alle fünf Meter ein ungefähr drei Meter hoher, rostiger Metallstab in die Erde gesteckt, an dem eine mit Draht befestigte Lampe hing. Überall liefen Hühner herum. Die Ställe waren entweder aus Blech oder ebenfalls aus aufeinandergestapelten Steinen gebaut, die mit einer Mischung aus Matsch und Kuhmist zusammengehalten wurden.

Endlich hielt das Taxi an und wir stiegen aus. Ich bekam Angst vor diesem Ort. Verzweifelt starrte ich meinen Vater an, der nur mit den Schultern zuckte und dann mit bitterer Stimme sagte: »Willkommen in eurem neuen Zuhause, Kinder.«

Meine Beine wollten mir nicht gehorchen, ich stand wie zur Salzsäule erstarrt einfach da und begriff erst jetzt, was ich wirklich verloren hatte.

Unsere Ankunft fiel in die Zeit der Sommerferien. Mithilfe ihres jüngeren Bruders übersetzte meine Mutter sämtliche Zeugnisse und Papiere, die für unsere Einschulung benötigt wurden, doch alle Mühe war umsonst. Die starre Bürokratie der türkischen Beamten konnte nicht durchbrochen werden. Sie ließen die Unterlagen so lange unbearbeitet liegen, bis es für eine rechtzeitige Einschreibung zu spät war. So kam es, dass weder ich noch meine Geschwister in diesem ersten Jahr in der Türkei zur Schule gehen konnten und die meiste Zeit allein zu Hause verbrachten. Unsere Eltern waren beide bei der Arbeit – jetzt, da mein Vater seinen Lebensunterhalt nicht mehr finanziert bekam, war es ihm ohne Probleme möglich, selbst dafür zu sorgen. Da wir Kinder zudem von unserem näheren Umfeld abgelehnt wurden, trauten wir uns kaum noch raus. Weder unsere Verwandtschaft noch die Nachbarn akzeptierten uns. Wir, insbesondere ich, waren ihnen einfach zu anders. Wir waren viel zu europäisch, viel zu deutsch, und damit konnten die Menschen in diesem Gebiet nicht umgehen. Oder sie wollten es nicht.

An manchen Tagen wachte ich auf und hoffte, das alles hier, diese Umgebung, diese mir völlig fremden Menschen, deren Sprache ich nicht verstand, diese ganze Kultur, wäre nur einer meiner Albträume gewesen, und wenn ich nun die Augen aufschlagen würde, würde ich sehen, ich sei in Deutschland, in meinem Bett, da, wo ich hingehöre. Gleich würde ich aufstehen, zur Schule gehen, meine Mitschüler treffen, mit ihnen lernen und rumalbern, und würde mich freuen, dass dieser Albtraum zwar einer der sehr realistischen gewesen war, aber eben doch nur ein Albtraum. Doch wenn ich dann meine Augen öffnete und die Schimmelflecken an den Wänden meines Zimmers sah, da wusste ich, es war kein Traum, sondern bittere Realität.

Ich konnte mich an mein neues Zuhause nicht gewöhnen, weder an die Menschen noch an das Land. Wenn es zumindest Istanbul gewesen wäre oder sonst eine moderne Stadt in der Türkei – vielleicht wäre mir dann alles leichter gefallen. Aber hier, hier in diesem südöstlichsten Landstrich, der im Grunde zu Syrien zu gehören schien, hier, wo die Menschen und deren Sitten für mein Empfinden längst vergangenen Zeiten angehörten, hier fühlte ich mich total fehl am Platz, wie ein obskures Objekt aus Deutschland, das durch widrige Umstände versehentlich an Land gespült wurde. Da ich keine Möglichkeit hatte, die Sprache zu lernen, weil ich nicht zur Schule durfte und sich sonst auch kaum jemand um mich kümmerte, wurde ich wieder sehr scheu, verlor mein ganzes, mithilfe von Frau Richter erkämpftes Selbstbewusstsein und wurde von Tag zu Tag trübseliger.

Meine Mutter versuchte oft, uns abzulenken, indem sie uns den Vorschlag machte, zur Promenade zu fahren und dort eine Kugel Eis zu essen. Sie meinte es nur gut mit uns – aber letzten Endes wussten wir, dass wir nach dem Eisessen doch wieder in dieses grausame Getto zurückkehren mussten.

Mein Vater war die ersten Wochen in dieser neuen Umgebung sehr freundlich zu mir. Vermutlich fühlte er sich nun endlich wohl – und vermisste bloß die großzügige Sozialhilfe, die ihm der deutsche Staat während all der Jahre hatte zukommen lassen. Bis zum heutigen Tag ist mir eine Frage immer wieder durch den Kopf gegangen: Warum eigentlich hatte der deutsche Staat meinen Vater (wie wohl auch viele andere) einfach und großzügig mit Sozialgeldern versorgt und ihn nie gezwungen, irgendetwas zu arbeiten? Mein Vater war ja, als er in Deutschland ankam, noch ziemlich jung und kerngesund. Warum versorgte man ihn die ganzen Jahre über mit Geld, ohne dass er irgendeine Form von Gegenleistung dafür erbringen musste? Das verstehe ich offen gestanden bis heute nicht. Vielleicht ließ mein Vater mich während dieser ersten Zeit jedoch nur deshalb in Ruhe, weil er bemerkte, dass ich völlig fertig war und fast nur während der Essenszeiten am Familienleben teilnahm.

Aber irgendwann war diese Schonfrist auch vorbei und mein Vater und Nebil fingen wieder an, mich verbal zu attackieren. In diesem isolierten, archaischen Umfeld stand mir natürlich kein Fluchtweg offen, noch nicht einmal der zur Polizei. Schläge, Misshandlungen jeglicher Art gelten innerhalb der eigenen Familie da nicht als Misshandlung, sondern als »normale Erziehungsmaßnahme«. Wenn ich es zu Hause gar nicht mehr aushielt, lief ich zur jüngeren Schwester meiner Mutter, die einige Häuser weiter weg wohnte. Sie war eine der wenigen, die mich aufnahm und bei der ich etwas Ruhe finden konnte. Abends jedoch, da führte kein Weg dran vorbei, musste ich wieder zurück nach Hause.

١٦

Nach einem Jahr durften wir dann endlich zur Schule. Alle unsere Papiere waren sorgfältig übersetzt und notariell beglaubigt worden. Ich wusste zunächst nicht, ob ich mich freuen sollte oder Angst haben müsste, denn schließlich sprach ich immer noch kaum Türkisch und wusste auch nicht, wie man sich in diesem Umfeld bewegt. Wie würden die Kinder und Lehrer auf mich reagieren?

Zunächst war es besser als erwartet. Die Mädchen fanden meine sprachliche Hilflosigkeit ganz süß, bei den Jungs allerdings war ich der totale Außenseiter, vermutlich entsprach ich ganz und gar nicht dem dort akzeptierten Bild eines männlichen Jugendlichen. Außerdem war ich eigentlich kein richtiger Schüler, ich war mehr oder weniger so etwas wie ein Gast, der sich ein paar Stunden alles ansah und dann wieder gehen durfte.

In Deutschland hatte ich das völlig anders erlebt: Dort bekamen die Ausländer spezielle Lehrer, die ihnen Deutsch beibrachten, und die Mitschüler versuchten zum großen Teil, diese ausländischen Kinder aufzunehmen und ihnen zu zeigen, dass sie willkommen sind. In der Türkei war das überhaupt nicht so.

Da machte ich die Erfahrung, dass alles auf Türkisch gesagt wurde und dann jeder anfing zu lachen, wenn ich mal wieder nichts verstand. Auch die Lehrer kümmerten sich wenig um mich. Ihr einziges Entgegenkommen bestand darin, dass ich bei jeder Prüfung so lange vom Nachbarn spicken durfte, bis ich eine entsprechende Punktzahl erreicht hatte, um nicht sitzen zu bleiben. Oder sie trugen mir auf, irgendetwas niederzuschreiben, einen Songtext zum Beispiel, in welcher Sprache auch immer, Hauptsache, es würde etwas auf dem Papier stehen. Dank dieser »Hilfe« kam ich doch irgendwie durch die achte Klasse, sodass ich auf die *Lise* gehen konnte (in Deutschland vergleichbar mit dem Gymnasium).

Mit der Zeit hatte ich zwar etwas Türkisch gelernt, fürs Abitur aber reichte es noch lange nicht. Oft bekam ich Ärger mit den Lehrern, da ich mich nicht am Unterricht beteiligte beziehungsweise mich nicht beteiligten konnte. Ich verstand nur einen geringen Teil des Unterrichtsstoffes, aber keiner unterstützte mich dabei, besser Türkisch zu lernen, und alleine schaffte ich es auch nicht. Ich hatte kaum Freunde, und da ich während dieser Zeit schnell aggressiv wurde, war ich oft in Prügeleien mit den anderen Jungs verwickelt. Die Lehrer wussten nicht mehr weiter mit mir, und meine Eltern schon gar nicht.

Ich war schon vorher dünn, aber aufgrund meiner schwierigen Lebensumstände hatte ich mittlerweile extrem abgenommen. Der permanente Schlafmangel machte mich blass, überall standen meine Knochen hervor, ich ähnelte einer wandelnden Leiche. Zudem hatte ich niemanden, bei dem ich mich aussprechen konnte, der mich aus meiner Isolation herausgeholt hätte. Alles Negative blieb in mir verschlossen wie in einer dunklen Kiste, zu der niemand einen Schlüssel hatte. Mein Zustand wurde von Tag zu Tag schlimmer, ich konnte nicht mehr und wollte lieber sterben, als weiterhin so leben zu müssen. Ich hatte mir eine dieser altmodischen Rasierklingen besorgt, wie man sie noch aus sehr alten Filmen kennt und wie sie in Deutschland aufgrund der hohen Verletzungsgefahr kaum noch erhältlich sind – sozusagen eine Art Skalpell. Fest entschlossen, meinem Leben und dem ganzen Leid beim nächsten Vorfall zu Hause oder in der Schule ein Ende zu setzen, trug ich diese Rasierklinge nun immer bei mir.

Und so kam es, dass ich nach einer für mich besonders üblen Situation in der Schule aufs Klo ging und die Klinge auspackte. Meine Mutter sagte mir zwar immer wieder, dass eines Tages alles gut sein würde, aber ich wollte und konnte nicht mehr daran glauben. Also nahm ich die Klinge in die Hand und hielt sie an meine Pulsadern. Ich fing an zu weinen und zitterte am ganzen Körper. Dann setzte ich einen scharfen Schnitt und sah zu, wie das Blut anfing, über meinen Arm zu laufen. Mir wurde schlecht, in meinem Kopf drehte sich alles im Kreis. ›Warum hast du das nur gemacht?‹, dachte ich noch, als ich die Tür öffnete, um

Hilfe zu holen. Dann brach ich vor der Toilettentür zusammen.

»Yussuf! Nein!«, war das Letzte, was ich noch wie aus weiter Ferne hörte.

Langsam kam ich wieder zu mir. Ich lag ausgestreckt auf einer Pritsche, jemand hielt mir ein Tuch unter die Nase, das sehr stark nach *Kolonya* roch – Kölnisch Wasser, das in der Türkei als Allheilmittel gilt. Benommen sah ich mich um. Zusammen mit meiner besten Freundin und einem Teil der Lehrerschaft befand ich mich in einem gemütlich eingerichteten Zimmer der Schule. Alle blickten mich besorgt an, meine Freundin weinte. Vor mir sah ich einen jüngeren, gut aussehenden Mann, der mich anlächelte. Als ich einen Blick auf meinen Arm warf, bemerkte ich, dass die Schnittstelle sorgfältig verbunden war.

»Nein, nein«, sagte der gut aussehende Mann lächelnd, »du hast es nicht geschafft, dich umzubringen. Nicht heute, mein Lieber. Dafür hat deine Klassenkameradin dich zu schnell gefunden.«

Ich starrte ihn nur an und konnte seine gute Laune nicht nachvollziehen. Lachte er mich jetzt auch noch aus? Wieder lächelte er mich an und bat dann die anderen, den Raum zu verlassen.

»Hast du heute schon was gegessen?«, wollte er wissen, als alle anderen gegangen waren.

Ich schüttelte nur den Kopf.

»Gestern?«

Ohne irgendeine Regung starrte ich ihn an.

»Lass mich mal so fragen: Erinnerst du dich überhaupt, wann du das letzte Mal was gegessen hast? Du versuchst wohl, Victoria Beckham nachzumachen, was? Übergibst du dich oft?«

Da ich mich durch seine gute Laune und seine direkte Art etwas verarscht fühlte, reagierte ich immer noch nicht, sondern sah ihn nur an, als würde er Chinesisch mit mir sprechen. Er ließ sich davon aber nicht beeindrucken, sondern meinte nur lachend: »Hallo, du lebst noch!«

Dann drehte er sich um und holte ein paar Sesamringe aus einer Tüte. »Ich habe heute auch noch nichts gegessen und habe tierischen Hunger. Stell dir vor, gerade als ich etwas essen wollte, haben sie mir eine halbe Leiche ins Zimmer gelegt«, redete er gut gelaunt weiter. »Möchtest du mir beim Essen Gesellschaft leisten?«

»Was wollen Sie eigentlich von mir?«, platzte es aus mir heraus.

»Ah, du versteht mich also doch. Du hast wohl alle belogen, als du sagtest, du könntest kein Türkisch, damit jeder Mitleid mit dir hat, stimmt's?«, stellte er ganz unverblümt fest.

Ich setzte mich abrupt auf und fing hysterisch an zu schreien: »Woher wollen Sie das wissen? Sie kennen mich doch gar nicht! Was wollen Sie von mir?«

Von meinem Ausbruch scheinbar völlig unbeeindruckt, schaute er mich gelassen an und biss in aller Ruhe in seinen Sesamring. Erst als er genüsslich und ohne Hast fertig gekaut hatte, legte er das angebissene Gebäckteil wieder in die Tüte zurück und entgegnete ruhig, fast im Plauderton und immer noch mit einem Lächeln auf den Lippen: »Die Frage hier, junger Mann, ist nicht, was *ich* will, sondern was *du* willst.«

Er ließ mir ein paar Minuten Zeit, das, was er soeben gesagt hatte, zu verdauen. Dann stand er langsam auf und trat ganz nah zu mir heran. Er nahm meine dünnen Oberarme in seine Hände und sprach mit ernster Stimme weiter: »Sag mir, was in deinem Leben schiefgelaufen ist, dass du heute vorhattest, für immer von dieser Welt zu gehen.«

Ich schaute ihn erst lange an, bevor ich beschämt den Kopf senkte und zu weinen begann.

»Nein, nein, mein Junge, wir sind nicht zum Weinen hier. Sprich mit mir.« Er hob mein abgemagertes Gesicht sanft, aber entschieden an, sodass wir uns in die Augen sahen. »Hattest du denn niemals einen Traum? Etwas, wofür du immer schon kämpfen wolltest?«

Mit Tränen in den Augen blickte ich ihn an. Ich verstand nicht, was er von mir wollte. Ich wusste ja noch nicht einmal, wer er überhaupt war. Erst einige Zeit später habe ich erfahren, dass es sich um den Schulpsychologen handelte und er Özkan hieß.

»Erzähl mir von deinem Traum. Komm, jeder hat einen Traum«, wiederholte er eindringlich.

Ich starrte durch ihn hindurch die gegenüberliegende Wand an und wusste immer noch nicht, wie ich reagieren sollte. Doch er ließ nicht locker, schaute mich aufmunternd an und wartete geduldig, bis ich so weit war.

»Ich weiß nicht, wie man es auf Türkisch sagt«, meinte ich schließlich schüchtern.

»Dann sag es nicht. Zeig es mir. Kannst du malen? Hier, male es mir auf dieses Blatt Papier!«

Erst zögerte ich, dann nahm ich aber doch das Blatt Papier in die Hand. Irgendwie war mir dieser Typ sympathisch. Er benahm sich zwar etwas seltsam, zeigte aber zweifellos Interesse für mich. Ich fing an, eine Frau in einem sehr langen Abendkleid zu malen. Aufmerksam beobachtete er mich. Als ich die restlichen Schattierungen gemacht und ihm das Blatt wieder zurückgereicht hatte, schaute er es lange konzentriert an und meinte dann staunend: »Du zeichnest also gerne. Willst du Maler werden? Oder Kunstlehrer?«

Ich schüttelte den Kopf und zeigte auf das Kleid.

Wieder schaute er mich forschend an: »Du willst … Kleidung malen?«

Ich nickte stumm.

»Also willst du Modedesigner werden, Kleidung entwerfen?«

Erneut nickte ich, ohne etwas zu sagen.

»Hey! Du machst das ganz gut. Hast du das irgendwo gelernt?«

Verneinend schüttelte ich den Kopf.

Gerade als Özkan meine Zeichnung noch mal in die Hand genommen hatte, wurde die Tür aufgerissen und meine Mutter und meine Klassenlehrerin stürmten herein. Weinend lief meine Mutter auf mich zu, packte mich am Kragen und schüttelte mich schreiend: »Wie konntest du nur! Wir konntest du das erst dir und dann mir antun?« Sie verpasste mir eine Ohrfeige und fuhr dann fort: »Glaubst du wirklich, ich könnte ohne dich leben? Verdammt noch mal, rede mit mir! Seit zwei Monaten gibst du keinen Ton mehr von dir und läufst nur davon. Ich möchte dir doch helfen!«

Özkan beobachtete uns zunächst nur, bevor er meiner Mutter auf einen Stuhl half und ihr ein Glas Wasser anbot. Anschließend reichte er das Blatt mit meiner Zeichnung an meine Mutter weiter und sagte: »Yussuf geht es bestens. Schauen Sie mal, das hat er gemalt.«

Meine Mutter warf einen kurzen Blick darauf und drehte ihr Gesicht zur anderen Seite.

»Na los, Mummy!«, sagte ich auf Arabisch in harschem Tonfall: »Schau nur, das habe ich gemalt! Ja! Ich kann malen! Verdammt noch mal, hörst du! Ich kann malen! Siehst du! Ich kann Kleidung malen. Schämst du dich dafür? Sag schon. Bin ich jetzt eine Schwuchtel, nur weil ich malen kann?!«

Sie bedeckte ihr Gesicht mit den Händen, schüttelte den Kopf und weinte still in sich hinein.

Özkan, der Psychologe, beobachtete uns weiterhin schweigend.

Ich stand auf, öffnete das Blickfeld meiner Mutter, indem ich ihr die Hände vom Gesicht nahm, legte das Bild noch mal vor ihre Augen und meinte fast beschwörend: »Das habe *ich* gemalt, Mummy.«

Sie nahm mir das Bild aus der Hand, betrachtete es längere Zeit und sagte dann etwas, das ich nie vergessen werde: »Es ist so wunderschön.«

Ich traute meinen Ohren nicht und schaute sie zunächst nur völlig perplex an.

Sie stand auf, schloss mich fest in ihre Arme und drückte mir einen sanften Kuss auf die Stirn. Dann schob sie mich schnell wieder von sich, vermutlich hatte sie einen Augenblick lang ganz vergessen, wo wir uns befanden und dass wir nicht allein im Zimmer waren. Betont streng meinte sie nämlich gleich darauf: »Du ungezogenes dummes Kind, du. Immer wieder möchtest du deine Mutter traurig machen. Mach doch mal etwas, das mich glücklich machen würde. Warum malst du niemals Kleidung für mich? Ich habe es satt, diese altmodischen Sachen zu tragen. Glaubst du, dass du auch für dicke Personen etwas hinbekommst?«

»Aber Mummy! Du bist doch nicht dick!«, widersprach ich zaghaft lächelnd und fügte dann schnell hinzu: »Natürlich! Was immer du willst!«

Ich konnte es nicht fassen. Meiner Mutter gefiel, was ich gezeichnet hatte. In jenem Augenblick beschloss ich, dass mein Traum, Modedesigner zu werden, fortan nicht mehr bloß ein Traum bleiben sollte, sondern dass ich alles, aber auch alles daran setzen würde, meinen Traum zu verwirklichen.

Ob ich es je schaffen würde, weiß ich bis heute nicht, aber es scheint mir wichtig, Träume nicht nur zu träumen, sondern auch zu leben – oder es zumindest zu versuchen.

Mit der Zeit wurde Özkan so etwas wie ein Freund für mich, sozusagen fast wie ein »Ersatz« für Frau Richter. Vielleicht war es einfach unglaubliches Glück, dass ich während der Zeit in Deutschland Frau Richter gehabt hatte und noch mehr Glück, nun jemanden wie Özkan zu treffen – und das hier am Ende der Welt.

Sooft er konnte, kam er mich besuchen, sah sich meine Zeichnungen an und unterhielt sich mit mir. Obwohl ich dieses Jahr wegen meiner schlechten Noten sitzen bleiben würde, machte er mir Mut und versprach mir seine Unterstützung. Ich weiß nicht, wie er es hinbekam, aber irgendwie strahlte er so viel Hoffnung und Freude aus, dass sich das auch auf mich übertrug. Aber nicht nur das, er brachte mir auch bei, wieder regelmäßig zu essen und mein Leben in die Hand zu nehmen. So gab ich mit seiner Unterstützung mein Bestes. Özkan und ich blieben auch die Ferien über in Kontakt. Ich weiß nicht warum, aber er fand die Gegend, in der wir lebten, irgendwie cool und besuchte mich deshalb oft. Er war mir eine große Hilfe und ich freute mich jedes Mal auf seinen Besuch.

Meine kleine Schwester Rima, die sehr viel schneller als wir anderen Türkisch lernte und die sehr intelligent ist, spielte die Sommerferien über meine Privatlehrerin. Sie brachte mir alles bei, was sie wusste, und als Gegenleistung brachte ich ihr bei, wie man Kleidung entwirft und zeichnet. Zuerst sah sie mir nur zu, doch mit der Zeit hat sie genau wie ich eine Leidenschaft für Mode entwickelt.

Mein zweiter Anlauf in der neunten Klasse war zwar nicht so erfolgreich, wie ich mir das gewünscht hatte, aber trotzdem schaffte ich es, in allen Fächern, für die man kein Türkisch brauchte, also Mathematik, Physik und Englisch, richtig gut zu sein. In Englisch wurde ich sogar Schulbester. Endlich hatte ich ein wenig Erfolg in meinem Leben und wurde für meinen Einsatz belohnt. Auch die Lehrer erkannten meinen Ehrgeiz und haben mich entsprechend unterstützt. Sie erlaubten mir weiterhin, in den Fächern, in denen ich schlecht war, zu spicken, sodass ich die neunte Klasse bestehen konnte.

Kurz vor den Sommerferien unterbreitete mir Özkan den Vorschlag, Fachabitur mit Hauptfach Englisch zu machen, da ich diese Sprache damals schon fast fließend beherrschte. Dafür allerdings würde ich die Schule wechseln müssen, da dieses Angebot nur auf einer anderen Schule bestand.

»Warum denn Englisch? Ich will doch Mode entwerfen?«, wehrte ich zunächst ab.

»Yussuf, du musst vernünftig denken. Sieh erst einmal zu, dass du dein Abi machst, besser gesagt dein Fachabitur. Schließlich können dir deine Lehrer nicht die ganzen drei Jahre über erlauben zu spicken. Wenn du diese Richtung wählst, hast du fast 15 Stunden die Woche nur Englisch, und das kannst du doch bestens! Und den Rest der Fächer schaffst du auch irgendwie. Bitte vertraue mir«, bat er mich eindringlich.

Özkan hatte mich wieder zurück ins Leben gebracht, ich wusste, dass ich ihm in allem vertrauen konnte. Somit meldete ich mich von meiner alten Schule ab und bei der einzigen Schule unserer Stadt, die Englisch als Hauptfach anbot, wieder an.

Wieder betrat ich also eine neue Schule, in der ich niemanden kannte. Am ersten Tag setzte ich mich ganz hinten auf einen freien Platz und wartete, bis der Lehrer kam. Gleich in den ersten beiden Stunden hatten wir Englisch, doch der Lehrer wollte, dass wir uns zunächst auf Türkisch vorstellen. Nach ein paar Schülern war ich dran: »Mein Name ist Yosef, ich bin achtzehn Jahre alt und möchte Mode studieren.«

Alle schauten mich überrascht an, auch der Lehrer. Er fragte mich sofort nach der Bedeutung meines Namens und was es damit auf sich hätte. Grundsätzlich ist es nämlich so, dass in der Türkei oder auch im Libanon nur christliche Kinder entsprechend christliche Namen bekommen.

»Yosef ist der deutsche Name für Yussuf«, antwortete ich. »Ich bin Muslim, wurde aber in Deutschland geboren. Von daher dieser Name.«

»Hmm. Und *was* möchtest du einmal werden?«, fragte der Lehrer erstaunt nach.

»Mein Traum ist es, Modedesigner zu werden und meine eigene Kollektion zu gestalten«, antwortete ich mit fester Stimme.

Gerade als er weiterfragen wollte, beendete die Schulglocke die erste Stunde.

Als wir uns nach der Pause wieder trafen, meinte der Lehrer: »Kinder, ich schlage vor, dass wir unsere Vorstellungsrunde auf Englisch weitermachen. Wer traut sich als Erster?«

Nun schauten sich alle skeptisch an. In der Regel wurde nämlich Englisch an den staatlichen Schulen der Türkei nur sehr schlecht gelehrt. Der Stoff, den ich dort fürs Abitur lernte, wurde in Deutschland bereits in der fünften Klasse der Orientierungsstufe durchgenommen. Ich überlegte kurz, gab mir dann einen Ruck und dachte mir: Jetzt oder nie!

Ich hob meinen Arm.

»Na, dann mal los. Zeig uns, wie deine Englischkenntnisse als Modedesigner sind«, forderte mich der Lehrer auf, ohne dass ich hätte sagen können, ob er es ironisch oder ernst meinte.

Erneut gab ich mir einen innerlichen Ruck, stand auf und begann, mich auf Englisch vorzustellen: Ich berichtete über mich, meine Familie, wo ich aufgewachsen war, meine Hobbys und meine Träume. Alle staunten über mein akzentfreies Englisch und meine gewandte Ausdrucksweise in dieser Sprache.

Dies war ein Durchbruch zu einem anderen Leben – einem neuen Yosef. Ich fühlte es, noch während ich sprach, ganz genau in mir. Und tatsächlich sollte mich mein Gefühl nicht getäuscht haben: Fortan war ich bei Schülern wie Lehrern anerkannt, hatte Freunde und musste nicht ständig durch negative Verhaltensweisen auf mich aufmerksam machen. Noch nie zuvor hatte ich so viel Freude an der Schule und am Lernen. Ich bemühte mich und gab mein Bestes für meine Zukunft. Was zu Hause ablief, belastete mich immer weniger.

Die drei Jahre, die ich auf dieser Schule verbringen durfte, waren prägend für mein ganzes zukünftiges Leben. Ich war einfach glücklich, hier zu sein.

Und dieses Glück konnte mir keiner nehmen.

١٦

Nach dem Abitur meldete ich mich für die Hochschulaufnahmeprüfungen an. Die erste Prüfung war eine allgemeine Prüfung sämtlicher Fächer. Die zweite fand in dem gewählten Bereich statt, bei mir also auf Englisch. Da meine Türkischkenntnisse jedoch immer noch nicht perfekt waren, bestand ich die erste Prüfung nicht und hatte so meine Chance für die Hochschule vertan. Doch ich machte mir noch keine allzu großen Sorgen deshalb, sondern beschloss, meine Türkischkenntnisse zu verbessern und die Aufnahmeprüfung ein Jahr später zu wiederholen.

Ich legte sofort los und begann zu lernen. Meine Schwester Rima unterstützte mich dabei. Sie ist sehr begabt und intelligent und besuchte eine der besten Schulen unseres Bundeslandes. Da sie jedoch den ganzen Tag zur Schule ging und erst abends zurückkam, verbrachte ich die meiste Zeit allein zu Hause.

Mein Vater hatte Arbeit gefunden, sodass er glücklicherweise ebenfalls den ganzen Tag außer Haus war. Und meine Mutter war mit der Besorgung des Haushalts vollauf beschäftigt. So saß ich fast den ganzen Tag allein in meinem Zimmer und bemühte mich zu lernen. Zunächst war ich noch voller Zuversicht und

Elan, aber schon nach ein paar Wochen begann sich etwas zu verändern. Ich konnte diese Veränderung selbst nicht erklären, da ich so etwas bisher auch nicht kannte, doch ich litt sehr unter diesem Zustand – nicht körperlich, sondern seelisch.

Ich versuchte mit aller Kraft dagegen anzukämpfen, aber *es* war stärker als ich. Wie ein dunkler Schatten, den man nicht fassen kann, hüllte mich dieses Etwas immer mehr ein. Wenn ich am Morgen aufwachte, war ich todmüde und wollte am liebsten gleich wieder einschlafen. Mit jedem Tag, der verstrich, wurde es schlimmer. Schon bald hatte ich keine Lust mehr zu lernen, sodass all die vielen Versuche von Rima, mich zu motivieren, vergebens waren. Selbst meine Mutter fand keinen Zugang mehr zu mir. Ich lag nur noch die ganze Zeit über apathisch im Bett und starrte die Decke über mir an. Einzig zum Essen ging ich noch in die Küche und nahm an der Familiengemeinschaft teil. Doch auch da saß ich nur schweigend am Tisch. Selbst wenn mein Vater mich anherrschte, ich solle mir endlich Arbeit suchen, prallten seine Worte an mir ab, als sei ich zu Stein geworden. Nichts drang mehr zu mir durch. Mit der Zeit gab er es auf und ließ mich in Ruhe. In seinen Augen war ich nun endgültig ein nutzloses Geschöpf, das keiner brauchte, und das doch allen zur Last fiel. Er nannte mich nur noch »der Kranke«. Auf Arabisch ein sehr abwertender Ausdruck, der ins Deutsche übersetzt etwa »der Psychopath« heißen würde. Kein Außenstehender und schon gar keine Verwandten oder Bekannten wussten von meinem Zustand, denn in unserer Kultur gehört es mit zum Schlimmsten, was einem passieren kann, einen »Verrückten« in der Familie zu haben. Depressionen und dergleichen gelten nicht wie etwa in Deutschland als richtige Krankheit, sondern als etwas mysteriös Dämonisches, über das man am besten gar nicht erst spricht.

Nur meine Mutter und meine Schwester gaben nicht auf. »Yussuf, werde wieder gesund!«, sagten sie immer und immer wieder. »Du musst gegen deine Krankheit kämpfen. Was ist nur aus dir geworden? Du hattest doch so viele Träume und warst so ehrgeizig.«

Doch das half alles nichts: Monat um Monat verstrich, ich verlor jegliches Zeitgefühl, aß immer weniger und wollte einfach nur noch eines: dass endlich alles vorbei sein würde.

Ich weiß nicht, woran ich litt. Ich fühlte mich einfach schlecht. Ja, ich fühlte mich einfach innerlich krank und war schwer niedergeschlagen. Allerdings viel schlimmer, als es klingt oder als ich es je beschreiben könnte. Niedergeschlagen, das klingt so harmlos. Als wäre man bloß sehr traurig, als würde man mit hängendem Kopf teilnahmslos und apathisch am Fenster sitzen und seufzen oder einfach nur mit geschlossenen Augen tatenlos im Bett liegen. Nein, das meine ich nicht. Es war ein Zustand, der einen wie in einer Blase einschließt und nichts mehr durchdringen lässt, weder von außen nach innen noch von innen nach außen, und bei dem man auch noch zahm und friedlich ist.

Niedergeschlagen! Die Leute um mich herum verstanden das nicht. Meine Familie verstand es nicht, meine Schwester verstand es nicht, ja noch nicht einmal meine geliebte Mutter, die sich so um mich bemühte, verstand, was das, woran ich litt, wirklich *bedeutet*. Nur diejenigen, die selbst schon einmal in derselben Lage gewesen waren wie ich gerade, nur diejenigen, die schon einmal gefühlt haben, was ich gerade fühlte, nur *die* verstehen *wirklich*, was es heißt, innerlich so krank zu sein. Es ist einfach unbeschreiblich schrecklich. Es ist das Grauen selbst: Alles, was man sieht, fühlt, anfasst, hört, wird grauenhaft. Oder Angst einflößend, genau, das ist das richtige Wort – Angst einflößend. Und alles, was man wahrnimmt, ist kalt, abweisend, spitz und scharf, als hätte alles, einfach alles, plötzlich Krallen – Krallen, die schärfer, kälter und tödlicher sind, als sie ein Raubtier je haben könnte. Jede einzelne winzige Zelle des Körpers ist von diesem Gefühl befallen und lässt nicht den Schimmer eines Lichts durch. Und genau so fühlt man sich die ganze Zeit – jede Sekunde, Minute, Stunde, Tag um Tag. Und man weiß ganz genau und mit absoluter Gewissheit, dass dieses Gefühl niemals vergehen wird und dass man sich den gesamten Rest seines Lebens so fühlen wird.

Das ist es, woran ich litt – und deshalb wollte ich sterben.

Eines Tages schlich ich die Treppe herunter, um mir ein Glas Wasser aus der Küche zu holen. Da ich in der Zwischenzeit so stark abgenommen hatte, dass ich kaum noch etwas wog und fast keine Kraft hatte, um überhaupt noch zu gehen, waren meine Schritte nahezu unhörbar. Es war Vormittag, das weiß ich noch, und um diese Zeit war sonst üblicherweise niemand im Haus.

Als ich schon fast an der Küchentür war, hörte ich Stimmen. Vorsichtig näherte ich mich der geschlossenen Tür und horchte. Mutters Stimme … und die meines Vaters.

›Nanu, was machen die denn um diese Zeit zu Hause?‹, dachte ich und wollte schon die Tür öffnen. Doch dann hielt ich mitten in der Bewegung inne, als ich meine Mutter laut und verzweifelt sprechen hörte.

»Abed, was soll ich bloß machen? Gib mir einen Rat … Bitte!«

Ich nahm meine Hand von der Klinke und drückte mein Ohr noch etwas fester gegen die Tür.

»Wenn du mich fragst, braucht er einfach ein paar hinter die Ohren, damit er wieder mal versteht, dass er keine sechs Jahre mehr ist, sondern erwachsen«, hörte ich meinen Vater mit wütender Stimme antworten.

»Nun hör doch auf, Abed! Ihm geht es nicht gut. Siehst du das denn nicht?«

»Er hängt wohl noch zu sehr an seinem Deutschland, dieser Möchtegern-Europäer«, antwortete er verächtlich.

»Vergiss nicht, dass er dein Sohn ist. Du hast ihm bisher noch nie bei irgendetwas geholfen ... Ganz im Gegenteil!«, wies meine Mutter ihn zurecht.

»Schluss jetzt!« Er schlug mit der Faust auf den Tisch und schrie: »Er war immer schon ein Weichei und kein richtiger Mann! Und jetzt hockt er den ganzen Tag in seinem Zimmer und faulenzt. Er ist eine Schande für unsere Familie.« Das Rucken eines Stuhls war zu hören und seine Stimme wurde noch lauter, als seine schweren Schritte hinter der Tür näher kamen: »Ich werde jetzt raufgehen und diesen Nichtsnutz aus dem Bett prügeln!«

Ich schreckte zurück. Gerade als ich mich umdrehen und in mein Zimmer flüchten wollte, hörte ich meine Mutter so ruhig und bestimmt, wie ich sie noch nie gehört hatte, entgegnen: »Wenn du ihn noch ein einziges Mal anfasst, dann schwöre ich bei Allah dem Allmächtigen, dass ich dich verlassen werde. Lieber gehe ich auf der Straße betteln, anstatt so weiterhin auch nur einen einzigen Tag mit dir zu leben!«

Plötzlich war es ganz still. Ich hielt den Atem an – gleich würde er sie für diese Frechheit schlagen.

Aber als ich erneut die Stimme meines Vaters vernahm, klang er zu meinem Erstaunen ruhig, fast sachlich: »Meryem! Sag mir, was du willst! Was willst du, dass ich für diese Plage mache? Sag! Was!«

»Ich möchte Yussuf zum Arzt bringen.«

»Wozu?«

»Weil er krank ist.«

»Er ist nicht krank. Er ist nur faul und …«

»Hör auf damit, Abed!«, unterbrach sie ihn scharf.

»Zu welchem Arzt?«, fragte mein Vater plötzlich.

»Zu Assad al Farrani. Vielleicht kann er ihm helfen.« Sie fing an zu weinen und fuhr stockend fort: »Rima hat im Internet recherchiert und herausgefunden, dass …«

»Zu *Assad al Farrani*? Den Assad, den wir beide schon kannten, als wir alle noch Kinder waren?«, unterbrach er sie erneut und mit Erstaunen in seiner Stimme.

Es dauerte eine Weile, bis sie zögernd antwortete: »Ja genau, den meine ich. Rima hat herausgefunden, dass er in England studiert und dort auch viele Jahre praktiziert hat. Seit ein paar Jahren ist er wohl wieder zurück und arbeitet in seiner eigenen Praxis.«

»Er ist also Arzt geworden, der Assad. Das wundert mich nicht. Er war schon immer ziemlich clever. Und seine Familie reich genug, um ihm ein Studium im Ausland zu bezahlen.« Deutlich konnte man aus diesen letzten Worten den Neid meines Vaters heraushören.

»Ich habe schon mit ihm telefoniert und er ist bereit …«

»Hattest du etwas mit diesem Kerl?«, unterbrach er sie schroff.

»Rede kein dummes Zeug, Abed. Ich hatte außer mit dir noch nie etwas mit einem Mann. Und das weißt du auch!«, antwortete meine Mutter wütend und bestimmt.

Nach einer Weile des Schweigens war wieder die Stimme meines Vaters zu hören: »Was für eine Art Doktor ist Assad eigentlich?«

»Ein Psychiater, er …«

»Ein Irrenarzt also«, stellte er harsch fest.

»Nein, er ist Psychiater«, antwortete meine Mutter mit ruhiger Stimme.

Erneut trat eine kurze Pause ein, in der nur das Knarzen des Stuhls zu hören war, als mein Vater seinen schweren Körper hin und her bewegte. Dann seufzte er tief und meinte schicksalsergeben: »Also gut. Und was genau willst du jetzt eigentlich von mir?«

»Ich brauche Geld für die Reise und um Assad zu bezahlen.«

»Reise? Wo zum Teufel willst du denn hin?«

»Nach Beirut. Assad lebt und praktiziert in Beirut.«

»Was? Und du glaubst, dass ich …«, empörte sich mein Vater.

»Ich werde mit Yussuf nach Beirut fahren, Abed! Wenn du mir kein Geld dafür gibst, werde ich es mir irgendwo ausleihen und …«

»Ja, ja, alles klar«, unterbrach er sie. »Dann geh mit deinem Sohn nach Beirut, wenn du es nicht lassen kannst.«

»Ich brauche aber Geld.«

»Ist ja gut!«

Ein weiteres knarzendes Geräusch war zu hören, als er seinen massigen Körper aus dem Stuhl hob, dann sprach er weiter: »Ich werde dir diesen Wunsch erfüllen, Meryem. Aber nur noch diesen einen. Und ich mache das nur für dich und weil ich dich liebe. Zukünftig werde ich keinen Penny mehr für deinen Sohn ausgeben. Merk dir das!«

Weit nach der Abenddämmerung klopfte es sachte an meiner Zimmertür. Ich hatte mich zwischenzeitlich wieder ins Bett gelegt und döste vor mich hin.

»Yussuf«, drang die Stimme meiner Mutter zu mir durch, »kann ich reinkommen?«

Ohne meine Antwort abzuwarten, öffnete sie die Tür und kam auf mich zu. Da ich weder etwas sehen noch hören wollte, nahm ich schnell mein Kissen und legte es über meinen Kopf.

»Nun hör auf, dich wie ein Baby zu benehmen«, sagte sie bestimmt und setzte sich neben mich. »Ich habe tolle Neuigkeiten für dich.«

Ich schaute durch einen kleinen Schlitz mit nur einem Auge zu ihr hoch, ohne etwas zu sagen.

»Wir fahren diese Woche in den Libanon und du darfst auch mit. Ist das nicht toll? Du wolltest doch schon immer sehen, wo ich groß geworden bin, oder?«

»Lass mich! Ich bin nicht verrückt!«, zischte ich sie an.

Meine Mutter sah mich traurig an und streichelte meinen Arm. Dann stand sie auf, ging zur Tür und teilte mir in einem Ton mit, der keine Widerrede duldete: »Wir fahren zusammen am Samstag früh mit dem Bus los.«

Der Morgen dämmerte gerade, als meine Mutter am Samstag in mein Zimmer kam und es tatsächlich schaffte, dass ich aufstand und mit ihr und Rima zusammen das Haus verließ. Bevor ich wusste, wie mir geschah, saßen wir im Bus in Richtung der syrischen Grenze und ich sah endlich wieder einmal etwas anderes als die eigenen vier Wände. Mein Vater hatte sich schließlich geschlagen gegeben und lediglich darauf bestanden, dass Rima uns begleitete.

Zu der Zeit war die Lage in Syrien noch scheinbar ruhig. Niemand, auch wir nicht, ahnte, dass schon kurz darauf einer der blutigsten Kriege in diesem schönen Land ausbrechen würde. Nachdem wir die Türkei verlassen hatten, fuhr der Bus mehrere Stunden durch fast unbewohntes Gebiet. Nur ab und zu kamen wir durch ein Dorf oder eine kleine Ortschaft. Dazwischen wechselte die karge Landschaft kaum.

Ich musste eingeschlafen sein, denn plötzlich wurde ich von heftigem Autohupen geweckt. Als ich die Augen aufschlug, bemerkte ich verwundert, dass wir uns inmitten von Autos, Bussen und Menschen befanden, die alle wie verrückt schrien, liefen, hupten, rannten und gingen. Mir schien, als seien wir mitten in einem riesigen Ameisenhaufen gelandet.

»Sind wir schon in Beirut?«, fragte ich mit müder Stimme meine Mutter, die neben mir saß.

»Nein, Yussuf. Das ist Halab. Wir werden hier gleich eine Stunde rasten.«

Der Bus hatte zwischenzeitlich an einem riesigen überdachten Platz angehalten und alle stiegen aus. Noch halb schlaftrunken kam ich aus dem Staunen nicht heraus: Die Stadt schien riesig zu sein, Menschenmassen überall und Autos, wohin man auch sah.

Ich hatte schon viel von Halab gehört und gelesen. Auf Deutsch nennt man diese Stadt Aleppo. Im Jahr 2006 erhielt Aleppo nach Mekka als erster Ort die Bezeichnung »Hauptstadt der Islamischen Kultur«. Aleppo hatte vor dem Krieg, also kurz bevor wir es durchfuhren, fast 2,5 Millionen Einwohner und war damit nach Damaskus die zweitgrößte Stadt Syriens. An der Universität studierten vor dem Krieg über 60 000 junge Menschen, wie ich einmal gelesen hatte, und die Altstadt von Aleppo gehört mit zu den ältesten im ganzen Orient. Seit Mitte der Achtzigerjahre des letzten Jahrhunderts zählt sie zum anerkannten UNESCO-Weltkulturerbe. Zudem war der alte Basar, der *Souk*, so wusste ich, das weltweit größte überdachte Marktviertel.

»Yussuf!«, hörte ich da auch schon die Stimme meiner Mutter hinter mir: »Das hier ist der Basar.« Sie deutete auf das große Gebäude vor uns, das ich gerade mit offenem Mund bestaunte. »Rima und ich werden ein paar Dinge einkaufen. Warte du beim Bus oder schau dich etwas um, wenn du willst. Aber komm spätestens in einer halben Stunde wieder hierher zurück. Hast du verstanden?«

Ich nickte, und als die beiden im Menschengetümmel des Basars verschwunden waren, wollte ich es mir zunächst einfach auf einer der vielen Sitzgelegenheiten neben dem Parkplatz bequem machen. Doch dann überlegte ich es mir anders und beschloss, ebenfalls ein paar Schritte durch den Basar zu gehen.

Dies alles sollte kaum ein Jahr später in Schutt und Asche liegen, denn im Zuge des Krieges in Syrien wird Aleppo seit Sommer 2012 schwer umkämpft. Weite Teile der Stadt sind völlig zerstört und ein großer Teil ihrer Bewohner ist geflüchtet. Mit diesen Kämpfen einher ging und geht auch die Zerstörung der historischen Monumente wie der Umayyaden-Moschee, des Basars mit seinen knapp 1000 Geschäften und der traditionellen und wunderschönen alten Wohnquartiere.

Nach mehrstündiger Fahrt kamen wir am späteren Nachmittag in Beirut an. Leider hatten wir überhaupt keine Zeit, uns die Stadt anzuschauen, denn meine Mutter hatte noch am selben Tag einen Termin mit diesem Doktor Al Farrani vereinbart. Fest entschlossen, mich zu ihm zu bringen, hatte sie diesen Termin bereits Tage, bevor ich überhaupt wusste, dass wir nach Beirut fahren würden, ausgemacht. Als wir nun seine Praxis betraten, wurden wir auch gleich in sein Sprechzimmer geführt. Obwohl ich gar nicht hier sein wollte, machte der Doktor, so musste ich widerwillig zugeben, einen unglaublich sympathischen Eindruck: Er war erstaunlich jung, etwa Mitte vierzig, sehr groß, und auf seiner schmalen, leicht gebogenen Nase saß eine randlose Brille. Bei jedem Lächeln blitzten mir seine gleichmäßigen Zähne fast so weiß entgegen wie der Schnee, den ich aus Deutschland in Erinnerung hatte. Zudem, und als ob das nicht schon genug gewesen wäre, war seine Stimme so tief und sonor, dass man dem Mann wohl einfach alles glauben musste.

»Ich heiße euch herzlich willkommen, *ya Hajet Meryem*«, sagte er lächelnd und in einem Arabisch, das perfekter nicht hätte sein können, als er seine rechte Hand auf seine Brust legte und sich dabei leicht verbeugte, wie es Sitte in der arabischen Kultur ist: »Wie lange ist das nun her, dass wir uns das letzte Mal gesehen haben?«

»Das muss mehr als dreißig Jahre her sein, Doktor Al Farrani«, antwortete meine Mutter.

»Assad. Bitte nenn mich Assad, Meryem. Wir kannten uns ja schon, da waren wir noch halbe Kinder, also lass dieses ›Doktor Al Farrani‹ bitte sein«, bat er, bevor er uns anschaute, und sagte: »Sehr nette Kinder hast du.«

»Wie geht es deinem Mann?«, fuhr er fort.

»Es geht ihm sehr gut, danke. Er lässt dich grüßen«, erwiderte meine Mutter lächelnd.

»Danke, bitte richte ihm meine besten Grüße und Wünsche aus. Möge Allah euch alle weiterhin beschützen.«

Dann forderte er uns auf, Platz zu nehmen, und kurz darauf brachte eine Sprechstundenhilfe auf einem Tablett Tee herein. Als sie die Tür wieder hinter sich geschlossen hatte, wollte er von meiner Mutter wissen: »Du hast dich am Telefon so besorgt angehört. Was ist denn los?«

Meine Mutter warf einen vielsagenden Blick zu mir. Ich hatte mir zwischenzeitlich mit meinen Armen ein »Kissen« auf der Sofalehne gemacht, meinen Kopf darauf gebettet und starrte nun auf einen unbestimmten Punkt auf den Boden.

»Es geht um ihn. Yussuf. Er hat sich so verändert. Kannst du ihm helfen?«

Doktor Farrani schaute mich freundlich an und meinte: »Na, Yussuf. Was bedrückt dich denn?«

Ich gab keine Antwort und starrte weiterhin auf den Boden.

Als ich auch nach längerem Warten nichts sagte, wandte er sich an meine Mutter und Rima und bat: »Würdet ihr uns bitte allein lassen und draußen warten?«

Als nur noch wir beide im Zimmer waren, setzte sich Al Farrani neben mich auf die Couch.

»Yussuf, ich bin schon eine ganze Weile Psychiater. Ich habe in England studiert und auch viele Jahre dort gearbeitet«, erklärte er mir, bevor er eine kurze Pause einlegte. Dann fuhr er fort: »Weißt du, warum ich nach Beirut zurückgekommen bin?«

Ohne etwas zu sagen, schaute ich ihn ausdruckslos an, sodass er einfach weitersprach: »Ich bin zurückgekommen, weil ich einerseits meine Heimat liebe und, noch wichtiger, weil ich den Menschen, die hier krank sind, helfen möchte.«

Er schaffte es, mich zum Sprechen zu bringen, sodass wir uns sicher eine Stunde lang unterhielten.

Dann sagte er: »Du leidest an einer schweren Depression, Yussuf. Und eine Depression, wie auch viele andere psychische Krankheiten, ist eine *echte* Krankheit – als hätte man sich ein Bein gebrochen oder so etwas in der Art. Nur ist eine Depression viel schlimmer als ein gebrochenes Bein.« Er machte eine kurze Pause, um mir dann mit seiner so angenehm klingenden Stimme zu erklären: »Du bist *nicht* verrückt, Yussuf. Lass dir das von keinem einreden. Du bist einfach nur krank. Und wie viele andere Krankheiten, so kann man auch deine Krankheit mit Therapien und Medikamenten lindern.«

Behutsam legte er seine Hand auf meine Schulter und versuchte, mir bewusst zu machen: »Aber Medikamente allein werden dich nicht gesund werden lassen, Yussuf. *Du* musst es auch wollen – mit aller Kraft, die du hast.«

Ich begann, mich irgendwie auch ein ganz klein wenig besser zu fühlten. Dann stand Al Farrani auf, ging zur Tür und holte meine Mutter und Rima wieder ins Zimmer.

»Dein Sohn leidet an einer sehr starken Depression, Meryem. Ich werde mein Bestes tun, um ihm zu helfen. Das müsst ihr allerdings auch. Ich gebe dir jetzt ein ziemlich starkes Medikament mit. Dieses Medikament wird seine Gefühlsschwankungen ausgleichen und ihn nachts wieder besser schlafen lassen.«

Dann schüttelte er uns allen die Hand und ermahnte meine Mutter nochmals: »Achte genau auf die Dosierung, Meryem, und rufe mich jederzeit an, wenn du Fragen hast.«

Da wir es uns nicht leisten konnten, immer wieder in den Libanon zu fahren, und zudem kurze Zeit später in Syrien Krieg ausbrach, sodass wir mit dem Bus auch nicht mehr durchfahren konnten, beschränkte sich mein Kontakt mit Doktor Al Farrani zunehmend auf gemeinsame Telefonate.

Die Gespräche mit ihm taten mir zwar sehr gut, aber ich fühlte mich dennoch nicht besser, denn das Medikament, das er mir verschrieben hatte, hatte sehr starke Nebenwirkungen: So war ich nicht nur die ganze Nacht über mehr oder weniger betäubt und hatte einen ausgetrockneten Hals, sondern konnte mich auch tagsüber kaum mehr auf den Beinen halten. Es war wirklich eine Qual. Ich habe dieses Medikament gehasst, denn es machte mich völlig lethargisch. Ich war fast nur noch im Bett. Es gab es Tage, an denen es mir besser ging, aber auch Tage, an denen ich glaubte, sterben zu müssen. Wenn ich gelegentlich versuchte, die Dosis des Medikaments nach Doktor Al Farranis Anweisungen etwas zu reduzieren, verlor ich sehr schnell wieder die Kontrolle über mich, sodass das in diesem Stadium meiner Krankheit keine Option war.

Ich war verzweifelt.

Monat um Monat zog an mir vorbei, ohne dass mein Zustand sich in irgendeiner Hinsicht gebessert hätte. Immer und immer wieder habe ich mich gefragt, wie es so weit hatte kommen können und was bloß aus mir geworden ist. Und immer wieder kam mir der Satz meiner großen Schwester Leya und meiner Mutter in den Sinn, den sie mir wiederholt gesagt hatten: »Das bist doch nicht du, Yussuf!« Ja, das stimmte, aber wer war ich dann?

Fast ein ganzes Jahr lang saß oder lag ich zu Hause auf meinem Bett und tat gar nichts. Das Medikament half zwar gegen die Albträume und gegen die Depression, aber es schien einen völlig anderen Menschen aus mir zu machen, einen, den man zu gar nichts brauchen konnte. Ich war nur noch eine Marionette. Eine Marionette des Medikaments, der Umstände, meines Umfelds, und ich wusste nicht, wie ich die Fäden meines Lebens wieder selbst in die Hände nehmen konnte. Ich wusste eigentlich nur eins: Ich wollte sterben. Aber selbst dazu war ich zu lethargisch, die hohe Dosis der Psychopharmaka hüllte mich ein in völlige Apathie.

Und dann, eines Tages, geschah plötzlich ein Wunder!

Vielleicht war es auch gar kein Wunder, sondern etwas anderes, aber eines Morgens, ich weiß nicht mehr, wie viele Tage, Wochen oder Monate vergangen waren, denn ich hatte jegliches Zeitgefühl verloren, erwachte ich, setzte mich im Bett auf und schrie laut und deutlich ein einziges Wort zu mir selbst: »NEIN!«

Ich zwang mich aufzustehen, mich an meinen Schreibtisch zu setzen, ein Blatt Papier zu nehmen und zu schreiben. Ich wollte endlich das niederschreiben, was schon so lange aus mir rauswollte und bisher nie einen Weg gefunden hatte. Also fing ich an zu schreiben:

Lieber Hase, bitte verzeih mir, dass ich dich damals begraben habe!

Ich weiß, das klingt jetzt ziemlich infantil – ein erwachsener Mann schreibt keine Briefe an sein Kuscheltier, auch wenn er es als Kind noch so gernhatte. Doch noch während ich meinen langen Brief an mein Kuscheltier von damals schrieb, lief die Szene, wie ich den Hasen vor langer Zeit im Garten begraben hatte, nochmals wie ein Film in meinem Kopf ab, ganz so, als könne ich mich plötzlich wieder an jedes Detail des Ereignisses erinnern, das da vor so vielen Jahren an jenem kalten Winterabend in Deutschland geschehen war – und plötzlich war ich wieder in meiner Heimat, in Deutschland, in unserem Haus von damals, und ich fühlte mich wieder wie der sechs Jahre alte Junge, der ich einst gewesen war:

Nachdem ich Hände und Mund gewaschen hatte, lief ich wieder in mein Zimmer. Dort ging ich direkt zu meinem Bett und griff nach meinem Hasen. Erst sah ich ihn lange sehr traurig und verzweifelt an. Dann begann ich, ein ernstes Wort mit ihm zu reden, in der Hoffnung, dass er, den ich von ganzem Herzen liebte, mich verstehen würde: »Hase, meinst du nicht, es wäre besser, wenn wir uns trennen würden? Ich habe heute, als ich allein auf meinem Bett lag, sehr lange darüber nachgedacht. Meine Familie mag dich einfach nicht. Ich weiß auch nicht, warum. Ich kriege deinetwegen immer Ärger, und das tut immer so weh.« […] Mit meinem Hasen in der Hand ging ich in die Scheune und schaute nach einem Spaten, der nicht zu groß für mich war. Anschließend suchte ich eine ruhige Ecke im Garten und fing hektisch an, dort, wo meine Mutter im Frühjahr gerne Blumen anpflanzte, zu graben. Sehr lange, ununterbrochen. Meinen Hasen hatte ich so an die Seite gesetzt, dass er mir zusehen konnte. Als ich dann außer Atem war, machte ich eine Pause und begutachtete mein Werk. Das Loch war nicht wirklich breit, aber so tief, dass ich zur Hälfte darin Platz gefunden hätte. Da mir das Loch tief genug erschien, wandte ich mich wieder an meinen Hasen. Ganz vorsichtig nahm ich ihn noch mal hoch, schlang meine Arme um ihn und drückte ihn, so fest ich konnte. Die Tränen liefen mir übers Gesicht, als ich mich schluchzend ein letztes Mal von ihm verabschiedete: »Du willst doch auch, dass ich keinen Ärger mehr bekomme, stimmt's, Hase? Du brauchst nichts zu sagen, mein Lieber, ich weiß, dass es so ist. Ich werde oft an dich denken, mein bester Freund. Das verspreche ich dir, Habibi. Bitte vergib mir …«

Dann begann ich mich an andere alte Geschichten und Begebenheiten aus meiner Kindheit zu erinnern und schrieb einfach weiter. Und je mehr und je länger ich schrieb, desto mehr vertiefte ich mich in meine Vergangenheit, in alles, was geschehen war in meinem Leben. Ich schrieb immer weiter, verband eins mit dem anderen, Tag für Tag und gelegentlich auch die Nächte. Oft saß ich während des Schreibens auf meinem Bett und ließ manchmal, wenn ich auf der Toilette gewesen war oder in der Küche ein paar Happen gegessen hatte, die Zimmertür offen. Wenn mein Vater an meinem Zimmer vorbeikam, dachte er wohl, dass ich irgendwelche Computerspiele spielen würde. Meistens aber ging er sowieso einfach wortlos vorbei und war vermutlich froh, dass ich irgendwas tat, was auch immer, und nicht mehr nur apathisch herumlag.

Je länger ich an meiner Geschichte schrieb, desto besser ging es mir. Ich konnte die Medikamentendosis zunehmend reduzieren, hatte wieder mehr Appetit und gewann auch mein Zeitgefühl wieder zurück.

Es dauerte mehr als ein Jahr, bis ich meine Autobiografie zu Ende geschrieben hatte. Es sollte noch ein weiteres Jahr dauern, um das Ganze fertigzustellen, aber die Hauptarbeit war getan und damit begann ich auch zu verstehen, dass ich meine Geschichte und meine Vergangenheit endlich aufgearbeitet, ja, noch viel mehr, *verarbeitet* hatte.

Aufgrund meiner Depression hatte ich das Haus lange Zeit nicht mehr verlassen können. Doch nun ging es täglich aufwärts. Ich hatte die Medikamentendosis so weit reduziert, dass sich nur noch wenige Nebenwirkungen bemerkbar machten, und so wagte ich es auch wieder, mein Umfeld zu erweitern und die eigenen vier Wände zu verlassen. Zu Beginn war das zwar auch noch wenig und ich ging jeweils nur ein paar Minuten vor die Haustür, mit der Zeit wurde es jedoch immer besser und ich machte auch wieder kleinere Spaziergänge.

Der Krieg in Syrien, von dem ich während meiner Depression fast nicht mitbekommen hatte, war eskaliert. Wir leben in der Nähe von Iskenderun, im Südosten der Türkei, direkt an der syrischen Grenze, und dorthin waren mittlerweile viele Menschen geflohen, wie ich nun feststellen konnte. Diejenigen, die es sich leisten können, reisen weiter und versuchen nach Europa zu kommen, aber die meisten sind viel zu arm, um die Schlepper bezahlen zu können, sodass sie hierbleiben.

Ich habe in dieser Zeit mit vielen der syrischen Flüchtlinge gesprochen und die allermeisten sind nicht aus *wirtschaftlichen Gründen*, wie man dies so verharmlosend nennt, geflohen, sondern weil sie ihr eigenes und das Leben ihrer Kinder vor Tod und Hunger retten wollten. Dieser Krieg war und ist grausam und unmenschlich. Ich frage mich bis heute immer wieder: Warum lernen die Schiiten und Sunniten nicht, in Frieden zu leben? Haben diese Menschen denn nicht ein und denselben Gott, den gleichen Propheten? Und auch das gleiche heilige Buch, den Koran? Wie kann es sein, dass in europäischen Ländern Muslime, Christen und Juden in Frieden leben können, aber die Muslime untereinander nicht in ihren eigenen Ländern? Was geht bloß in deren Köpfen vor? Was läuft da falsch?

In Aleppo ist die Lage nach wie vor sehr schlimm. Die meisten Flüchtlinge, die zu uns kommen, stammen aus Aleppo. Sie hoffen hier auf ein besseres Leben, wobei ich einräumen muss, dass es auch bei uns nicht gerade das Paradies auf Erden ist.

Eines Tages zum Beispiel kam eine fünfköpfige Familie aus Aleppo nach Iskenderun. Nur mit Müh und Not haben sie irgendwann eine Wohnung gefunden. Die Menschen hier waren der Familie nicht sehr wohlgesonnen. Vielleicht lag es auch an dem Gesichtsschleier, den die syrischen Frauen trugen, und dass diese Frauen nie mit einem Mann außerhalb der eigenen Familie sprachen. Wie dem auch sei, nachdem diese Familie dann endlich eine Unterkunft gefunden hatte, rief sie die nächste Familie aus dem Kriegsgebiet zu sich. Weitere sechs Personen kamen. Die haben dann noch eine Familie zu sich geholt, die dann noch eine – und so ging es weiter, bis mehr als dreißig Menschen in der Wohnung lebten und es seitens der türkischen Nachbarn eine Menge Beschwerden gab. Eines Tages kam der Besitzer und verjagte alle syrischen Menschen aus der Wohnung. Ich verwende bewusst das Wort »verjagte«, weil die Situation wirklich so war. Da sie sich mit dem Besitzer aufgrund von Sprachproblemen nicht verständigen konnten, machte dieser kurzen Prozess mit ihnen und jagte alle mithilfe der Polizei davon.

Hier im Südosten der Türkei ist es nur ein, zwei Monate richtig Winter, dann aber ist es während dieser Zeit extrem kalt. Das Haus meiner Eltern ist ein Altbau und hat daher keine Heizung. Ich danke Gott dafür, dass ich wenigstens ein Dach über dem Kopf habe. Auch wenn wir keine Heizung im Haus haben, gibt es immer warmes Wasser, dicke Decken und frisches Brot bei uns.

Können sich die Menschen denn nicht vorstellen, was es bedeutet, vor Hunger, Kälte und Tod wegzulaufen? Meine Eltern können es gut nachvollziehen. Auch sie lebten lange im Dreck und im Krieg. Sie haben alles im Libanon aufgegeben, weil sie vor allem Angst um ihre Kinder, meine älteren Geschwister, hatten und weil sie auch keine weitere Lebensperspektive dort mehr für sich sahen. Wie fühlen sich wohl erst die Flüchtlinge, die an der Grenze zwischen Hatay und Syrien in ihren Zelten leben müssen und es dann auch noch starke Schneestürme in diesem Gebiete gibt? Nur Gott weiß, wie viele Kinder da täglich erfrieren, von denen der Rest der Menschheit nichts weiß. Vielleicht interessiert es auch niemand, weil diese Menschen wohl schon immer Bettler, Bauern oder Müllmänner gewesen sind. Aber sind das nicht genau solche Menschen wie du und ich, mit denen wir dieselbe Luft teilen und auf derselben Erde leben, die Gott für uns alle erschaffen hat? Ich kann mir beim besten Willen nicht vorstellen, dass eine Flüchtlingsfamilie einfach mal aus einer Laune heraus sagt: »Na los, Leute! Packt eure Sachen! Wir probieren mal eben kurz ein neues Land aus, wo wir noch nicht einmal die Sprache sprechen können und deren Kultur für uns völlig fremd ist.« Es sind der Krieg, das Elend und der Hunger, die sie dazu gezwungen haben, ihr Zuhause zu verlassen. Meiner Meinung nach ist es vollkommen egal, wie arm eine Familie in Syrien gewesen ist. Es war und ist trotzdem immer ihre Heimat, ihr Zuhause. Wie sagt man doch so schön? »Zu Hause fühlt man sich am wohlsten.« Die Kinder hatten dort wenigstens eine Zukunft. Die hätten studieren oder eine Ausbildung machen können, um ihre Träume zu verwirklichen. Kinder, die den Traum hatten, zur Schule zu gehen oder gar zu studieren, müssen diesen Traum nun aus ihrem Kopf löschen.

Dennoch, ich habe aber auch sehr reiche Menschen kennengelernt, die genauso traurig waren, weil sie ihr Land hatten verlassen müssen. Eine dieser Personen war die persönliche Fotografin des syrischen Präsidenten, die jetzt mit einem Onkel von mir verheiratet ist.

Was ich auch sehr schlimm finde ist, dass ein großer Teil der Türken bei uns den syrischen Menschen es in keiner Weise gönnt, wenn sie sich mit kleinen Imbissläden oder kleinen Ständen auf den Märkten selbständig machen. Nach wie vor gibt es immer wieder sehr schlimme Blicke und Bemerkungen darüber. Insbesondere in der Straße, in der es fast nur noch syrische Läden gibt und die man umgangssprachlich bei uns mittlerweile »Aleppostraße« nennt.

Ich traf kleine syrische Kinder, die gerade mal sechs Jahre alt waren, das süßeste Gesicht der Welt hatten und die im Industriegebiet zwölf Stunden am Tag und sieben Tage die Woche schuften mussten. Man behandelte diese Kinder wie den letzten Dreck, und für diese unmenschliche Schufterei zahlte man ihnen fünfundzwanzig Lira (etwa sieben Euro) – die Woche!

Ich habe mich auch oft mit Kindern und Jugendlichen über ihre Träume unterhalten. Sie erzählten mir, dass sie große Geschäftsmänner werden wollen, damit ihre Familien stolz auf sie wären. Sie wollen viel Geld nach Hause bringen, um damit die komplette Familie versorgen zu können und es den kleineren Geschwistern zu ermöglichen, ihren Studientraum zu verwirklichen. Und wo sind diese Kinder und deren Träume heute? Viele ihrer Familienmitglieder sind gestorben. Irgendwo begraben unter dem Schutt und der Asche, den die Bomben hinterlassen haben. Ich lauschte den Träumen dieser wundervollen Kinder, die ein so reines Herz wie ein Diamant hatten, und musste mich oft zusammenreißen, damit mir selbst nicht die Tränen kamen.

Vor Kurzem habe ich gelesen, dass die vierhundert reichsten Familien der Welt mehr Geld besitzen, als über drei Milliarden Menschen dieser Welt zusammen! Diese Tatsache will mir einfach nicht in den Kopf: Wie kann es sein, dass so wenige Superreiche mehr

Geld besitzen als die Hälfte der gesamten Menschheit? Und wie kann man es dabei zulassen, dass jeden Tag Tausende von Kindern an Hunger, Durst und Krankheiten sterben?

Oft in jenen Tagen lag ich abends im Bett, und viele Dinge schwirrten mir durch den Kopf. Mir selbst ging es von Tag zu Tag besser, aber ich haderte mit all der Ungerechtigkeit und dem Leid, das es in dieser Welt gibt. Dennoch wusste ich natürlich, dass man als Einzelner nicht allen Menschen helfen kann. Was man jedoch kann, ob man nun gläubig ist oder nicht, ist, ein Gebet zu sprechen, einen Wunsch auszudrücken. Und so betete ich zu Allah, meinem Gott, und bat ihn, er möge allen Menschen und ganz besonders den Kindern, die ich getroffen hatte, helfen. In unserer Kultur sagt man, dass die Gebete, die man wahrlich und mit reinem Herzen spricht, erfüllt würden – ich betete viel für diese hilflosen Kinder.

Es ist dunkel. Trotz dieser Dunkelheit fühle ich mich so geborgen und wohl, als wäre ich eingehüllt in eine große, weiche Decke, die mich wie ein schützender Mantel umgibt und zart wie Seide meine Haut umspielt.

Ich lausche hinein in diese Dunkelheit. Ein leises Raunen ist zu hören. Es klingt wie das Rascheln von Blättern – wie ein sehr weit entfernter Wald, dessen

Baumkronen sich im sanften Wind eines beginnenden Frühlingstages wiegen. Ganz allmählich kommt dieses Rauschen näher, wird lauter. Mittlerweile klingen auch andere Töne durch. Ein Murmeln? Und noch immer ist es so dunkel, dass ich nicht mal die Hände vor meinen Augen erkennen kann.

Da!

Ich sehe ein schwaches Leuchten.

Und nun spüre ich auch etwas. Ganz leicht wie eine Feder berührt es mich, erst am Arm, dann auf der Schulter. Vielleicht ist da ein wunderschöner, bunt gefiederter kleiner Vogel auf meiner Schulter gelandet?

Das Raunen und Rauschen schwillt immer stärker an. Erwartungsvoll vibriert die Luft um mich herum. Mit jeder Faser meines Körpers kann ich es spüren, gleich wird etwas geschehen, etwas Schönes, etwas, das …

Ich schlug die Augen auf: Jetzt wusste ich, was mein Traum bedeutete. Ich wusste auch, was das Raunen und Rascheln war in meinem Traum, ich wusste, was das Leuchten und der anschwellende Klang waren, und ich wusste auch, dass ich auf einer Bühne, besser gesagt, auf einem Laufsteg stand in meinem Traum. Und dass es kein bunt gefiederter Vogel war, der sich sanft wie Seide auf meine Schulter gesetzt hatte.

Das Raunen waren die sitzenden Menschen, die ich erst nicht sehen konnte in der Dunkelheit, das ferne Glimmen war das Leuchten der Scheinwerfer, die immer heller wurden, und der bunt gefiederte Vogel, der mich sanft berührte, war die wehende Seide meiner weiblichen Models, die neben und mit mir den Laufsteg entlangschwebten – und ich war nicht ein Model, nein, ich war der, der die wunderschönen Abendkleider meiner Models entworfen hatte!

Die nächsten Monate vergingen wie im Flug. Ich begann mich mit den modernen Medien zu beschäftigen. Das Internet bot mir so viele Dinge, die mir bis zu diesem Zeitpunkt gar nicht bewusst oder völlig egal gewesen waren: Informationen im Überfluss, fast das gesamte Wissen der Menschheit war nur einen Mausklick entfernt, und was mich zu dieser Zeit total faszinierte, waren die sozialen Netzwerke. Also meldete ich mich unter anderem bei Facebook an.

Kurz zuvor war ich bei einem »In-Frisör« gewesen und hatte an diesem Tag gleich noch einige professionelle Fotos von mir machen lassen. Eines dieser Fotos stellte ich dann als mein Profilbild bei Facebook ein. Ich wollte quasi der ganzen Welt mein »Comeback« als Mensch mitteilen. Zu meinem großen Erstaunen habe ich innerhalb kürzester Zeit sehr viele Kommentare, »Likes« und Nachrichten erhalten. Und auch viele Freundschaftsanfragen auf Facebook. Irgendwann erhielt ich auch Anfragen, ob ich nicht modeln wollte. Einige dieser Menschen nahmen gar an, ich sei ein professionelles Model. Ich musste schmunzeln und erzählte eines Tages meiner Mutter davon. Sie schaute sich das Foto an und sagte lächelnd, dass sie gar nicht gewusst habe, welch hübschen Jungen sie auf die Welt gebracht hatte. Zudem meinte sie, und dies allen Ernstes, ich solle es doch mit dem Modeln einfach mal ausprobieren – sie würde mich bei allem unterstützen.

Das stärkte mein Selbstbewusstsein enorm: Ich ließ eine ganze Serie Fotos von mir machen und begann mich bei diversen Agenturen in Deutschland und in der Schweiz zu bewerben. In beiden Ländern zeigten einige dieser Agenturen viel Interesse, aber ich entschied mich dann für zwei Modelagenturen in Istanbul. Zu einen lag das einfach deutlich näher bei meinem derzeitigen Wohnort, und zum anderen hätte ich für Europa ein teures Visum benötigt.

Dennoch, einige Zeit später, als ich schon ein paar Fotoshootings in Istanbul hinter mir hatte, diese Bilder für diverse Magazine verwendet worden waren und ich zudem einen eigenen Account bei diesen Agenturen hatte, bekam ich auch international Angebote: aus Spanien, der Schweiz, dem Libanon, England und sogar Australien. Wirklich berühmt geworden bin ich dadurch aber nicht. Für den Laufsteg reicht meine Körpergröße nicht aus. Doch das Modeln hat mir viel Kraft und Selbstbewusstsein gegeben und mir außerdem auch immer sehr viel Freude bereitet.

Während dieser Zeit des Modelns begann ich auch erste kleine Kleiderkollektionen zu entwerfen.

Meistens lange Abendkleider für Frauen, die in einer Mischung aus westlicher Eleganz und orientalischer Verspieltheit beide Kulturen als wunderschöne Gesamtkomposition in sich vereinen – und das ist es, was mir vorschwebte, als ich, wann immer ich dazu kam, Zeichnungen zu Papier brachte.

١٤

»Ich werde von zu Hause wegziehen.«

»Yussuf«, Doktor Al Farranis Stimme klang selbst durch den Telefonhörer besorgt, »ich glaube, es ist noch etwas zu früh. Warte bitte noch ein wenig ab.«

»Solange ich zu Hause bin, werde ich mich nie richtig lösen können. Ich muss lernen, meinen eigenen Weg zu gehen und mein eigenes Leben zu führen. Und das kann ich nur schaffen, wenn ich von zu Hause weggehe.«

»Was hast du vor? Wohin willst du denn?«

»Ich möchte nach Antalya ziehen. Dort werde ich schon irgendwo einen Job finden.«

Nach einem längeren Gespräch gab er mir seine private Handynummer und bat mich, ihn sofort anzurufen, sobald ich etwas bräuchte. Egal wann und zu welcher Uhrzeit.

Umgehend begann ich mich bei einem Dutzend Hotels in Antalya zu bewerben. ›Die werden doch bestimmt jemanden brauchen, der perfekt Deutsch spricht und zudem auch noch Englisch, Türkisch und Arabisch‹, dachte ich mir. Und genauso war es: Schon kurze Zeit später erhielt ich die erste positive Antwort auf meine Bewerbung – von einem Fünfsternehotel in Antalya.

❧

Heute bin ich ein glücklicher Mann. Ich habe gelernt, mit beiden Kulturen zu leben, in denen ich früher verloren war. Alle Menschen sind verschieden, aber wir teilen uns dennoch diese *eine* kleine Welt. Ich bin mit mir im Reinen. Weder hege ich Groll gegen die deutschen Behörden, die uns ausgewiesen haben, noch gegen die Menschen, die uns als »fremd« ansahen oder gar eine Bedrohung in uns gesehen haben. Ich habe auch meiner Familie verziehen und gelernt, sie alle wieder zu lieben, obwohl wir sehr schwierige Jahre hinter uns haben. Selbst meinem Vater habe ich verziehen. Ich bedaure zutiefst, dass ich bis heute mit ihm nie offen über das sprechen konnte, was passiert ist und was er mir angetan hat. Aber ich habe erkannt, dass mein Vater, wie viele andere ältere Menschen unserer Kultur, schlichtweg nicht aus seinem Schatten treten oder aus seiner eigenen Haut schlüpfen konnte. Manchmal tun mir solche Menschen sogar ein wenig leid, denn sie sind Gefangene ihrer selbst, ihrer eigenen Kultur – ob sie es wollen oder nicht.

Meine Depression habe ich besiegt. Ich bin ein selbstbewusster Mann geworden, der gelernt hat, unabhängig von seiner Familie auf eigenen Beinen zu stehen, und lebe teils im modernen, weltoffenen Antalya und teils im noch sehr traditionellen Iskenderun. Zwei wundervolle Städte, die beide am Mittelmeer liegen.

Wenn ich den Menschen, die mein Buch lesen, einen Ratschlag geben sollte, dann diesen hier: Habt Vertrauen zu euch selbst und glaubt an eure Träume! Und zusätzlich gebe ich euch auch den Rat meiner tapferen Mutter mit auf den Weg, den sie mir als Kind immer wieder gesagt hat: »Lass deinen Kopf niemals sinken. Halt ihn immer aufrecht und kämpfe für deine Träume!«

Auf den Laufsteg habe ich es als Model nie geschafft, und ich weiß nicht, ob ich je in meinem Leben als Modeschöpfer auf einem Laufsteg stehen werde. Eines aber weiß ich mit absoluter Gewissheit: dass ich alles daran setzen werde, meinen Traum zu verwirklichen.